菡萏/著

养一朵雪花

YANG

YIDUO

XUEHUA

中国华侨出版社

北京

图书在版编目（CIP）数据

养一朵雪花 / 菡萏著 .—北京：中国华侨出版社，2017.11

ISBN 978-7-5113-7074-7

Ⅰ.①养… Ⅱ.①菡… Ⅲ.①散文集－中国－当代

Ⅳ.① I267

中国版本图书馆 CIP 数据核字（2017）第 252347 号

养一朵雪花

著　　者 / 菡　萏

插图作者 / 唐明松（庚口先生）

责任编辑 / 晓　棠

责任校对 / 高晓华

经　　销 / 新华书店

开　　本 / 880 毫米 ×1230 毫米　1/32　印张 / 9　字数 /216 千字

印　　刷 / 三河市华润印刷有限公司

版　　次 / 2018 年 1 月第 1 版　2018 年 1 月第 1 次印刷

书　　号 / ISBN 978-7-5113-7074-7

定　　价 / 36.00 元

中国华侨出版社　北京市朝阳区静安里 26 号通成达大厦 3 层　邮编：100028

法律顾问：陈鹰律师事务所

编辑部：（010）64443056　　64443979

发行部：（010）64443051　传真：（010）64439708

网　　址：www.oveaschin.com

E-mail：oveaschin@sina.com

高贵精神的寻求者

周万年

菡茗的作品不是所谓的厚重大文化散文，也不刻意追求所谓深刻或强大的思想力量。她只是忠实于自己的生命体验和人生感悟，表现日常生活的琐碎小事，或者亲友过往的动情点滴，或是生命中一闪即逝的瞬间……但她自有一种情调、一种追求、一种微妙的心灵的震颤。她有着她自己的喜爱和憧憬，她怀着一颗细腻平和的心在生活中探寻着美，发现着美，为读者奉献出了一枚枚高贵的精神花朵，那上面闪烁着晶莹的露珠——她在生活中提炼出的思想的吉光片羽。

《母亲的颜色》描写的是一位普通劳动妇女。她最辉煌的纪录就是当过几天列车员，但她身上却弥漫着一种贵族精神。她能将沉重的生活演绎得从容而美好。

"衣柜里的衣服，挂得水般整齐，即便每次出远门，也要用抹布把门缝塞严，以免房间进灰。"

"淡绿色的蚊帐永远美得像雾，沙发上的浴巾一个褶都没有，墙上挂着美人轴，桌上瓷瓶擦得润亮。"

于细微处见精神。这种把平凡的生活过到极致的人，我们可以体会到她的自尊、优雅和教养。

有一次，作者将一大串钥匙挂在抽屉上忘了取下。

"第二天母亲来对我说，你的钥匙忘拔了，还有条项链在外挑着，我和你爸看了半天，没动。我说咋不放回去，锁上。她说你知道的，在别人家除了冰箱的门，别的我都不动。"

谁读到这里都会为之一震。这个别人是自己养育的女儿，是自己生命的延续。但她还是界线分明，懂得把自己的女儿当作独立的人来尊重，给自己立的规矩，从不越雷池一步。母亲看似平凡的言谈举止是对贵族精神最好的诠释。

笔会时，朋友间开玩笑，说菡萏的打扮做派像贵妇人。读《母亲的颜色》后，我突然觉得这个自称普通的小女子，她的心地、心境，她笔下流露的眷念、憧憬、梦想以及她对高贵精神的追求，都是来自这个朴质而温馨的家庭，来自母亲所给予她的言传身教。

菡萏是个"红学迷"。《红楼梦》是她的枕边书。这部伟大著作的博大精深对她艺术的影响和熏陶，使她在创作上少走了许多弯路，避免了平庸、低俗、做作、矜持，直抵气象万千的艺术高地。

她的作品很少用写实的手法去讲述一个故事。她写的故事总是那么跳跃，那么空灵，那么美妙；即便是讲故事，她也爱穿插一些抒情的东西。《飘落》一文，她写的是儿子上大学后，离她而去。她用的全是就虚避实的写法。

"我再也不用往他的钱包里放钱，再也不用穿着睡衣追出门给他送书，再也不用在路边等他回家……"

她顿时感到寂寥、清冷和空落落的，于是她每天谛听着一窗的鸟鸣。

"一天，有一对鸟在三楼平台上凄厉地呼叫着，急促而恐怖。爱人跑下来说，它们的孩子丢了，在上面发了疯似的寻找，窝里的草扒得乱七八糟，身子在棚顶乱撞……"

她用隐喻的手法充分地表达了她的孤独与伤感。当她目送着儿子的背影渐行渐远时，这种惆怅正是世上所有为父母者的共同的惆怅。这就叫作写人性——文学永恒的主题。

菡萏散文创作的题材也是多方面的。她除了写这种叙事抒情式散文外，也写了许多哲理散文，用流行的话说属"心灵鸡汤"类，而且影响颇大，流传甚广。其代表作是《高贵源于羞涩》《修养，一个人的精神长相》。对此类作品我是心有疑虑的，因为稍有不慎就会落入通俗直白的说教的窠臼，但菡萏能将这些理性的东西、沉闷的话题讲得十分波俏，尽显千姿百态：一个故事套着一个故事，一个话题引出另一个话题，这些故事和话题中蕴藏着深刻的人生哲理，给读者以启迪，给我们增添了生活的勇气。"高贵"，在那极左年代是绝对要回避的话题，即便是现在的主流媒体也不屑于谈它——它几乎在现实语境中消失了，而它正是我们社会缺失已久的品质。高贵的精神之所以难得，是因为在获得高贵认可的同时，人还必须承担责任。这大概便是她不避被奚落的风险，做这样的文章的缘由，而事实也证明，她赢得了众多读者。

《修养，一个人的精神长相》，标题她就直接运用了借喻。谈修养的文章可以说是汗牛充栋，真正有真知灼见的并不多，大多都是似曾相识。菡萏谈这个话题，洋洋洒洒，纵横捭阖，古今中外，家国大事，庶民纷争，名人轶事，百姓生活，皆是信手拈来。有些现象观察之细，让人击节赞赏：

"有些人吃饭，喜欢把菜翻来覆去，翻得底朝天再夹起一口，哪怕是一盘花生米或青菜都如此。我想说这种行为实际暴露了一个人内心的自私和心胸的狭隘。"

再比如文中许多警句格言似的文字，都是她从生活中提炼出来的见识，绝不因袭陈见、拾人牙慧。

"人与人之间必须有一堵墙，这堵墙就是尊重，心灵之门要靠温暖的金钥匙才能打开。"

"修养的字典里没有怕字，只有尊重友爱温暖和谦让。夫妻之道贵在自然，不秀恩爱也不示强弱。"

"修养就是不管你有多强大，当你面对弱小时，你一定让他发出自己的声音，国与国是，家与家是，人与人更是。那些以大欺小、恃强凌弱的行为都是让人不齿的行径。"

散文就是写"语言"。推而广之文学作品都是写语言。一个作家算不算一个作家，能不能在作家之林立足，首先看他有没有个性化的语言。什么是作家个性化的语言？菡萏说，"相信文字的境界是自然，最高境界是大自然，用对大自然的膜拜，成就自己的山水。"说的真好！让自己最自然地表达方能运用自如，抵达自己语言登顶的地方。老舍、张爱玲、汪曾祺、孙犁这些大家都有自己特殊的语言特质，你去追求、去模仿，特意装扮成那个样子，那是不成的。

菡萏的文字有灵性，自成一格。在对日常琐碎的诗意描叙中，让文字生动起来，姿态曼妙摇曳。菡萏写桌上瓷瓶时用了擦得"润亮"，这个"润"字用得真好，有"推敲"之妙，你可以用"铮亮""锃亮""光亮""透亮"，但都没有"润"字准确传神，当瓷器擦得有包浆时，才是温润的色泽——一种古玩行家称之为内敛的光芒。

"衣柜里的衣服，挂得水般整齐。"这是一句很精彩的语言，非常形象，非常传神，又有诗意。也许有人说：衣服怎么就挂得水般整齐？欣赏这样的语句，需要作者想象的介入。它与拘今泥古者肯定无缘。

菡萏的古文修养好。作品中常用一些典故、古诗词，行文又不拘一格。她常将骈体文的四字句化入文章，竟不落俗套。

"鸟儿每天上午不停地叽叽咕咕。有的如笛音，啾啾两声，清脆悦耳，干净鲜亮；有的露浓霜重，呱呱两下，苍老沙哑。有的如一串串晶亮的水珠欢畅滚动，回旋自如，一声接一声恣意忘我地鸣啭着。这样的合奏在清凉的秋风中忽远忽近，忽高忽低，有颜色亦有形状，如波似弦，飘忽不定。"

这样的语言有点古典情致，写得萧疏错落，举重若轻，颇有明清小品的韵味。

菡萏不是一个名声显赫的散文作家，但她作品中的某些素质正是我们许多作品所缺少的，而且是应该具备的。我指的是她的作品对文字的敬畏，对生活美的探寻，对高贵精神的尊崇。她坚持着富有洞见的个性化创作，把自然界的风、树、水当作精神的载体和膜拜的神灵。在孤寂澄明中，让自己坐化成一个艺术的朝圣者和安详的审美者。你看到的不再是文字，而是一种灵魂的交付。当她用心灵的墨汁浸染纸张时，便也留下了她自己的清澈影像。她的作品不会与时俱去的，因为绵延着高贵精神的文学之树必将长青。

目录

Contents

第一辑　养一朵雪花

第一辑

养一朵雪花

- 养一朵雪花 -

今冬无雪，夜色寂寞。睡梦中无法听到窗外有白莲花一朵接一朵轻声而落；也无法将清凉的她泊在掌心，哭成一滴泪滴或折成一条纸船划向春天。这样飘忽多情的生命本就稍纵即逝，越是握紧越是心疼越是蒸发得更快，所以我把它养在心里。

养过一盆紫薇，造型极美，长方紫砂底盆，褐杆虬枝，一朵朵粉色的小花轻飘飘地开着，微风一漾，落满窗台。一粒粒小心拾起，如婴儿般粉嫩地躺在掌心，不忍触摸。这盆花，开了整整一个夏天，从儿子放假回家，一直到他拉着皮箱离开，都是纷纷扬扬的。我是不情愿它谢的，但还是萎了，第二年没有再开，生命失了血，只剩下那盆景般光秃的雕塑。后来在公园里看到过比这大很多倍的紫薇，洋溢着一树的粉红，都没有这般别致。

养过一尾小鱼，只一尾，孤独地游在一个漂亮的磨花玻璃大碗里，是儿子生日时同学送的。他小心翼翼地捧着回家，每天放学后先要俯身看上好大一会儿，然后再卸下书包，问我换没换水，喂没喂食。小鱼活了一年多走了，现在连碗都不在了，但我知道，它流风的身体衔着荷香一直游在我的心里。

养过一条狗，一条很普通的小狗，叫阿黄。只放出去一会儿，就中了毒。儿子怕它孤独难受，上学前嘱咐我一定拍着它。我就一边给它打着丝扇，一边轻轻地拍着。一个生命安静地走了，只是眼角无声地挂了一串泪滴。

我用心养过很多很多的东西，甚至是一朵云、一缕风，它们皆像雪花一样轻飘，最后都吹散了。后来我明白要想一样东西永远活着，只能养在心里。

十年前在北京，我见到了我的姑妈们。她们再也不是当年扎着麻花辫青葱水秀的模样了，二十多年的光阴，足可以把人蜡染风干。我说起我的第一双皮鞋是大姑妈买的，丁字式，墨绿色，嵌有镂空小花。那时我上小学二年级，想家，她为了哄我开心，拿出她半个月的工资十八块钱，在第二百货商店，买了那双最贵的童鞋，我成了班上第一个穿皮鞋的女孩。我说起她们给我缝沙包，用铜钱扎鸡毛毽子，为我淘弄透亮精致的羊嘎拉哈，帮我订本子，修铅笔，带我看电影。我坐在第一排观看她们演出，跑到后台看她们用厚粉上妆，再用油彩卸掉，在刺眼的灯光下，恍若隔世。她们听呆了，就像我讲着别人的故事。也许，她们从没想过让我感恩，我就像一朵雪花飘过她们的生命，见证了她们碧玉青枝般的最美时节。我是一个几乎不用手机的人，对谁都疏于联通，因为我觉得，语言不是高山，有时干涸得如同沙漠。我喜欢把一些东西养在心里，让记忆的温泉，似白莲一簇簇独自不停地冒着。

我们每个人最大的成就，莫过于养了一个孩子。我们为他哭过、笑过、着急过、上火过、担心过，后来他长大了，翅膀硬了，也就飞走了。我不喜欢教条，说着养育之恩那些深刻的道理，我喜欢那些轻如飞絮的东西，它们挤在一起，温暖相拥着。就像我一遍遍讲过的故事，舒克和贝塔。有一天，一个字都不识的儿子，也能站在床边一字不落、有板有眼地指着连环画下面的字讲给我听。生命和生命只是一种巧合和感动，你抱紧我时，我必抱紧你。一个生命的诞生，就像一片雪花淹没了我们上空，给我们带来了一片清凉和无数惊喜，虽然那些童话般的诺言并不见得兑现，但却滋养了我心灵的花朵。我欣赏一句话：我的后半生不用你负责，你的后半生我也不负责。实际每个生命都只是一场盛大的雪事，有清喜亦有别离。

最终，我们都是自己的旅者，风过竹响，溪流花红。一年又一年，我们只能在自己的世界拥云卧雪，枕风而眠。

只希望有一天老了，也能像林青霞那样。六十岁，依旧能扯着一条新裙子，旋转着进屋，伸出三个指头，笑着对等候的朋友们说，三百块，打折的。一个美丽干净的女子，不管多大年纪，养了一份纯真，就养了一份岁月的无恙。

一片雪花就是一个童话，一群美好的精灵住在这座白色的城堡里，一直有爱有梦想在飞。我们的灵魂养着那些值得养的东西，就让一些稗子失忆吧！

－ 我把故乡装给你 －

　　这个早春的夜晚，我抵达。冷冽的空气如烙进肌肤里的梅花，清凉鲜艳。我喜欢这样的温差，也喜欢这个我生活了三十多年的、不是故乡的故乡。

　　我的故乡在远方，神在那里安葬雪花布施着爱。我只是风吹的一粒，四年，童年月牙儿的一小截，却让我一张口就泄密。这是故乡馈赠给我最完美的礼物，嵌进骨髓，终生不褪。

　　今夜，我坐公交，一站一站地坐。车子像打盹的老人，一站一站地停。雍容华美的香樟、精致璀璨的灯海、蜿蜒流泻的车河，我在星子里赶路。这是个有根的城市，温暖的胡须扎进厚实坚硬的土壤，几千年蓬勃的血脉安详成静谧的夜曲，小别半月，竟让我如此想念。

　　我从南方归来，那里满目鲜花，但每条道路都是一个空白的信封，没有待启的故事，连古老的榕树都是移植的。尽管那个铺着红毯高大晶亮的玻璃门，不时有空姐艺人出入，穿制服的门卫也整天说着"你好""请进"之类的话，实是一个南腔北调的大杂院，每个人都轻飘得像空气里的颗粒。

　　我喜欢公交，在任何地方。喜欢坐着它看街景，看琐碎拥挤的门面，那些门楼招牌浓缩了一个城市的足迹，而我的一只脚踩着一条亘古的河流，一不小心就会在某页书里与之相撞，这样的亲切是旧光阴最好的恩赐。就像在北京，宁愿慢慢数着菜市口、羊市口、灯市口、大栅栏这样的字样，而不是黑乎乎风驰般的地铁。

　　车子绕过东门，沿着护城河缓缓前行，隐约看得见锯齿般的城墙和水面摇曳的光。在那里我抱着两岁的儿子照过相，那个城门在一段特定时间里，每个星期三下午，我都大包小包地出入。儿子在一个不错的中学读高中，我给他送饭，用保温桶，每次套上套子，严严地扣好，提着。套子很厚，手编的，打的元宝针，没人教，这些琐事难不倒我。我往往乐此不疲，并享受着这些平庸的快乐，亦如阳光的眼神，满满的爱。我煨土鸡汤，知道他咸甜分明，怕夺味，关火时，才丢进几颗金丝小枣。送得最多的是烧泥鳅，泥鳅野生，比鳝鱼味长，先爆炒，再小火收干，汁浓味厚，色泽鲜亮。儿子爱吃小龙虾，我一次称十斤，一大盆，花上一上午抽线剥壳，再洗净沥干，用蒜香爆炒。我肢解鱼，滑片，炒丝，剁绒，做清汤丸子，滴上香油，洒上细葱，用蓝花大碗盛好。很鲜！

　　我已很久不曾这样细致地做饭，真的很怕浪费时间，但那时却大把大把地浪费，幸福地浪费。实际你的饭多半给一个人做，而这个人在你的生命里一定比自己重。

　　透过车窗，我一家家店铺看着，想找一家没打烊的餐馆好好吃餐饭。知道只要随便拐进一家，都会不错，这就是湖北，它的菜肴，不占八大菜系一席，却实打实地好。所以我喜欢赤脚的人或事，如这些街边的小馆子，地道亲切，简陋的桌旁，往往坐着最温暖的人，像在早春的小院晒太阳，懒懒地自顾自地好。也曾和儿子在他母校门口吃饭，点的最多的是杂胡椒炒肥肠，肥肠不肥，干干净净，一点气色都没有，再余一碗猪肝汤配一盘小菜，母子吃完，各自走人。

上次去深圳，儿子问："妈！有鱼糕吗？"听后，我一愣，知道他想家了。鱼糕的发祥地是荆州，去过荆沙村，典型的城中村，舜帝、湘妃鱼糕的故事就源于此。那是一个渔人的智慧，也是这个鱼米之乡几千年的鲜嫩。这次我特意定制了两斤。走时，芳说别大包小包的像逃荒似的。我把行李拍给她看，她问皮箱里装的啥。我说有条鱼十几斤，晒干了，腊蹄髈是烘烂藕的，笋子发好了，分装两袋是煲腊排骨用的，还有香肠、腊肉、八宝饭诸多东西。她说都是你自己腌制的，我说当然。她说道，这可不像你，我说不！不！民以食为天，这些也是艺术，老百姓的艺术。

皮箱很重，每次都有好心人帮我举起，搬下。我是想把故乡装给儿子，故乡很简单，简单成我的行李，简单成舌尖上缠绕绽放的那点味蕾。实际无论你离家多远，曾推崇过什么样的菜系，被什么样的人和事吸引过，但回头，只要轻轻一回头，你会发现魂牵梦绕的还是那个最平实亲切的地方，还是那个心底的自己，那是无法抹去的温软，是无言的感动，至潸然。

今天初八，乍暖还寒。下车，和爱人点了桂鱼火锅，八十八元，不算贵，又添了一盘青菜，足够两个人消磨。结账时，我习惯性拿出钱包，爱人拦下，说来他。服务员看着我们各自手中的钞票，不知该如何。我说收他的，他当家。服务员一下子笑出了声。实际儿子独立后，我已不大理事，多半爱人操心，我常说有我口饭吃就行了。

家里依然，走时收的。路边的房子总是积灰，黑暗中，依稀看得到上面薄薄一层。开箱，挂衣，一件件整理好，洗澡，又手搓了两件，然后跪着擦地。明天有明天的事，喜欢仪式之说，我曾叫过例行公事。生活是有仪式的,这是生活的纹理,是郑重,也是教养,就像故乡给儿子的绝不是一个皮箱能装下的,有些东西尽管一直隐蔽着,但有一天会强烈显现,对事物的尊重、对金钱的珍惜、对卫生的要求以及价值观犯罪感等。你就是你,不会变。那些虚狂那些浮夸那些奢靡那些浅薄必将远去。你的灵魂已在故乡的土壤里,浸泡滋养完成,而无须再在一滴清水里救赎。

忙完,释然。望了眼整洁的家,倒了杯白开水,携了本书躺上了床。外面依旧灯火阑珊,这是个温馨的夜晚。晚安荆州!晚安我的亲人们!

卷终梦里留余香

- 木质时光 -

有盆玉树，一直在三楼平台栉风沐雨。鸟叼雀啄，不免伤痕，土也流失，凹凸起伏间阴满绿苔，几根杂草相映，大有森林之态。爱人搬下，擦洗整理一番，搁了两块鹅卵石，竟别有风致。我说放我桌上吧，就着打字。

底盆长方，黑釉鉴人。最早是株文竹，放在一个几上，两旁棉布簸箕沙发，我经常于静日午后或微雨黄昏时分，窝在里面看书，颇有深山老林、流泉响水之感。那样的时光低微得像茉莉白，从不曾高声。

这样一想，也就很多年了。那时住夫家，刚结婚，我们花十五元，从汴河花鸟市场抱回。也算枝柔叶蔓，堆碧叠翠的一盆，阴阴然，如袖珍松树，只是多了几分嫩绿清幽。夫家是木门，很大两扇，推起来吱嘎嘎作响，原色木胎，无漆无锁，里面门插一横，风雨不透。堂屋昏暗幽深，匼盒、方桌、躺椅、竹床，皆是江汉平原人家的常见之物。廊下有燕，常听叽叽。我住东头，开小门。

房前屋后皆栽竹，一杆杆，一窝窝，发得很快，转眼间一片连着一片。竹林藏鸟，藏得很深，扑棱棱一群群出没，静日里枝晃叶颤沙沙作响。它们水音清亮，每日家啾啾咕咕，啭得湿润。大的同野鸡，闪蓝耀绿，似缎，那种冷翠，又如心底不可触摸的幽深。积叶很厚，黄黄的，软软的，如踩棉中。

梨树很老，褐杆虬枝，共三棵。春来白花，细如轻雪，微风一熏，簌簌而下。我经常隐于木格窗棂背后，隔着红帘白纱静静相看，那样的轻美，让人无言以对。疏雨一过，草酥木软，腥黑泥土上有洁白花瓣散落，一动不动，我见犹怜，美到不忍触摸。

还有很多植物，叫不出名。有种花，无叶，细颈长杆，临窗红影，亭如美人，我谓之美人花。栀子我是认识的，情怀洁白，如处子。晨起，婆婆每每往我房中送两朵，携露带水，便可别于鬓间。那时秀发如云，正是"云鬟斜簪，徒要教郎比并看"的年龄。我穿旗袍，一白一黑，白的立领盘扣伏帖，黑的低领收腰开衩，皆量身订做，严丝合体。不管哪件，配上洁白栀子，都素雅清宁，系复古一笔。

有爱人女同学前来推销保险，端茶递盏间，她一直愣愣，我能看出她眼底讶异。那日，我绾黑发，着白缎，领口处别水晶领花，虽不时尚，但足可抵挡尘世风尘若许。

梅黄一过，便是大暑。月色一漫，夫便把竹床移置屋侧渠边。河水柔曼，如伶人衣袖，抛出数许，故叫衣袖河。天上繁星如棋，岸上蛙声似谣，荷在河中幽怜，而我已枕着荷风沉沉睡去。

那几年冷，经常飘雪。没空调油汀，用陶钵子烤炭火，无苗无烟，映得满室通红。炭从山里来，系亲人带回相送。我坐于窗下桌前写字，是家信，字若青蚁，一笔笔慢慢写来。外面鹅毛透地，室内安适如春。

这样的日子，不长不短，我过了两年。这是夫家的老屋，除了砖瓦，皆系草木。我简淡，为人疏落，自是守着自己的日月，不曾多出半步，惊扰他人山水。然而，几番清早推门，皆见有刚摘果蔬凝碧带露，安静摆放。那样柔黄的花菜，洁净漂亮到我平生再也不曾见过。这是上帝的恩宠，系不知名的勤劳农人无私给予，但很遗憾，并不曾给我回报的机会。

爱人单位分房后，我们移至闹市，住蒸笼上。底下早堂面馆，每日热浪滚滚，麻将声，吵闹声，楼上高跟鞋敲击声，座椅拖动声，外加捅炉子声，喇叭滴滴声，汇成了钢筋的交响。这是这个城市主要繁华之道，公交一辆衔着一辆，自行车如流水线上的玩具。行人匆匆，按着铃铛，啃着锅块。不会说话的儿子，往往站在阳台，伸着小手，指着小口，哦哦地要，这时我会把他轻轻抱回。稍大，他可以拿着易拉罐和路人干杯，唱着我有一个好爸爸、好爸爸的歌谣。

那时我做播音，每日披星戴月，最早一个进厂。空旷寂静的楼道，只有我哒哒的皮鞋声回旋。铁门壁立，三四道被我一一打开，哗哗很远。我撰稿、播音，跪在地板擦地，放老式唱片，熟练地摆弄那些进口机器，到下面分厂采访，做很多很多的事。只有每年开门红时，总厂厂长会率队在红灯彩旗下，第一个迎到我，随后才是两三千的人流。

后来我选择离开，厂里极尽挽留。交钥匙时，沉甸甸二三十把，那回头的一眼，竟万般失落，不舍起来。我走后十年它垮掉，我再也不曾回去，至今已整整二十年，只是无数次梦中，我依稀站在四楼平台一遍遍地摸钥匙。

再后来我几易其家，结婚的东西越搬越少，那个花盆始终带着，盛山盛水，也盛放一个普通平凡人家的琐碎光阴。生活的纸张一页页翻过，儿子不觉长大，老屋也濒临拆迁。爱人挖回两株宝塔树，说是结婚时种下的，我却不知。房子推倒前，他拍下最后一幕，一片萧索，再也不曾有竹篱上挂着苦瓜、缠着丝瓜、扭着棉豆；屋顶卧着南瓜的情景。照片拉到最后，竟是一片瓦砾，不免怆然。

　　新楼翻起，又是一番景象，意味着这方水土几千年寂寞的木质时光一去不返。很庆幸在最后的孤单中，我曾陪过，唯深谢！

　　前几天，有朋友传照片，海南古老木屋。气韵古意，细节精美，有大片紫藤顺檐垂下，便连道极美。朋友回说：冬季可来这里，租一满目鲜花的房子，写你心中的文章。一想真好，如若那样，一定戴紫藤手镯，着白衫，携孙女，在白花细浪、清澈双眸中，做一个年轻幸福的奶奶，如此老去，甚好！

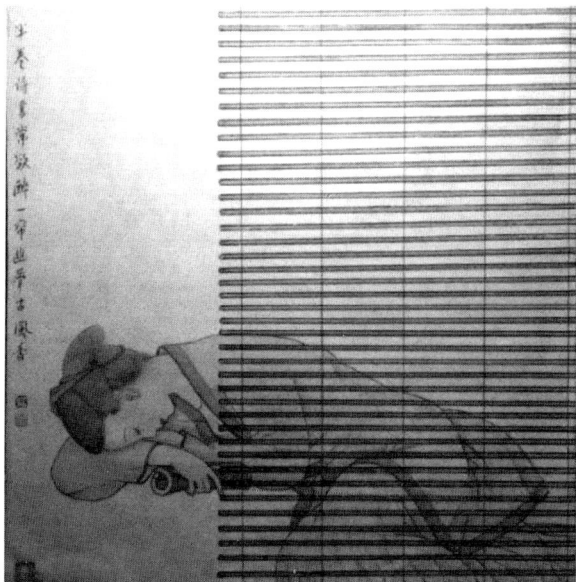

一帘幽梦

- 遗落的温度 -

搬家是琐碎的，很多东西都在舍与不舍之间。我曾把它们请进生命，爱惜过、擦拭过、使用过，连微小的划痕和残缺，都成为我在这个平凡世界里的延伸。细碎的碗碟、杯筷、烟缸，茶叶罐、纸抽盒、插水壶，大大小小的东西，我答应全留下，只带走柜子里的衣物。

我不知道我再回来时，它们是否安然，家里是否原貌，新主人是否能用母性温暖的眼神，给予它们爱。为那些盆栽浇水，珍用每一件器皿。也许早就在流动的光阴里消失殆尽，即便大宗的东西，张得开口，也是商讨价值，而不是我曾经标识的温度。

这是我的家，我生活了二十多年的家。静美的白杨、孤单的鸟巢、水中的落日、成窗的鸟鸣、窗帘间嬉戏的蝴蝶、笔记本电脑上停落的缠绵恩爱的豆娘，都将成为一幅遥远的剪纸，而我一直安静地行走在这镂空的画面里，不曾惊扰、打探或试着对话，与之只是寂静相安。

也曾一次次站在窗前，望着平静的水面想要离开。手指不好后，我嫌这儿冷，水里起的房子，透骨的寒。我说过清洁不好做，耽误太多时间，也曾奋力砍断爬山虎，抱怨它招惹蚊虫。但它们比我顽强，自顾自疯长。这些清澈有力的生命，只是爱人二十年前捡回的一粒种子，塞进墙体后，蓬勃至今，摇曳出一墙墙一窗窗的绿浪，胎盘样裹住我的寓所，让我和我的家人得以安眠。还有那些多肉植物亦是从微小颗粒开始，累累挂盖住整个屋檐。我要感谢它们用纯美的汁液和体温柔软了每一寸坚硬，让大自然得以温情认领，令我许多奇妙的思维在它的怀抱里安详地分娩。

一楼的书柜是打在墙里的，颇费了些工夫。女孩拖箱进来时，一声惊呼，这么多的书，我说你若喜欢可以慢慢阅读。她踌躇半日问，能否清空？她想放点别的。

我没作声，只是静静站在书柜前，忽觉这些书很廉价，连一块生姜蒜子都不如。亦知思维落差，在这个世界，不是每个人都喜欢书。自己也没准备给谁看，最初的想法是用封口胶封住，是她的惊呼，让我误解，以为这些陈年古董尚可余热。书并不多，离我的意念，一本本检视，很杂。最下面两层，是儿子的课本，从小学一年级至大学全在。黑色七月后，许多孩子尖叫着把它们撕碎抛向天空，而我们作为父母却低头默默地一捆捆扎好，拉回；大学读完，满校园狼藉，我们从千里之外同样拉回。没想过要丢弃这些生活的指痕与温度，也深知喂养一个孩子除了大米白面外，尚需这些精神食粮给予的体温。

四个档案袋要留下，满满儿子的获奖证书，外加一个小记者证和一套高考用具；三年级至初中的作文要留下，有的还是铅笔写的，老师给了不少满分，画了诸多波浪线；一些报刊杂志要留下，里面有儿子的文章；一套丛书要留下，不错的出版社，收录过儿子的涂鸦。一摞很漂亮的几何试卷，全是 120 分满分。抛开一个母亲的眼光，不得不承认他的优秀，这样的优秀很自然，优秀到邻里并不知晓，自然到一步一个脚印走来。就像后面的思想分叉，沉溺游戏，所有的迷茫烦恼伤痛都要自己慢慢抚平一样，也无关他人。一个人的路和生活都是属于自己的，我们唯一值得骄傲的是从来没有虚荣过、攀比过、嫉妒过。我们只是小草，要谢那些赐予光斑的老师和无私帮助的亲人们。

还有些书，是朋友送的，留了字签了名，或快递或面呈。大家萍水，并不相知，几句话后，双手捧上，分手亦不联通。他们和我一样都是文字海洋里的流浪者、取暖者。也许目的不一，但不管消磨、坚守抑或志趣，都是在寻找一份生命的体征和温度。对于这样的劳动和友爱，我自当珍惜。有本书的序写得不错：从古至今，谈笑间；从生到死，呼吸间；从人到人，善解间。我的文字也在里面，与邻人一起《等树花开》，相互善解，这样的状态甚好！

梳理完后，请来一位师傅，他装了五麻袋。每放一本都心疼，那里也有我的课本和课本上稚嫩的字，有本"现汉"十几岁用起，随我南北，三十年前就用牛皮纸包了书皮。有些书是刚上班工资拮据时买下的，留有购于某某书店字样。它们陪了我多久，帮我打磨掉多少粗浅的日子，不知道。告别是难免的，总有一天，我们的肉身也将离开，更何况这些曾经的温暖。

我对师傅说不用称了，随便给点钱。他用粗糙的大手捻了六张十元的，很哑然，不到一本的价格。有几本讲对冲基金，很厚，还没启封，由于对炒股这种游戏的疏淡，在犹豫间也扔了进去，不知爱人询起，将如何作答。

二楼是位老者，办事处的头，人称老爷子。我说卧室里的书不清了，喜欢就看，不喜欢放那就好。还有些话卡在喉咙，转身下楼时哽咽了，我想说爱惜点，别转借。实际说不说都一样，懂的自然懂。那些书都是我常看的，如无声影像隔空交织，在每个夜晚帮我安静催眠。

几天之后，再次回去，大厅已摆上会议圆桌和三四台办公电脑。踏上台阶，穿过玻璃门，提着包径直往后走，那里有我的厨房、卫生间、餐厅和卧室。那个小会计坐在我常坐的转椅上，起身问我找谁。我忽然意识到自己已不属于这，看眼卧室都唐突，随即也打消去餐柜取走果盘的打算，结婚的东西，多少有点不舍。心里想着，脚已沿着楼梯往上走。小姑娘在背后，咯咯地笑了起来，说原来是你。我换了身行头，穿了双高跟鞋，她竟没认出来。

站在三楼平台，望着远处，依旧辽阔。那时工厂还没逼仄，水面的前方，是一大片油菜花。也是这个季节，七八岁的儿子拉着风筝，穿着我给他买的米奇妙的红色衣裤，奔跑在金色的花海里，手中的大雁呼啦啦地往上升。这样的镜头破空而来，异常鲜艳。也知道，无论在哪，都会在心底一次次聚焦，一次次鲜艳！

- 深巷卖花声 -

这个冬天对我是残酷的，指关节又开始疼。伏案独坐，忽然怀念起卖花声。在巷子尽头，隔着细水长流的日子，一长一短轻递着，平淡，悠远，空灵。

脚步是轻的，踩着云朵和露水，走过一户户低睑的人家。旧环深漆，风动门移，偶尔闪出一株老绿，或一抹水红，那是整理烟火女人的衣襟。

巷子是极深的，在心灵的廊檐下迂回；声音是极远的，在晨风的耳畔轻落。

卖花的人不急于卖，买花的人不急于买，这是种默契。卖花的人传递着河开杏绽的讯息，买花的人寻找着生命的另一种姿态，安静抑或忧伤，怒放抑或图腾，都如黎明前的小提琴一寸寸漫过黑夜的眼睛。

花是买给自己的，无须人送或送人，那是光阴角落里轻遗的一部分。"云鬓斜簪，徒要教郎比并看。"做件阴丹士林旗袍，纯美清宁，从古老的杏花深处走来，越发显得素。或施于案头，供于瓶中，配以简净暗花的桌布，绿菜白粥的碗筷，就是一幅绝好的简笔。也可簇在一只白底蓝花的大碗里，风干焦脆，任体香凝固在每一丝空气中。外边是锦衣烈帛，铺天繁花，窗内却是深云老松，满室静气。或夹于书间，做成标本。若干年后，人、花、书俱老，生命在此一一复位。

这样的光阴，如绣花针落地，没有一丝声响。

花是赤脚的，不带任何负累，绽放着最原始的气息，尚须卖给寻常人家。油盐酱醋的日子被珠子滚过，圆润，跳跃，又无声安息。品种也是极普通的，烟粉的杏花、干净的栀子、洁白的玉兰，但不会是玫瑰。太热烈的东西，烧得快，只能送人，所以玫瑰要在最热闹的位置，最香艳的时间段去卖。

地铁口、十字路；情人节、圣诞日。她是黑夜的精灵，一路披靡，温馨凌厉。"先生买束花吧！"车门口，摇窗旁，手挽手的恋人背后，冷不防会冒出这样的声音，买还是不买，都带点心灵的绑架。

丽江的酒吧是暧昧的，多年前去过。一条长桌，十几人围坐。灯光昏暗，舞池低矮，橱窗内有艳妆红唇的女子扭摆。点了许多名字好听的饮品，调酒师的手灵如键，活如鸽。相熟的人下去跳舞，腰肢软得像蛇，头发解开的瞬间瀑布垂下，再扬起，已甩成了年轮。后来她得了癌症，爱人告诉我时，我正在噼里啪啦打字。是肾癌，已漫及小腿，行动不便。一瞬间世界好静，我停住、回头、起身，抬手想召回点什么又无奈地放下，是真的吗？一遍遍问，满脑子都是她当年的舞姿。

健康有多好！

那天有人卖花，十七八的样子，挎着篮子，"先生买束花吧！"女孩挨桌兜售着。有男士上前搂住了她，她并不躲闪，他们耳语，听不清，太乱。后来就这个搂一下，那个搂一下。这些平日在办公室正儿八经衣冠楚楚的男士，开始发酵。女孩粗糙，并不好看，亦不见多大委屈。实际想想，人也就是一个习惯。

终于有人掏出皮夹，抽出四张十块的，丢在桌上，说这桌女士一人一枝。那天我和她的玫瑰都是不相干的人送的，买花人的爱人并不在。

十元一枝，用锡纸包裹，打着蝴蝶结，已不大新鲜。

花，但毕竟是花！

最盛大的卖花场景在昆明，多到倾城，便宜，几毛钱一枝。有人一箱子一箱子托运，送给友人女儿结婚，是百合，满屋的百合，可以淹没一切。

但深巷里的花是清淡的，沾了露气，白宣浸过，只卖有缘人。也不见得要买，听就好，隔着浓重的晨雾，坐在老旧的书桌旁，声音流入耳畔，滑进书里。纸微黄，字里行间开始温润，是别人的故事，也是自己的故事；是你的世界，亦是外面的世界，而这声音恰恰是最美的丝线。她年年来，你岁岁等，是再自然不过的事。"小楼一夜听春雨，明朝深巷卖杏花。"无须记得是谁的诗，觉得好便是。

亦不见得知晓卖花人的样子，或许穿漂白小衫，碎兰花裤，青底月牙布鞋，还有一条乌油油的大辫子。她普通，干净，眉眼间卧着一团露水。不需要太多的文化，她不是深闺里的小姐，也不是那个被人们嚼烂了的撑着油纸伞摇过雨巷的紫衣女子。她就是她，不需要乌云压境更无须媚眼行世，她是自然的，年年和风和雨和云朵一起来，这就够了。

至少我喜欢这样的卖花人和买花人，还有那一长一短的卖花声。

－ 低睑 －

天空放晴，楼后野菊花开得正好，趁机剪了一捧，安于瓶中。

那天写《深巷卖花声》时，用了"低睑"一词。我用它形容人家，"低睑的人家"，一个极好的朋友觉得不妥，建议改下，我不舍，也找不到合适的词替代，便留下。好像与其相识甚久，如楼后的菊花，一直都活在那，再自然不过了，是不是杜撰就不知道了。

低睑当然不是低眉，低眉是指古之女子温顺柔美的样子，衣褶飘带间自是香风细细，现被许多人咀嚼，已然无味。就像于林徽因，于百岁老人，于旗袍于布衣，于雨巷甚至于枯寂于朴拙于大美，都是一路赶场子，热闹得很。我也曾在里面忽悠，看着被自己引用过的事和话，同样也被无数人引用，再回头看己文，已然作翻。话说三遍何止淡如水，简直连思维都成了赝品，有人云亦云之嫌。两百多年前，宝钗就用土定瓶供菊，探春就喜欢柳编的小篮、竹抠的香盒儿、泥垛的风炉儿，嘱宝玉拣那朴而不俗、直而不拙者带来。今人再反复翻炒，已无新意。

"睑"是眼皮之意，不雅。低睑，是指眼皮轻轻垂下，一排美丽睫毛也就顺势遮住了眼眸，这是我喜欢的状态，如新婴熟睡，安静干净。湖北有句话叫"眼皮子浅"，意指没见识或见识短。眼皮子太浅，自然合不拢，一些不该看到的事看到了，一些不该盯住的东西盯住了，一些不该比的人在心里翻腾了。所以老僧打坐是闭目垂睑、念念有词的。眼帘一关，风雨即息，外面的声色犬马、黄沙绿浪也就与己无关；内心的古井深月、淡枝浅蔻自然也就于世无染。一旦轻启，也是一豆如灯，世事洞明，知道城上之人来来去去都是为何。

实际我更喜欢那些不用念念有词就心如止水的人，平静温和，风雨不透，干净到花不沾衣，泥不点裤。这样的人适合并肩出去走一走，选个干爽的天，踏着萧索的落叶去曹雪芹故居，阳光一米，便可穿透层叠的岁月；找个翠微飘雪的日子，去菡萏亭，听残荷断雪，孤舟蓑笠，古道中萧萧背影自有清梅的风骨。天地之大，不需要太多的盛气，孤独就好。灵魂无恙，何以安放，只能留给自己，垂睑就好，多了都是亵渎。

那些邻里住着，楼房一定比别人多砌一层，台阶一定比别人抬高一级，甚至连雨水都要流到别人家的人，不能说喜欢和不喜欢，但知道定是心浮气躁，目光狭窄之人。很喜欢一些朋友，孩子上不上大学，也不见抱怨，不说行也不说不行，更不说没考好之类的话。别人说啥也无关紧要，自己和风细雨地活着，孩子在哪都是自己的娇娇宝贝。

所以我喜欢的人家，自是落木垂花，门脸低睑的，虽不至古树绕径，书香通幽，但在桃红瓦灰的牖内，尚需纸黄菜绿，粥软人温。不用"竹篱茅舍自甘心"，甘心二字已是多余，稍嫌做作。清风明月涤尘，流云静水浣心，啥日子便是啥日子。别人的瞳孔其实没你，你的瞳孔也不必有人，有，也是在别人身上找寻自己！

昨天有人转帖，价值五亿豪宅曝光，藏于拙政园旁，毗邻狮子林，京杭运河苏州护城河段，也着实令人惊慕一番。大门尺寸直逼紫禁城，里里外外也算雅致，雕花细节纯手工，男主厅、女主厅、红酒厅、书房，室内游泳池等，一应俱全。有朋友评论"君子之泽，五世而斩"。自己看了半天，觉得做会议场所颇佳。百年紫藤虽寻了两年从安徽运来，但还是少了流动的光阴、斑驳的日影，庭院偌大，夫妻难得一会，自然又减了小菜素粥的甜蜜。中国人历老蜗居，一旦阔朗，不说袭欧，想着婚姻制度，计划生育再放开点才好，就可以真正复古一把。一笑！我这也是无聊读帖，纯粹淡话。那些想比大小的，尽可以一试。

前天芳来电话，我已睡下，知道这一讲就是两个小时，无非东拉西扯，在彼此身上忆忆旧。我们把全班的女生像电影镜头样过了一遍，每个人用几个字就能概括。说到一位女同学却停住了，我说那时我最喜欢看她，心智聪，有修养，细语温声，若柳飘飘。"你别说！你这一说还真是那样！人家现在也是像玉样活着，人衣得体，话也比我会说，事也比我会办，车也比我会开。"芳连声道。实际上，那时我们只不过是十四五岁的孩子，但并不影响审美和判断。那个女同学我已三十多年未见，但我知道她还那样，非常女人。在后来的生活里包括屏幕里的主播演员名角儿，都没那个味。有些人天生就土，追着赶着都不行。人家天生就洋，这种洋是胎带的，学不来的，不是时髦，是雅！十几岁正是一个自我膨胀炫耀在乎别人目光的年龄，很多同学烫头，穿喇叭裤，摆姿势，疯闹，甚至扯皮，自卑或自恋，生怕别人的瞳孔中没自己。但她从不，只是永不过时地活着，给旁人留下的印象最深，最美。

很多年后，我总结这样的人是眼睛里没人，不妒不比，心中自然就没刺，不管外面风霜雨雪，自己就那么细皮嫩肉地活着，该咋地就咋地，连不屑都没有。就像一个朋友说的"不屑"都是比了，都是争了，还是留了痕迹。所以我总说她有扶风之美，胜在本然！

　　眼睛是心灵的窗户，外与内的联系。那么，眼睑就是最美的窗帘，开合全由自己。低睑是一种安静的心灵状态，不染灰尘的方法，仅此而已。

　　不觉中，天又阴了下来，开始落雨，幸亏捧回一捧碎菊，可以在温室里轻瞌慢睡，陪我打字，如此甚好。

风乍起

－ 瓷上光阴 －

　　星期六照例去上面的家，无非收收杂志，浇浇花。赤脚走在地板上，除了飘起的窗纱和脚边流动的风，一切都是静谧的。陶罐里的兰花，不知疲倦地开着，只粉红一朵，却洋溢着无限的温情。那枝深褐色的干枝莲蓬，孤零零地躺在飘窗上，而瓶已不在。一想便知母亲来过，她老人家勤快，喜收，失手打破，亦是常情。也不过是个普通手绘小瓶，不沾古意，纯属景德镇小工艺品。因喜她晶莹剔透，洁白温润，瓶身又飘有两片墨色荷叶，便买下。在时不觉，每次进卧室，抬眼便能看到，一旦不见，颇觉失落。稍作发呆，俯身细寻，竟不见一粒瓷屑。

　　再见母亲，也没问。倒是一日母亲忽然想起，说道你买的东西，也太次了，像纸片子，风一吹，窗帘一鼓，就碎了，下次我给你买一个好的，装上石子就稳了。母亲当然不懂薄如纸、声如磬这样的道理。

　　我亦不懂，但喜欢，也仅仅只是喜欢。过去附庸风雅喜欢过青花，觉得干净素雅，像情人的眼泪，隔空一朵，便滴落千年。现在知道了浅绛，一个略带粉意的名字。细腻幽微处不让处子，如新荷初抽，肌质鲜嫩，清芬似水。淡粉浅绿中，点染随意，意趣横生，人物山水皆空灵，便觉得好。就想着，浅绛定是位粉衫女子，从晚清一直婀娜到民国，摇过无数红沙绿浪后，悄然定格瓷上。亦想那时的女子真美，淡眉细眼，腰姿楚楚，裙带衣褶间藏有万千山水。不像今之女子这般尖利与高昂，即便穿上古装，戏里戏外总有几分扭捏空荡。终没有瓷美人这般内敛安静，娇媚可人。

自己身为女人最喜女人，骨子里又渗有一丝古意，遂不喜女子戴眼镜，好端端，遮去半壁江山。因自己戴，深知冷热雨雪皆不适，更深恶痛绝。就像给素盘箍金扎银一般，繁缛亦无奈。若是古之女子也这样行于市，画于瓷，不知该作何感想。一笑！

一次，在某论坛发帖《说元春》。第二日便有朋友过来留言，说曾收过一件道光年间的粉彩小缸，上面绘有元春，并附有细如青蚁文字两段。其中提到元春崩于寅年卯月，得年仅三十余，不同于高鹗续卷的卯年寅月，存年四十三岁。与自己的推度暗合，看后颇觉惊喜，这无疑说我们一些前人并不认可高鹗。红楼成书乾隆，高鹗系乾隆三年生人，同属一朝，其整理之续印于乾隆末年。但经嘉庆，至道光，世人置若罔闻，可见心中自有算盘。看红楼不想幽悬探佚，弄得整篇文字支离破碎，索然无味，但也常有一些小想法飘过。朋友的瓷器倒是佐证了一段历史和那个时代人们对这部小说的看法，应该算作一个不小的发现，比一味虚谬揣度，强且有力。也知自己遇到了一个既深谙瓷器又稔熟红楼之人，遂回访了这个不回头斋先生的文存。

先生的文亦好，笔墨无形，雨洗一般，随手皆是闲落之美。一篇篇慢慢看过，不觉已是尾声，回头再默默检视一番亦觉得好，不急不缓，清凉透骨。好就是好，无须多言，自己阅书有限，但书里书外也看了不少文字，那些名家又如何，也不曾这般简便爽利，安闲自在。过去以为好的文字必是包浆的，温存厚实，沉静滋润，透着几分岁月的况味和火候。现在想想，好的文字必是养在水里的，从月光里捞出几滴，随意洒落，已是清扬四溢，了无痕迹。这样的文字自是不用过多晾晒，养在自家阳台的瓦罐就好，春有紫燕，秋拥彩蝶，若能随风吹送，也必是荒郊里最美的一株。再去回索自己的文字，相较倒有几分拿姿作态之嫌，未曾落笔已是明火执仗，便把结集成册的想法冲淡了许多。

后来先生的文存一直不曾更新，从此寂静。

再后来，我回访过一个博客，眼睛才跳两行，便认出是不回头斋先生的文笔。先生勤奋，每天截取一小段光阴缀成一篇，淡淡叙出，寂寂结尾。文风清淡，骨质丰满，若残瓷断盆，虽荒凉，却凛凛自然。小文和自拍幽居一隅，任风来风去。

其中有一篇是《再说十二钗》。先生说在收到的几件红楼瓷器中，除了嘉庆，从道光至光绪年间，十二钗的画像里都没秦可卿，均是尤二姐。这无疑是个惊天发现，对我亦是一个不小震动。这样的谜团，足以撼动我们固有的思维，颠覆今人对十二钗的定位和论断。另外，不知为何史湘云皆是拿着拂尘的出家人打扮，竟无例外。想前人也不会平白杜撰，肯定另有版本可依。

又想世人收藏，买进卖出，大多为了博取差价，并没几人真正会心瓷上诗词人物、山水故事。即便碰到珍贵有价值的文化遗存，也熟视无睹，只能在不断流转中暗无声息。幸亏得遇先生，除深藏密爱，尚能倾注笔端，跃然纸上，使旁人得观。

望着窗外，悠悠绿水一潭，不知不觉已是秋天。满墙的爬山虎黄绿潇潇。今早发现二楼的阳台已积满落叶，有几片零星飘入室内，甚是凄凉。轻轻用扫把扫去，像翻飞的金色蝴蝶，纷纷飘入水中。想着季节似水更替不歇，而瓷上的光阴却是如此不老。真好！

- 玉色生烟 -

玉之于女子，是一种清凉凉的美，似冰块掉进水里，有着一眼望得到底的干净。宋，戴复古《题郑宁夫玉轩诗卷》云："玉声贵清越，玉色爱纯粹。"读之，清朗之气，如青襄小笠飘然而至。

女子戴玉，多半温婉，自然少了凛冽之气。携一汪古泉行走于市，梨雪盈面，肝胆皆透，那眉那眼那身段自然就多了几分灵秀和娟逸。初见，惊破一湖春心；再见，时光静美安然。

男子如玉，更有惊世骇俗之美。灰布长衫洗了又洗，温软到发白，平静的外表下，全是纵横的心事和拍案的惊涛。像瞿恩，看《人间正道是沧桑》时，最喜他，坐破三千风雨，也不曾吹皱半盏春茶，气压全场。生死从容间，气定神闲，也是从那时，开始喜欢孙淳。柳云龙也好，在《暗算》里，全是不动声色的笑，那笑，绵绵的、软软的，一下子就牵了心。岁月如绸，时光的莲瓣应声而落，缓缓的画外音袅袅升起，温润的笑容里全是惊心动魄。山河破碎，方见赤子之心，外静而内明，外柔而内坚。

"沧海月明珠有泪，蓝田日暖玉生烟。"于女人于男人皆一样。

十几年前看《青衣》，开场就美极，白云水袖缓缓舒开，一下子便抽了心，丢了魂。那调，幽咽婉转、跌宕起伏；那步，神思袅袅、心儿沉沉。华衣胜雪，背影摇曳，漫天的水袖，婉转的云手，那兰指那柔腕那丹蔻，一幕幕徐徐拉开，清美如水，丝丝苍凉，心头不禁为之一酸。徐帆圆润，并不秀美，但有嫦娥附身，亦成从春水里走来的女子。如柳如云说的那样，唱青衣的，天生的水音。声、情、美、水，转流水、转高腔，一路唱过来，也是那"风雨人生三声叹，天上人间一回眸"。

后来，筱燕秋老了，春来替代了她，舞台没了，她把眼泪生生地憋了回去。空荡的后台，她一寸寸往脸上抹粉，厚厚的、白白的。扮好了妆，她穿着薄薄的戏衣，走入了漫天的飞雪里。正是"轻移步，向前走，荒郊站定；猛抬头，见碧落，月色凄迷"。没有一个观众，只有寂静的长街和无声的雪花贴面飘落。她起唱："白云飘，碧水流，青山葱翠。歌声里，袅袅炊烟……"她是嫦娥，真正的嫦娥，有着属于自己的春天；她是角儿，真正的角儿，有着属于自己的舞台。一个女人一旦上了妆，也就谢不了幕了，就像一个女人一旦爱了，世界也就不存在了。

一次看一部电影，里面有孙红雷，他演一个名叫邱如白的人，这个人痴迷戏曲，也有很高的鉴赏水平。他第一次听梅兰芳的戏就激动难抑，留下一纸小笺："我和他们一样，都不敢鼓掌，像是一鼓，就会泄露心里的秘密似的。只有心底最干净的人，才能把情欲演得这么到家，这么美。"梅先生当年的戏，对很多人来说，应该就是一场轻柔而干净的梦。后来邱如白弃官不做，一生追随辅佐梅郎。北平沦陷后，台上有人唱《贵妃醉酒》，极尽轻佻。他愤然跑上去质问："偷了别人的戏也就罢了，好好演才是。这是贵妃吗？真正的贵妃，即便失了宠，伤了心，那也是体面的、高贵的！"掷地有声，这句台词我一生都会记得。一句体面的、高贵的，惊醒戏里戏外多少人。人是，国不是吗！这世上的人都应该知道，岁月里的青衣从来不失自己的端庄。如玉，媚而铿锵！

有一年，想去徽州，却去了凤凰，所以徽州成了云端女子。腕下的蝴蝶瓦，马头檐，一笔拉下来粉白粉白的墙，如两根水袖，一直在梦里飘呀飘，那么长，那么长，拉也拉不到头，走也走不到边，最终虚了化了，被一口薄薄的气吹散了，一半落入梦中，一半流入水里。一方古砚里装满了清凌凌的水，有墨研过，泼出去，便是心里的徽州。要多素有多素，要多艳有多艳。青灰的漏窗飘过一角忧伤的红裙，白雪的墙头也会伸出一枝粉色的玉兰，春日的傍晚，夕阳斜照，有薄烟贴着睫毛冉冉升起，那是怎样的一个美字了得！都说那是千年的寂寞，但这血色的孤单，恰恰成全了这世外的素颜。要知道，素，是多少青春的艳为之做了祭奠。

就像有些地方，生就要活在梦中似的，没去时的路，也无回时的径，只有那一截截的炊烟，空灵而神秘。那么的美，让你说不清，道不明。

看沱河的第一眼，心就疼了，灵魂的闸门深情打开，有玉款款泻出，柔美的身姿如绸缎般穿过坚硬的古镇，凤凰复活了。睡在临河的百年木楼里，水声盈耳，桨声如歌，身侧有翡翠缓缓流淌，红灯高悬，渔火阑珊，宛如神话一般。夜深人静，有人忽喊宵夜，便也细纱薄裙，随众前往。披着长发，站在灯火琉璃处，天街似水，青石如波，两岸人潮涌动，不禁迷失。说是宵夜，却放了一盏又一盏的河灯，手底下的莲花开了又开，明了又灭，隐约的光亮映着细致的发梢，柔和的脸，那是一个美丽的仲夏夜晚。

早起的沱河寂静如玉，白纱唤起，有烟火的妇人，临水浣衣。喧嚣的人群早已蒸发，天地间收拾得如此干净，卸了妆的伶人，清水盈面，沿河独自走着，有雾涌来，一波又一波，万事缥缈而过。

叹一声，有水真好！日月云涛皆在梦中。

脂砚斋在修大观园一节曾批：余最鄙近之修造园亭者，徒以顽石土堆为佳，不知引泉一道。甚至丹青，唯知乱作山石树木，不知画泉之法，亦是恨事。

景需有水，画应有波，人亦如是。玉，人生潺潺之流水。

有一次看了潘素的青绿山水画，便也喜欢，就去百度，一查石破天惊，竟也是个奇女子。

晚年的潘素，身材臃肿，衣着朴素，每日伏案寂静作画，全神贯注间，身心通明，圣洁之至。年轻时却很艳，胳膊纹有花绣，穿黑绒旗袍，插折枝梅花。她出身名门，家败后，被继母卖进欢场，直到嫁给张伯驹，才脱胎换骨，露出璞玉本色。她画山水，青青碧碧的，如玉石，亦如她自己，进退自如，风雨不入。她三次和张大千作画，被誉"神韵高古，直逼唐人"。她画她的玉石之爱，一画就是一生。张伯驹诗配画，情诗也只为她一人而作，一写也是一生。在张的眼里，她始终是"两眉开，净如楷"。

这个女人就像远处的灯火，一生温和，波澜不惊。她住过豪宅、住过妓院、住过绳床瓦灶，她爱过国、爱过家、爱过男人，一世赤诚。建国后，他们夫妻把那些用积蓄、用府第、甚至用生命换回来的藏品，陆续捐给故宫，实现了"永存吾土"的夙愿，真情浩气，颠扑不破，这是怎样的玉石情怀！

人有品，玉有质。一方玉石置于皇帝的案头，那是江山；流入百姓的手里，才叫岁月。一个人的清与浊、刚与阿，不能只看表象断章，更要看骨骼底色。玉是千古的风致，人玉合一，才能在时光的打磨下翠绿生烟。

- 包浆 -

包浆，多好！给脆弱的内心包裹着一层温暖的胎膜。外面是呼啸的风雨，里面是寂静的花开，中间则是无尽的岁月，那么长，那么长，几十年，几百年，甚至上千年的供养。

这是我给包浆下的情感定义，而非专业术语。

如果你听到有人啧啧赞叹："这浆包得多厚啊，像胎带的。"那肯定是个谬误。没有一把尺子可以丈量出包浆的厚度，因为它是一种柔和的光泽，而不是生硬的外壳。也没有什么器物的浆是天生的，包括人。所谓的厚，只是越来越浓的神韵、越来越内敛的光芒。那是内与外的优雅反应，像一架透明的屏风，遮住了内外的风景。那薄如蝉翼的温润，似有若无的光辉，只能是时间的烧灼、岁月的侵蚀。所以这个词又带着一袭古意，带着庄重和神秘，带着灵气和精髓，甚至是亲切和感动，朝我们缓缓走来。

包浆是有价值的。这个价值可以是有形的，几百万、上千万的一锤定音；也可以是无形的，旧主案头，以泪洒别，何去何从，都是无以言表的痛。中间的故事，多惊天，多悲欢，都已是黄叶落尽，寸心不惊。

包浆是可以盘出来的，像珠子；也可以是擦出来的，像铜佛；

可以是戴出来的，像玉石；当然，也可以是埋出来的。但不管怎样，都必须经过岁月老人那双温情的手，一日又一日、一遍又一遍地抚摸。把那些毛糙、锋利、生冷打磨得圆润温存；把那些浮躁、刺眼、干涩氧化得润泽妥帖。

一把紫砂，静置时光案头，温良曼妙，滴水穿心，尘世万物皆不在目中，焦土同样高贵。一块翡翠一旦带了体温，贴了心暖了胃，顽石也化做红尘里的一滴清泪，美到心碎。一个原色手工皮夹，反复抚摸，也会色如重枣，质感华贵。一把家用锄头，木肌光滑如绸，那是柴门小扉，绿菜白粥的况味，一代又一代眼中的珍贵。

包浆是如此令人心动。

以至于人们想尽了一切办法速成，用滚珠机、用茶煮、用盐酸、用泔水，甚至把玉放到荞麦皮枕头里揉搓摩擦几十载，冒充上百年甚至上千年的物件。人们给它做旧，让它温和，煞费苦心；人们怕它新，怕它贼亮贼亮的，但到头来还是犯了贼气。要知道，岁月是偷不得的。

人们忘记给它温度，给它情感，给它时间。

世间万物都可以是包浆的，大到一个城市，一个国家；小到一枚珠子，一粒宝石；精到一方古玉，简到一副扁担。那是用文化、用底蕴、用汗水、用勤劳、用品质、用岁月打磨出来的东西。

站在金碧辉煌的大殿，你失望了，没了斑驳的墙体，暗生的苔藓，没了岁月遗留下的幽深和宁静，没了光阴的味道和气韵，甚至没有了内心的忧伤和惆怅，只是满眼的新、满眼的假。

你低头了，无语了。心都不动了，还疼什么。

人也是可以包浆的，这和许多东西都没关系。那是在锋利与坚硬，在无知和偏执中间，用时间腌制出来的柔软地带，谁都可以做到。

诗人死了，才知道还有那么多的人在那争议。河流有河流的方向，大山有大山的语言，诗人自己喃喃的呓语，一不小心被那么多的人听了去，那么请一定安静。不记得有多少年没读诗人的诗了，但那时却是顶着烈日，跑了很远的路，拿着刚发的工资，真金白银买了它，并工工整整写上某某日购于某某书店。那是一段纯情率真的岁月，而现今面对着许多高深的书，竟如此的吝啬和冷漠。

文学就是人学，抛开理论艺术的桂冠，只是说话那么简单。在对与错之间，在真理的背后，应该有一个包浆的过程。

看过一个故事，一位东德的士兵射杀了一个企图翻越古城墙的人，受到起诉。在法庭上，士兵说，我没做错，只是在执行上级命令。审判官言，你是对的，但没有规定你不能把枪口抬高一厘米。就是如此简单，一厘米就是一个柔软地带，就是一次优美的放生。所以我们看待很多人、很多事，都不妨把枪口抬高那么一厘米，只一厘米。

看过一段视频，台上的人挥舞拳头，慷慨激昂，台下的人内心澎湃，泪流满面。视频上标着，外国禁片，速看！明显的标题党。这是一个正能量的爱国视频，在网上疯传。那么，外国人为何要封杀，是不是所有的外国人都怕我们强大？不是，应该是怕称霸，怕我们强大后激动。我们不是暴发户，我们是一棵古树，只是在昔日雍容高贵的枝头重新吐绿。那些友好爱好和平的人们，那些地球上的美丽生灵都会呼吸到我们的氧气。昔日的痛已成为一寸一寸涌动的脉息，每一次回顾，都是为更好地做回自己。文明、礼仪、得体，仁者无敌，和谁都不比，让子子孙孙看到我们从容优雅的足迹。

认识一位老先生，先生有多老不知道，只知道满头的银发雪白雪白的。先生写文，写流水般的文字，不急不缓，朴素而慵懒。先生喜欢茶道、香道、临帖，还有二胡；先生养鸡，种菜，早晨起来先忙着看门前的花是不是被人摘了去。先生就写这些无用的事，与厚重无关，但与礼乐有染。先生何尝不是在用这闲散的生活包浆文字呢！

　　年轻时看红楼，有人说，有啥看的，全是吃喝拉撒睡。猛听一惊，细想果真如此。那时人们忙着下海，忙着赚钱，忙着听迈克尔·杰克逊，又有多少人能真正喜欢这浸透人性冷暖的文字，怜惜这包过浆的眼泪。

　　但包浆多好！它让你的心和别人的心，都不至于赤裸裸地晾晒在天空下，不干枯，不萎缩，在一层温暖的内膜里，平静地跳着，跳着。

秋思

- 随手的艺术 -

随手，是一种生活状态，一个动作，一个习惯，甚至是内心色彩的饱和及外溢。

母亲七十多岁，至今出门干干净净的，生活于她没有太多的陡峭和波澜，亦无难事。她一生常说四个字：随手的事。她为我买来蔬菜、水果、拖布、碗筷，她告诉我这是随手的事，免得我再出门。即便四十多岁，睡意蒙眬中，她的饺子依旧可以抵达我的床头。我说多麻烦，她说我包就顺手给你带了出来。所有的事于她只是随手，而非刻意。所以母亲的一生都是轻描淡写，从容轻巧的，从不见她大张旗鼓地做什么，而一切都在无声的排列中。

小时，一睁眼，她的粥就熬好了，衣服也晒于太阳之下，她已悠闲地坐在沙发上给我们织毛衣。光阴是她手中的溪流，井然有序平稳地流淌着。随手，亦是她手边的碎云朵朵，不经意间，便可为家人布下一角明净的蓝天。所以我曾在《隐形的翅膀》里说，母亲是上帝派来照顾我们三姊妹的天使，沉重的生活，被她演绎得轻盈美好，只要轻轻一挥，就画堂春柳，云中杏花了。即便现在母亲做饭，电饭煲冒着热气，她也会随手擦干净，墙上的污渍，抽油烟机的油迹亦会一一解决掉。饭好了，厨房也收完了。她不用像日本妇女那样，夜晚九、十点钟，还跪在地下一遍遍擦地板，把家务居所的整洁列为头等大事和必修课，大部分时光在忙碌琐碎中消耗殆尽。

母亲更懂得保持和还原的艺术，哪拿哪放，家里没杂物，无灰尘，每一样东西都有自己舒服的姿势，都合理地摆放，并得到最大的应用和尊重。而不是一时兴起，买来之后，丢在角落蒙尘或扔到垃圾桶。所以随手是门生活的艺术，随手关灯节约的是资源，随手关门传递的是爱，于己是修为，于人是受益。

每晚在体育场散步，我都会拒绝用那的卫生间。主要是嫌脏，有些人如厕后并不冲刷，吝啬一个简单随手的动作，一走了之，并不顾及自己身后留下的垃圾，干净的只是脸，实自私。所以说随手不仅仅是自己的事，更多的是给别人打开的方便之门。

在台湾，管卫生间叫化妆室。他们的楼房可以不高，汽车可以不华贵，甚至会经常看到穿着雨披骑着摩托车接送孩子的朴素市民们，但他们的卫生间芳香四溢，干净整洁。那一刻，我开始理解那位因厕所门事件，名噪大陆，遭无数人拍砖的台湾著名节目主持人，尽管也曾反感于她，但却开始尝试着站在她的角度考虑问题。他们更懂得随手的艺术和文明，你问路，有人会主动要求顺带你一程；东西遗失，有人会随手为你妥善保管，再原物奉还。所以说随手也是一种文明素质和城市教养。

儿子小时，我在一家大型商场带他乘电梯。那时电梯刚入驻这个古城，没牵好，手脱了，我随着电梯运行上去，儿子则倒在踏步处滚动。那一刻很惊心，我无法冲下来，亦来不及呼叫。一个女的过去了，无动于衷。一个男的来了，只顺手轻轻一带，就把儿子提了起来。并攥着他的小手稳稳并排滑了上来，直至交到我手里。这个人的轮廓样貌已忘记，但那个场景却镌刻了我一生。即便现在坐动车，依旧有人顺手帮我把皮箱放上去，拿下来。这些人并不要求感激，且很快冲散在各自的生命河流里。但这样的浪花，足可以温馨诸多人的生命纹理。

我住在路边，天天能听到扫夜的声音，无论雨雪准时响起，也知道他们都是老人和残疾人。这是一支浩荡的橙色队伍，亦是一项巨大的工程，遍布城市的脉络神经，亦知道寒风冷雨中，有些老人手上只套了个透明胶袋。他们在我的枕畔一遍遍扫，是种催眠也是一种折磨。黑夜里，这样的节奏，伴随我很多年。我并不高尚，不曾随手捡起一粒垃圾，但也从未丢弃。故对那些随口吐口香糖，让别人粘至回家；自己爱惜宠物，却把粪便遗失给路人的行为深恶痛绝。哪怕是自己的亲人，亦会瞧不起。

这世界，并不是每个人都能学会认领自己的垃圾，也不是每个人都能随时备好塑料袋和一次性手套。这样的随手不可任性和倒置。生活并不高深，绝非陈景润的"1+2"。它所铺设出的场景动人之处，无非是一些善意，美的抵达和聚焦，就像摄影师的镜头、画家的双眼、文学家的笔、哲学家的思想以及宗教的精神。但离开生活的底图蓝本，这些瞬间、捕捉、抽象、思考、提纯、信仰等等什么都不是。不能将其摁回生活原处，终是失败。生活是他们的基石，他们最大的功能是反哺。生活喂养了他们，他们反身眷顾洗涤生活，让生活者更好生活，这才是目的、捷径，才是顺理成章的事。所以那些架空生活的思维运作，脱离肉体行走的精神模式，与之形成对立的人和事，以及一些麻木或夸张，我并不敬爱。

相信所有的高深伟大都是为低处服务的，为平凡打通关节，铺设桥梁的。

生活最殷实的只是一碗粟色的空气，一个随手呈现的艺术手势。被爱和波及爱，是你的布施和福报，也是生活永远的主题。

- 中国元素 -

喜欢沾染了些许古意的东西，一架雕屏、一柄丝扇，甚至是一个生了锈的铜环，都是我的最爱。我痴迷于这种光阴的味道，更喜欢它们檀香般若有若无的气息。时光如玉，远山一黛，近水一帘，都打磨了它们的品质。我用冰凉的指尖触摸着如烟的往事，但却无法企及它们的灵魂。那种细腻的神韵，迷人的体香都缠绵着古典的高贵。那隔着岁月清幽的双眸，更是不动声色的安静。我必须透过一段静止的繁华才能得以去仰望。

这就是我心中的中国元素。

看过一方锦，上面开着细微的梅。阳光下，像抖落的一抹胭脂，有着化不开的轻艳和纯粹；又似一个女子温软的唇，清晰地印在那个属于自己的料峭早春。心是缥缈的，白的太白，白到令你不忍，红的太艳，艳得蚀骨惊魂。

岁月的瓶颈，过滤着你的前世今生。如果说每一次的相逢都是命中注定，那么，只有真正的遇见才可以称得上是木石前盟。我始终相信淡是浓的永恒，轻是重的升华。若我的眼中有你的深瞳，那你的心中必定是我的一口深井。

这是个快餐的年代，差不多的东西都已成了一次性。再也无须描龙画凤，再也无须慢火细功。那些久违的荷叶，那些清香的木纸，早就被白色垃圾所淘汰，那些丝绢手帕也已被餐巾纸所取代。但那种小女子般的软玉温香，一直还在，隔着一段悠悠的岁月，依旧粉白粉白。

我是喜欢荷的。

但不知道国外的荷咋样，即便是有，也不会是我意念中的荷。我心中的荷必是绝色的，有中国的味道，素洁如雪，古风凛冽。不能太丰硕，我拒绝那样的雍容。我喜欢它的清寒，在一阕古词里瘦到脱筋扒骨，哪怕山河都失了色，哪怕天地都流离失所，但她依旧凛然决绝，风骨灼灼。

当然，荷也是雅的，在一个布衣女子的裙袂上寻山问水，月白风静。蓝的是叶，粉的是脸，淡淡几笔，就素心安暖。她的好，是无人取代的好。

但没有一张原封原样的荷的照片可以打动我，美艳易折，铺张过奢。荷生就是属于抽象的，活在自己的意境中，和心仪的人素面以对，清远静美。

岁月是一把刀，一刀一刀刻下去的都是珍贵，那些轻烟飞絮，那些红尘乱泥，早就在一个微雨初落的黄昏随风化去。

看过一张床，雕刻了十二年，玉石透雕，缠枝镂花，美轮美奂，精致到了呼吸。这是一张婚床，从它的男主人出生就开始动工。这也是中国人的一种隆重，用最细腻的刀功，诠释着一个人的一生。这更是一种漫长的等待，等到婚房中那血浪似的喜庆，才得以见证生命和生命的图腾。

我是敬畏男人的，因为他们是极致的。他们不仅可以铁马冰河，更可以暖玉春色。旧上海最好的旗袍师傅是男人，最媚的旦角是男人，最好的微雕大师是男人，最好的厨子也是男人。男人包罗了一切领域，他们往往比女人更细腻更专注更安静更追求完美。

一旦你发现一个男人可以比女人更像女人，比女人还柔还媚还风情万种，你就会知道男人比女人更懂女人。他们的细是骨子里的细，梅大师是一个，张国荣的眼角眉梢也勾魂摄魄。

当然女人更是灵性的。记得红楼里慧娘绣的那幅折枝花卉的璎珞，贾母一直爱如珍宝，难得一戴。这个叫慧娘的女子可谓人间绝唱，不说她的柔荑是如何的绕指缠香，飞针走线，只说她净手落座时，内心必是鸟啼花落，梨白雪青。所以我不喜欢心里长草的人，不管男人还是女人。

这世界还有很多东西，是我不喜欢的，太过时髦太过前卫，太过张扬太过凌厉的，太过光芒太过生硬的，它们也终将是短命的。

岁月温静，打磨了很多东西，那凝脂般银白的羊皮灯笼，吹弹得破，你是不忍触碰的。

还有那微凉华美的绸缎，轻软如烟，薄若蝉羽，它挑剔着你的手指，也拒绝着你的粗俗。

不喜欢那些太过正统的人，总是标榜着自己如何注重心灵美。实际那是属于幼儿园的教育范畴，早就在成人的世界里模棱两可，是非混淆了，这才是最大的悲哀和讽刺。我喜欢能看到的真真切切的美！

记得在老舍的笔下，英国人是这样看中国人的，凡是流氓小偷强奸犯都是中国人，那些养狗种花品茶的都是外国人，那些笔挺优雅文明的都是日本人。

在福尔摩斯的故事里，码头失窃，家中被盗，也是中国劳工干的。日本的报纸鼓吹杀人比赛，叫嚣着谁杀的中国人越多谁就越英雄，中国人在他们眼里简直该死。

那么，问一下，故宫圆明园的国宝哪里去了？连金粉都被刮走了；别人的领土别人的资源又被谁垂涎侵占了，谁才是真正的汪洋大盗，又是谁打着文明的旗号，泯灭着人性的情操。

人不能蒙着眼睛看世界，那样你永远见不到光明；人不能昧着良心讲话，那样你迟早会受到正义的惩罚。

今天，在世界顶级的博物馆里，依旧安静地陈列着中国元素，惊艳的应该是全世界的目光。毋庸置疑，中国元素是中国乃至全人类的一笔宝贵财富，是一种无法复制超越的美丽。

秋夜

- 春日絮絮 -

微雨，薄湿。薄荷样的空气如绿绸般在清水里漫开。霓虹尚在，晨，已拉开序幕。

下面，卧蛋。肉丝、香菜、菠菜、葱花、麻油，就是一顿安适卫生的早餐，不用再去排队，坐在油腻腻桌旁吃大连面。爱人走时，我嘱他带把伞。

一个人的家是寂静的，花香掉落。风，像干净的孩子穿过窗纱、格子、书籍，迂回在每个角落，甚至跑进床单被褥间。买菜，做饭，煲汤，坐在桌前安静打字。灶上有火，微红，煮了山药，砂锅噗噗地冒着热气。好闻的味道，似纯白绸质的巧克力，在空气中流淌。春天融化，化成梵高的画，柔软坍塌抽象寂静。时光如一只幽居的猫，悄无声息，宝石样的眼睛全是悠悠往事和记忆遗落的光片，而帘外行人、门面、车河，正一幕幕生动。

那日走江津路，简直太美！车子腾云，笔直开向云朵。两旁的玉兰像圣洁的修女，擎着一株株火炬，神秘安详。一树树粉，寂静的粉，粉到心底的粉，粉到心疼的粉。那一刻，所有词汇都是匮乏的。一棵棵闪过，再闪过，前仆后继，绵绵不断。回头、前望，全是，生怕消失，但没有，一条长长的花道，过也过不完，如梦魇。

护城河的花也好，桥映着，水照着，便添了婀娜。一个人走在树下，很古意。风凝了耳语，太静，静成一枚花针，一双绣鞋。是梅，花苞殷红的梅，以饱满羞涩的姿态，轻附于褐色老杆。胎儿般包裹、蜷曲、安睡，还没醒，也许只需轻轻一口气，一口气便会欢笑奔跑起来。手搭枝上，一次次想偷回，只一枝，斜插于黑漆木瓶，就着白纱，一定清美，但一次次放下。

书卖后，很后悔，独自跑到废品店，蹲在堆中一本本过。无意中，抖落一张试卷，儿子的，没扣多少分，但作文不好，故事老套，夹有邻人姓名，除语言，皆荒唐。禁不住边看边笑。高一的练笔不错，一篇续写《福尔摩斯》的，语言纯熟，风格肖像，读之刮目。想一想，那个亲爱的华生真的陪了我们好多年；一篇写邻国的，也不错，一泻千里，现今都不过时，改改可以发了。腿麻，不觉间，已是一上午。收拾了三大包，心满意足回家。爱人下班，念之听。一读，光阴猝老。

微信里，邮箱里塞满黄主席的邮件，不管我们看不看、回不回，他老人家一如既往地发。像老母鸡抱窝，孵着护着，把有用的东西捡拾回来喂给我们。历史、政治、军事、文化、生活、网购，东西方五花八门，啥都有。帖前附言，寥寥数语，已中要害。也深知其意，无非想让我们羽翼丰满，内心强大。思维独立自由有弹性，有见识有审美有判断，走出自身狭窄，呼吸更多的新鲜空气。不被世俗所扰，不被教条所困，一百岁尚能优雅从容地码字，还能听到苍老、微弱，但最真实的声音。他想做很多很多，只是想让我们快点成长，也许有一天，不发了，我们会不适，会寂寞，更会担心。

论坛里有个朋友，很有意思。他说除了迷邓丽君外，最喜欢的就是环球资讯台的邱小雨，每次听到她磁性的声音，都会会心一笑。同学打来电话，他正蛰居小城，说回去，烦她把他们台的邱小雨约出来，合个影，然后放大挂在自己办公室。对来访的朋友说：瞧！小雨，我喜欢的姑娘。

朋友絮絮，想起一段写一段，不成章不成节。零碎地写，大家零碎地看，但看着看着就没了，于屏前也是一笑。

朋友也在地铁看我的《红楼男风》，说生怕看不完被别的编辑删了，说难得的好，难得的思维独立。岂不知，这也是我写的有关红楼，最简净最满意的一篇。

人生辽阔，坦荡成风。很多事很多人，皆是某个春天路过的一个微笑，就像墙上的照片，用镜头深情地聚焦，拍下，定格，永恒。

也是这个论坛，一个陌生朋友发来消息，让留下通联。说我的老古董《女人与鞋》选入了文苑选刊，因个人筹资，故无稿费，见谅。回复致谢。对方又说小册很快寄到，啥也别客气，就是点爱好而已。听后默然，纸媒艰难，有人自掏腰包坚守，于这个温暖的春天便多了一丝敬意。

一个朋友的文字相当寂寞，寂寞到大年三十还在写。如自拍图片、逆光、疏落、斑驳，寂静无声，又如吃饭，日日不断。这样的文字无关文学，这样的人不关名头。但好，看几行就知道好，风干淬火，简净平白，不输大家。芝麻绿豆皆有味，其中不乏婚姻家庭孩子的妈，只不过镀了膜、隔了世。

一日巧合，读一帖，也是婚姻孩子，孩子的爸。相似的场景，俄罗斯红肠、皮皮、女儿，连称呼都默契。只不过同一故事，出自不同之手，一个写得烟火，一个写得寂静。顿悟，原是一家。女的名满，早已大卜，年轻时就看过她小说改编的电影。小说精彩，生活同样传奇。男人晦涩的故事，女人早已坦然于众，彼此是趟过同一条河流的人。男人为爱铁窗上的月亮都敢看，女的为爱油印上访直至最高院。

当男的剃着光头，一无所有，站在一张行军床旁对她深情地说，嫁给我吧！女的早已泪雨滂沱。后，果真嫁了。那年她27岁。

这个女的真的是好。但生活是绣花，一不小心，就刺出了血。

就像每次回头看己文，想改。改好，发过去，主编回了几个大字：已下厂，文学本是遗憾的艺术！生活同样，何尝不是遗憾的艺术。再浩瀚的感情都经不起时间的折腾，与其秀恩爱，还不如感谢细水长流的陪伴。无心窥视，偶遇偶记，一个外人的眼光本不足道，朋友权且一笑！

前几日，剪了短发，也是偶起，因找不见发夹，披着下楼，咔嚓嚓，剪起发落，一头古典的发式就不复存在。理发师熟练地洗、焗、吹、整，热气熏着脸，望着镜中的自己，恍然陌生，小悔，但想到可以不再梳头，不再断发，也就释然。自拍几张，不敢发，传了两张背影的。后来传到常聊的五朵金花群里，有姐妹说，天！短发，老漂亮了，还是红的。一慰！

父母回时，去接站。两天一夜的火车，竟没倦怠，真不错。他们说不行了，一小段动车都晕，只能这样慢慢悠。他们从二十多岁出来，故乡就在脚下，再远，从没间断，从没畏惧，一生奔赴。即便彼此双亲不在，也时不时回去。这次从夏至春，又流浪七个月。他们说带福字古色的羊绒衫和满堂红围巾，是姑妈买的；说菜吃也吃不完，都是舅舅和孙男娣女们送来的：几十斤的大鹅，羽毛漂亮，高过小孩头的大公鸡、土鸡蛋、松花江最好的鱼；他们说行了，啥都吃到了。这个啥无非是童年时父母喂养他们的食物，黄米面的豆包、年糕、酸菜，还有血肠等等。他们还说……但已听到潸然。

父母老了，走不动了，也许这是最后一次回归。故乡，这个深情的名词，以后对于他们将是另外一个板块，遥远而又忧伤。

冬日天未寒

- 一个人去看海 -

一直以为一个人去看海是属于少女的事。一个双肩背包，一双软底轻便运动鞋，一头飘逸的直发，一次任性而浪漫的旅行。海风、细浪、落日、鸥起，面朝大海，伸开双手，就是自己的春暖花开。

也曾一个人去看海，真丝盘扣、绲边束腰，甚至开有大朵的菏。镂空细花小坎，麂皮墨染半高跟，就这样沿着海滨大道一直漫无目的地走着，一个人的海，一个人的孤单。

沿途有紫色小花，在脚边细细碎碎地开着，密密如雾，蜿蜒似带。天高云白，偶有赛车手掠过，一切都是静谧的。实际大海上什么也没有，只是一望无际的孤单和寂寞，但我需要这样的宽广。它可以折射出我的卑微和狭隘，就像一面镜子的两面，我来看海亦是来看自己。

我是一个好迷路的人，在喧嚣的大城市往往分不清东南西北。在我的眼里，所有的街道和高楼几乎都是一样，相距几千里的昆明与乌市也不会有太大的区别。去时，一对东北老夫妻这样对我说："姑娘，跟我们走吧，我们是深圳通。"我不禁笑了，这世界上竟然还有人喊我姑娘，在他们的眼里，也许我还不算太老。一路上他们讲他们的女儿、女婿、外孙，甚至房屋和收入，这些细碎的故事被这个午后的暖阳涂成了金色，我也成了一个最温暖的倾听者。他们说每个星期天都会来看海，平日里买菜做饭，接送孙女不得闲。也许这就是最典型的中国家庭，随着儿女迁徙流浪，繁衍奉献。在一个绿色的山坡前，一群五彩的鸟打着哨声，从头顶空灵飞过，他们说翻过去就是美丽的深圳湾了。

海水无声地漫过眼前，淹没了一切。我希望有一天它可以漫过我的头顶，我蜷在它的波心里，枕着太阳和月亮的光晕睡眠。海水托起柔软的发丝，每一根如美人鱼般飘散，五色的珊瑚亲吻着脚踝，我什么都可以不想，什么都可以不做，就这样静静睡去。深海佛音，有小童提水净地，心底的白莲一朵朵打开，时光是烫好的缎子，我赤足走过，格子的回廊里满是灰尘的声音，那一丝微弱的光，是灵魂的语言，一直引着我向前。

在一个凉亭下，我要了一杯可口可乐，这种咖啡色的碳酸饮料，我一辈子也不会喝上几次，只是坐在对面的两个小男孩，人手一杯，感染了我。孩子们的母亲告诉我，他们的收入并不高，租的房子，接来了公公婆婆带孩子，已攒钱在乡下的老家修了楼房。我微笑地听着，有风缓缓穿过高大的椰子树林，海水如镜，一切都是美的。我喜爱这些朴素的人们，就像我喜爱清晨的露珠一样，干净而透明。

也许有一天，我也会穿最朴素的衣服，宽大舒适；用一本最旧的字典，磨破了边的，随手轻翻两页，就有奶香和棉布的味道；也许我会褪下所有的首饰，像刚出生的婴儿那样干净，清瞳如水，照得见自己的影子。我用放大镜观察细小的昆虫和花萼，去感受一株草木的清甜和灵气，去触摸一个个生命成长的疼痛和快乐。我委身天地，让呼吸熏暖山坡，让脉搏涌动清波，让花瓣揉进骨骼。我会穿着老式平绒布鞋，向着向日葵和太阳的光晕一直走去，直到融进那金色的柔波里。

实际生命就是一场奇遇，就像这大海，不记得有多少爱和温暖包围过我。一路上，我碰到太多双手捧着太阳向我走来的人们。他们为我送来了种子、雨露和阳光，让我的花屋暖香扑面，春意盎然。我知道，没有他们，我的文字便不能存活。我喜欢数着这些熟悉的头像，就像麦穗的清香揉进了太阳的色泽，亲切而美好。我甚至知道他们的思维方式和神经末梢。我清楚记得他们的第一次留言，那些心灵的流萤甘露，足可以盖过我绣花针的文字，自成一篇。望着几百层的高楼，我已无力回复，但依旧感动。虽说赏心不过三两枝，但这万里的红杏云烟，足以让我沦陷。

去冬，我正式进入论坛，从那时起，我开始鄙夷自己。是不是我的文字一定要见诸纸媒，一定要加盖公章予以发表，甚至参赛获奖；是不是一定要像市场的小菜那样任人挑拣，是不是一定要得到认可和所谓的成功。我做不到张充和那样，写文像"随地吐痰"，话虽不雅但足见潇洒。一朵草原的格桑花为何要去镀金，这是我的纠结，我怕有一天我简单的文字后面，会附上一堆复杂的注解。我讨厌自己的虚伪，可我的脚还是不由自主地走着。

庆幸的是，我随意遗落的一粒粒花种，却唤来了一个柳软燕喃的春天，很多朋友的留评让我感动甚至落泪，我不喜欢用编辑或老师这样的字眼，芸芸众生，因缘聚散。他们知道我对文字的忘情，知道我的清澈和透明，知道我的优雅和从容，理解我的善良和重情，懂得我乳白色的情怀和成长的疼痛。他们和我素昧平生，只是清水流过树叶，雨滴打在瓦楞，在梅雨潮湿的季节，为临窗而坐的我送来了一杯温手的茶。

他们就像这眼前的海水，每一滴都那么透亮，集结了就是铺天的温暖、盖地的清凉。

　　我知道我的身后是一片大海，回头就是无边的浩瀚。有多少不同的人们，就有多少宽广明净的心胸。我还知道每一天都有太阳和月亮从它的怀抱升起，博大而宽宏，温暖而可爱。

红灯罩

第一辑

隐形的翅膀

－ 隐形的翅膀 －

　　这样的时节，北方已是瑶池琼羽，雪落梨花了，可我居住的这个古城依旧是暖洋洋的，没有一丝寒意。阳光的小手温柔地抚摸着，楼后的野菊花一丛丛多情地开着，整个小路都溢满了碎碎的金黄。前几日兴冲冲抱回一捧，找出一只素白净瓶灌水插好，放在几上，怎么看都好，房间是明艳的，连心情都星星点点次第开放起来。

　　始终相信阳光是有翅膀的。那些金色的精灵穿过茫茫的黑夜，带着迷人透明的暖香，飞入你迷乱的梦里。它亲着你如水的长发，吻着你熟睡的脸庞，在你干净的被子上游弋，在你喜爱的每一页书中漂行。风递软香，那是一种好闻的久违的太阳的味道。

　　落叶也是有翅膀的，每一枚都是一只忧伤的蝴蝶。震颤的双翼，以绝美的姿势飞过无边的沧海，在一个温暖的肩头上永恒。

　　每一朵雪花也都是有翅膀的，透明的眼睛总是能网住寒冷的风，用一帘的粉红，把一个春天催生！

　　当然每个女人都是有翅膀的，她们贴着时光的隧道，飞进丹麦的童话，飞到人鱼公主的家。

　　小时候家里吃鸡，妈妈总是把翅膀夹在我的碗里，告诉我说吃了就会心灵手巧，会飞。说千万别吃爪子，免得长大后写字歪歪扭扭的，所以家里的翅膀全被我一个人吃掉了。

可我依旧庸常地活着，平凡的日子波澜不惊，细如流水。我还是梦想自己有一双隐形的翅膀，不是为了飞得很高，而是能让自己的灵魂轻盈起来。

少小时很幸福，妈妈会给我们三姊妹每个人弄一个小瓶，瓶子里装上肥皂水，再插上一根吸管，我们就开始吹泡泡。那些大大小小，五光十色的圆圈，就像一朵朵梦在空中轻盈地飞升着，我们仰着小脸举着小手奔跑着嬉笑着追逐着，它们越飞越高，越飞越远，像长了翅膀的精灵，一直飞在我们的生命里。

那时，妈妈教我们折纸鹤、小船、葫芦，还有小衣服小裤子，并且涂上花花绿绿的颜色。妈妈还给我们剪纸，妈妈的手很巧，剪子扭几下，拉开，就是一长串小人。他们手拉着手，肩并肩地站成一排，我觉得那就是我们三姊妹。小时候，爸爸妈妈每年都会拎着大包小包带我们回东北。每次在北京中转坐地铁时，都会嘱咐我们手要拉紧，人再多，都不要松开。在我的记忆里，不管是在人群中，还是在站台上，我们三姊妹都是手拉手的，即便是在绿色的车厢门口，也是这样鱼贯而入。

还教我们画小鸡出窝、鸽子拾穗，我们心灵的第一道彩虹，是妈妈涂下的最纯净一笔。妈妈经常唱歌，哼的最多的是北京的金山上光芒照四方，毛主席就是那金色的太阳……那些轻快的歌声一直在我的记忆里山花烂漫。那时，我从来不知道什么叫幸福，或者说从来没有感觉到幸福，但现在回想起来觉得一切都是那么亲切美好。因为沉重的生活，让母亲演绎得如此的轻盈美好。再简陋的居室，只要妈妈轻轻一挥，就画堂春柳、云中杏花了。在我心里，妈妈就是上帝派来照顾我们三姊妹的天使。

现在每当看到一些家长教孩子认字，就会想起自己的母亲。妈妈教我们学"2"时，会先在纸上，慢慢地写下一个很大的2字，再飞快地添上眼睛嘴巴和两只小脚，一边画一边说，一只小鸭浮水笑；学"3"时会说小耳朵要听好；学"4"时，就会说一面红旗迎风飘。这样的数字，我们一遍就能记住，并且终生难忘。那时候弟弟缺钙，妈妈总是把鸡蛋壳洗净，上火焙干，碾碎成粉，再放到粥里去煮。清寒的日子被母亲过得有声有色。面对苦难，母亲依旧能一袖月、一笠风，保持着自己的轻盈，像雪天里的梅花，在我们童年的梦里一朵朵鲜红温情地盛开着。

后来我也当了母亲，儿子生在一个极寒的冬天，窗外一直飘着雪花。儿子吃牛奶，每两个小时就要冲泡一次，水不能热，也不能冷，母亲半个月衣不解带，一夜一夜地抱着儿子哼着唱着哄着，在地下不停走着，口里还念叨着："宝宝乖，宝宝好，宝宝是全家的小领导……"我就一夜一夜心无挂碍香甜地睡着。

想一想，有妈的日子真的是好！

现在儿子都牵着女朋友回家了，母亲真的老了，早已是红颜褪去，鬓如霜染，但脸上依旧圆润光滑，闪着可亲的光芒。前几天母亲穿了一件黑色羊绒外套，咖啡色貂毛领，衬着她满头的银发，雍容华贵，好看极了。我说："妈！你真漂亮！"母亲会心地笑了，她说她一辈子没化过妆，没讲究过穿戴，衣服多半也是大家给买的。但我觉得母亲慈眉善目，干干净净的，真的很圣洁很美丽，因为她心里一直有爱有温暖。在岁月的半盏光阴里，她始终比别人多了一双翅膀，她的灵魂会飞。

我相信，我也有翅膀。每次去北京，站在空旷的街道上，我耳边都回响着四合院里空灵的鸽哨声，能看到一大群一大群的鸽子在寂寥的上空盘旋。我会走过一条条马路，寻找着童年吃过的烧卖和一种玫瑰花般白软的点心。每当我跨过故宫一道道门槛，在某个僻静的角落里，总是能听见一声声寂寞的叹息，能看见那些穿着粉底蝉蝶刺绣花盆底鞋的女子，摇摇走来。在这朱门深锁的高墙内，是一眼望不尽的孤独。

在喀纳斯时，面对一池翡翠，我对爱人说，你走吧。去衔一支玫瑰，向那些高鼻深目的新疆姑娘求婚，而我就在这白云深处的毡房里终老，过一段湖中邀月、林间摘花的日子。爱人说，别后悔，等十月大雪封山，你插翅也飞不出这雪域高原。

于是我又走在了熙熙攘攘的人流中，回到熟悉的家里。在一个微雨飞扬的清晨，给那些花儿剪枝；在一个红轮欲坠的黄昏，给家人煲汤，乳白色的汤花里，飘着几颗红色的枸杞，那是我的杰作。挑一个有阳光的下午，看自己喜欢的书，只要一米，便把每个字都涂成金色。星期天邀姐妹们去喝茶或坐在公园的长椅上，看草地上，有美丽的妇人经过，红色的披肩下，牵着一条雪白的狗，一切都是那么的宁静祥和。太阳依旧被雨洗过，小草依旧噙满露珠。

一次坐高铁远行，随手翻起一本旅行杂志。上面登了美国一个八十多岁，名叫卡门·戴尔·奥利菲斯的名模，重返 T 台。身穿十多斤重的豪服，脚蹬高跟鞋，身材窈窕，气质高贵，如女王一般。那种凌厉之美直煞全场，让那些花红柳绿的嫩模，一下子黯然失色。我就想，这个不老的妖精，一定有一双迷人的翅膀，因为她的生命在无限扩张。

张爱玲晚年时，深居简出，每天穿着纸制的衣服，轻如飞燕。其实，她不是怕什么寄生虫，而是心理患了疾病，她想有一双翅膀，可以飞回自己亲爱的祖国，而不是孤单一生。

那么，我们女人，不管多大年龄，都要借给自己一双隐形的翅膀，飞向喜欢的地方！

－ 飘落 －

很多年，除了加减衣服，我不知道有四季的流转，光阴的釉面旋转的只是儿子的年轮。

那时的日子忙碌、热闹、喧嚣。我每天五点多起床，零点休息，生活的经纬一刻也不曾停息。

有一天，忽然烽烟俱净，山河皆老，天地间一下子安静下来。楼梯上再也没有儿子穿着红毛衣蹿上蹿下的背影，也没有我煲汤做饭的身姿。我终于可以睡懒觉，实际我早就可以睡懒觉，但心不闲，不像现在安静下来的不仅是时间、空间，更是心间。

我再也不用往他的钱包里放钱，再也不用穿着睡衣追出门给他送书，再也不用在路边等他回家，再也不用陪他写作业至深夜，我不用做很多很多的事。我更理解龙应台说的那句：所谓父女母子一场，只不过意味着，你和他的缘分就是今生今世不断地在目送他的背影渐行渐远。

我忽然变得阔绰起来，自己挣的钱终于可以归自己了，需要我的人，都不再需要了。我这边衣柜挂完，那边挂，商标都不用拆，也懒得穿。实际我的生意已入尾声，从没这般穷过。

不过，我开始发现我有一窗的鸟鸣，每天上午不停地叽叽咕咕。

有的如笛音，啾啾两声，清脆悦耳，干净鲜亮；有的露浓霜重，呱呱两下，苍老沙哑；有的如一串串晶亮的水珠欢畅滚动，回旋自如，一声接一声恣意忘我地鸣啭着。这样的合奏在清凉的秋风中忽远忽近，忽高忽低，有颜色亦有形状，如波似弦，飘忽不定。

有一盆文竹一直没人管，去冬就缠绕在窗栏上，柔柔弱弱往上牵。今秋已经形成了一个巨大的扇面，如孔雀开屏样覆满一片，那么美，那么翠，摇曳成一幅绿窗。前几天，竟然星星点点开了许多细微的、毛绒绒的小白花。一个朋友说，花谢结黑籽，长出小文竹。

昨天，有一对鸟在三楼平台上凄厉地呼叫着，急促而恐慌。爱人跑下来说，它们的孩子丢了，在上面发了疯似的找，把窝里的草扒得乱七八糟，身子在棚顶乱撞，还说它们的儿一定在楼下。我茫然四顾，不知所措，忽然脚边电脑桌下，传来孱弱急切地吱吱声和扑棱声。爱人小心翼翼捧上去，一切方恢复宁静。

我经常向芳描绘我窗外的秋天，我说阳光是清冽甘甜的，如指尖上跳跃的小金鱼，在棚顶和墙壁间斑驳游走。我说水上翻飞着一对洁白的大鸟，扇形的翅膀以绝美的姿态，斜掠过水面，划出一道涟漪，再扬起一串晶莹的水滴。它们颈项优美，时而隐于翡翠丛中，时而高飚起舞；我说那一排白杨就假在秋风里，树叶轻柔，哗哗作响。当叶子褪光后，风中会出现孤零零的鸟巢，当然那已入冬。我说有一只多情的鸟儿，衔来了一粒花种，一不小心遗落在两个水面之间的小路上，一到深秋便开满一路碎碎的金黄，就可以一捧捧抱回家。我说爬山虎依旧包裹着我的房子，碧波如浪。安静的秋水如一方盒子，不是煮着太阳就是装着月亮，往往一轮红日刚没，一片虫声又起。她羡慕极了，说要带着相机来。

其实原来比这还美，但我一直不曾留意。那时对于秋的记忆，只是漫漶的水彩，从没这般真切过。

　　只记得那年秋天送儿子上学，去西安。塌方，修路，堵车，泥石流，车子见缝插针或卡在一大堆车子中间，前路茫茫，很是惊险。报到，交钱，入住。上楼时，他的皮箱我提都提不起，一格格往上挪。我们走后，他一个人孤零零留在那里。后来他深更半夜打电话，闹着让我把他弄回来，说那里的风刮得他脸疼，说那里的土豆不削皮，茄子不去蒂，说那里的人不会扫地，往天上撅，到处黄沙漫漫。我听后默然，知道那是个沉稳安静、端庄大气、祥和美丽的城市。

　　再后来他打游戏，挂科，自然醒，我每天担心他不能毕业或不知道毕业。再一次去西安是凌晨四点，天空下着豪雨，水泼如注，白烟四起，头顶扯着闪电，打着焦雷，车漂水上，恍若舟行。上高速时，我说别去了。爱人说，没事，出都出来了。很是悲壮。

　　到那，儿子又是七八门课红灯高挂，外加发烧。凌晨一点，我穿着睡衣，攥着钱，穿过一条条马路去买药。终于找到一家24小时营业的药店，却已茫茫然不知所转，好容易返回，看到开了一天车的爱人，疲倦焦急地站在宾馆楼下等我。我白天搀着近九十岁的公公看大雁塔、兵马俑，晚上照顾儿子，归途尚需不停地陪爱人讲话，生怕他倦意袭来，有个闪失。那次几天不曾合眼，除了带回儿子还带回他的两麻袋杂书，这是他买装备以外的收获。

　　儿子快毕业时，我经常凌晨两点接到他的电话，声音像从地底下冒出来，瞬间惊出一身冷汗。他说他完了，我以为得了重病。他说一些大公司没了下文，而许多同学签了年薪十几万的约，坐飞机去了总部。我说知道了。他说你干嘛总是这么轻描淡写。我说你实在不愿意读研，就找一个差点的公司带着自己的户口走吧。

　　再后来他很优秀，小小的年纪拿高薪，还房贷，请保姆，养自己的小家，像当年别人挑拣他一样，到重点高校招人。这些只在他毕业后的两年间，全部率性解决掉，弄得你措手不及，目瞪口呆。再提起某某毕业于自己的母校，竟十分自豪。

我在深圳时，芳去看我，夸他智商高，有教养，他们相谈甚欢。后来扯到教育问题，儿子说：卜阿姨，你不知道，我上班后，才发现自己是一个爱学习的人，原先是我妈妈扼杀了我全部的兴趣和细胞。芳也凑趣：是的是的，你看我就不管儿子，只引导，那时幸亏看了一本什么样什么样的书。连做饭的李姐都说，她也只做孩子的朋友。面对这些，我再一次无语，感觉到自己深深地失败。

实际人生是不可以逆转的，很多事情都无法重来。犹如这季节的黄叶飘落了就飘落了，拾起来都无法青翠。

光阴的釉面，到了今天，已是水阔天长，风消云散，一切都很干净。站在夜色中，只有水中一轮静静的孤月和远处零星的灯火，我第一次发现秋天如此静美。

－ 纸质细软 －

信，于我来说，是洁白的羽毛飞过童年的湖面，蘸着露水在月光下写就的温情一笔。有风的夜晚，一封封码好，用红色丝带打上蝴蝶结，安放在藤条小箱里，随我坐绿皮小火车流浪远方。

不记得自己写过多少封信，也不记得收到过多少封信。总之，那些绿色邮差摇着自行车铃的日子，已成为记忆里一抹温馨的剪影。很遗憾，空荡的抽屉不再有一封信静静地躺在那，等着我去触摸它的温度。十八岁那年，有个男孩曾奋力给我写信，一连二十七封，很漂亮的钢笔字，文采亦好。那些细枝末节的珠贝早已被时光的湖水漂洗得一干二净，只记得有句宝玉红豆曲里的唱词：恰便似遮不住的青山隐隐，流不断的绿水悠悠。他是父亲单位技术室分来的大学生，个子不高，从未说过话，他每次把信默默放下就转身离开。那时年小，不知如何是好，这些信件就成了我心底永远的秘密。我是一个爱漂亮的人，延挨很久，选了一张粉色信笺，裁剪了一个很别致的信封，背面糊了一幅水墨图画，前面工工整整写下地址，贴上八毛钱邮票，绕了很大一个圈，郑重地寄到他的手里。

我一直珍爱着这些信，知道他曾对我用过心。月圆的夜晚，他在他的案前勾勒过我的山水。这些温情的信件就像心底的细软，一直陪着我走过很多年。

人是无法解读自己的，你去过的车站，往往收藏在别人的魔盒里。我是一个喜欢在自己梦里飞花三千的人，与外疏联，喜欢极简，能不要的都不要。三年前，为发一封邮件才有了自己的 QQ，号还是别人送的。两年前，在农村七八十岁老大妈都用手机通联时，迫不得已，才给自己配了一部最简易的手机。时至今日，发短信都吃力。二十多年来我唯一通向外界的就是一部座机，我感谢那些童年的伙伴，能找到我这个卖火柴的小姑娘，把我从新鲜的土壤里翻出来晾晒。

夜深人静时，如果有铃声突然响起，我会披着睡衣下楼，接听那些天外来音。清一色纯正的普通话是那么亲切好听，我小心翼翼猜着她们的名字，生怕惊破水面上飘来的梦。也有同学空降这个城市，请我在不错的酒店吃饭。这些都成为我深深的感动，因为她们还记得我。

不久前的一天，对话框里，有陌生朋友直接甩来一句话："把你的手机号码报给我。"这样的不见外多少让我有些错愕。当我弄明白是初二的同桌时，竟哑然失笑。尽管二十多个春秋不曾谋面，但我知道我们是一片叶子的正反两面，不仅相似，还一直在彼此心底碧青碧青。她说她保留着我的一张小纸条，问她的还在不在。我在记忆的海洋里使劲打捞着，竟一无所获。她说那是一张从中撕开的白纸，一半我写下了我的名字，一半她写下了她的名字，然后做了交换。原以为是一句浪漫的诗句，但听起来倒像是一个郑重的仪式，无法想象当时我们的小脑袋都想些啥，是不是想用这种方式把对方的名字谨记一生。接着她把翻拍的照片打了过来，看着自己十四岁时青涩的字迹忍不住笑了起来，并一眼看出后缀拼音平卷舌的混淆。底下标注的日期是 1982 年 11 月 30 号，离现在已整整三十二年。我很惭愧，她的那粒花种，被我遗失在通往春天的大道上。

我在我的时光旧城里，找到了她的照片，发了过去。那时的她像一朵洁白的花蕊，庄严而又羞涩，衣服的第一个纽扣永远是紧扣的，说话爱脸红。她不穿新衣服，生怕被别人看了去。她的东西规规矩矩、整整齐齐、干干净净的。她文静，不疯不闹，不轻浮也不做作，是个家教很好值得信任的人。她走读，我住校，我经常去她家，她的父亲是一位有名的工程师，家里一丝不乱，墙壁雪白，一颗钉子都不让钉，毛巾洗得发白。

但光阴一下子无情地刷新到了今天，面对镜子，我们的年龄比当年的父辈还要老。

不久后的一天，她又发过来一张钢笔画。瞬间惊讶后，我一眼认出那是我十几岁的杜撰：画面正中有泥瓦小舍一间，右有竹笆扎墙，左有古树相依，门前漫有石子羊肠，屋后太阳、山峦、云朵相拥，一条彩虹小溪环门而过，又漂入后山。院内摆放一张乒乓球桌案，上有小球沿虚线飞绕，两只僵硬的蝴蝶停在空中，只是缺了鸡鸣鸭唱。搁在现在，我一定会添上一群长成向日葵的孩子，冲着太阳一直奔跑。

我说你也太可爱了！她说我这还有你的信、照片和给同学起草的入团申请书，现在就摆在我的床头，我每天慢慢看。我惊讶地张大了嘴巴，真的不记得自己写过什么信。我笑着说如果真有，那你得留好，等哪天我一不小心红了，这独发的处女作还能换点钱，若里面有点隐私的话还可爆下料。她听后呵呵地笑，说成啥名呀！我还不了解你，不是一个有功利心的人，和我一样都有点傻。听后竟很感动，我的底色，十几岁就被她拘定。

她把那些小信读给我听，真的是我写的。在铺满时光落叶的小径上，我一直向她倾诉。里面有喜欢安静，喜欢简单，一个人静静地，把一切繁华喧嚣拒之门外的话，还有升华和人格这样的字眼，还提到一些几乎忘却的人名。我写得细致真诚，自然连贯，没一句套话。她说你看看你小孩家家的那时就懂得人格了。我一直举着手机在卧室里笑，窗外的光阴已经汩汩流过了三十年。这样安静的夜晚，除了她的声音飘入，还能听到楼后仅存的爬山虎干枯的枝叶，在寒风中簌簌作响。我说你处理掉吧，我在最稚嫩的年龄，说着最老到的话，生吞活剥着一些现在都不想弄懂的概念。我说我十七岁时就用了现在的网络语言，坐拥禅机，可依旧活在纷扰的红尘里出不来。她说你知道吗？你这封信，写了五大页，而我只读了两小段。

又过了两天，她给我发来四张照片。模糊的铅笔字，还有勾改涂抹的痕迹，但字体不错。我说这是你写的字，她不回。我说这是我写的字，她也不答。我一下子认出纸张是父亲办公用纸表格的背面，文字呈双行排列，押同一韵脚。我一下明白是自己十七岁写的诗，标题是《真诚的告白》。我一个电话打过去，我说这是我的诗，她说是的。我说我不会这样不讲究，把草稿寄给了你。她说你肯定没备份，你那时就这样，想对我干啥就干啥。你的信封五花八门，信纸也是各式各样，有的直接从练习本撕下来就能写，有诗有画还有批注。我突然想起在她的信旁，我曾用红笔直接回复，像脂砚批红楼样。她说我这还有很多，现在眼睛疼，每天只看两封，以后慢慢处理。有一天老了，不在了，就没人守护它们了，只留两封咱俩看。有时间，你自己来取。听着，我的眼泪竟掉了下来。

我知道她辗转过很多城市。她和我说过，刚到上海定居时，回去托运东西，捆了三大包，车子在楼下等。剩下最后一包，她背一次没背动，背两次也没背动，我想那里边，肯定有我的这些心灵碎片。

那时候人穷，没有什么值钱的东西，只有这些纸质细软，能贴着生命的体温随身携带。我知道她是一个性情中人，看待花朵同黄金一样珍贵。这也是隔山隔水，隔着几十年岁月我们从不需要想起，但永远也不会忘记的原因。

她的爱人也是我们同窗。他们一个武汉，一个南昌，你侬我侬，大学毕业后，结成伉俪，数次搬家，最后落户沪上。但我的信始终跟着他们，见证他们的爱情，目睹他们的婚姻。

三十年算什么，只是这薄薄透明的一张纸的距离，我们还是栖息在同一片叶子上的两颗露珠。那时的校园开满了白色的泡桐花，我坐在临窗座位上，伸手就可以摸到。H型的楼房，玻璃黑板，我们在上面沙沙写字，教室静得掉一根针都能听到。朝颜花爬满了宿舍小墙，夕阳染红了柔软草坪，我抱着书，穿着白底兰花旗袍小裙走过。她在教室里了等我，我们坐在一起，一任那些琐碎的光阴缓缓流淌。

她说那时我真的看不上你，你的饭票总是一个蛋一个蛋的，都是我帮你叠好，再放进你的小钱包；你的书喜欢卷角，都是我帮你抚平。我每次说你，你只会笑。我说不会吧！我现在是洗了手才看书，看过的书和新的一样。我的东西极其规矩，分门别类，每个抽屉放的什么一清二楚。她说我现在倒是和你过去一样，你的房间我不会住，太整洁了。我喜欢舒适，干净地凌乱着。衣服是可以堆着的，厨房也可以搬进卧室，我在床头烧水，坐在床上吃水果。我说我永远不会这样，而你真的变了。她说我现在自由随意，想干啥就干啥，你倒是活回去了，不过我们还是一样的人。

我小心地问，那你现在会吵架吗？她说会，我说我也会。她说我还会洗衣服做饭、订机票、装修、开车，啥都会。她说如果你现在看到我吧嗒吧嗒地掉眼泪，你别怕，一会就笑了。我说我知道，我也哭过，但生活还要继续。我们都不是当年的小女孩了，离开了父母，再也做不成公主，这是定律！

我说你咋还是那么白，像瓷一样。她说我宁可不白也想长成你那样。我们呵呵地笑着！依旧是同桌，就像昨天还在见面，没有一丝半毫的陌生隔阂。我说我在信里咋称呼你。她说你叫我芳，想念的芳！我说我哪有那肉麻！她说你就是这肉麻来着，你还说可想我了。我从不知道自己的精神还这样依附过一个人，我一直以为自己是一个抱着月亮独自奔跑的赤脚女孩，一无所有，可她竟在她的保险柜里，为我收藏了一个春天。

这就是纸质细软，文字中的黄金。它带着灵魂的香气和体温只发给一个人看，能珍惜这样首家独版的，必是有心人，也值得我去珍爱一生！

－ 清霜薄雪 －

　　降霜了，已入深秋。窗外琥珀色的金沙依旧倾泻下来，干净明亮，雍容华美。

　　有恙在身，静卧为主。太阳的光斑一点点从窗帘的缝隙挤进来，帘后垂下的藤蔓，如印上的暗花，摇曳生姿。一团黑影飘忽而下，我知道那是一枚枯叶最后的舞姿，悄然划入枕畔。偎着秋风，世界是流动的。

　　翻手机时，有人说下雪了。那是我童年的故乡，一朵一朵的小蘑菇从天而降，屋脊、村庄、山峦都覆了一层薄薄的白，暖暖的一口气便能吹化。始终相信最初的雪是软糯温香的，像奶油，所以喜欢一本书的名字《热的雪》。

　　很久没码字了，非常想念。很想写写阿妹和她的玫瑰，还有那个白色的病房，病房里涌进涌出的护士和那些漫漶如水蒸气般的病人们。

　　爱人住院时，我每晚躺在租借的小床上看一本叫作《生命册》的书。邻床的婆婆鹤发童颜、慈眉善目，笑眯眯的，很有古风。她说她也有一本。第二天，果真带来。只是此书非彼书，一本是红尘喧嚣，一本是佛门净语，名虽相同，质却有别，一个门里一个门外。

想想生命也不过如此，尽管形式不同，却殊途同归，就像这个清霜薄雪的季节，就像婆婆头顶上的银丝雪练。

婆婆的老伴刚动完手术，仰躺在半摇起的床铺上。插着管子，带着面罩，挂着盒子，吊着瓶子，浑身武装。推车里的仪器不停地闪着嘀着，波浪线涌动着。他疼，但发不出声，大汗淋漓，止疼针已不大管用。他的女儿在左侧握着他的手，头发深埋在父亲的臂弯里，昔日有力的大手连抚摸一下女儿的力气都没有；婆婆站在右厢，笑眯眯地打着扇，灰色的羽毛一下一下轻轻地扇着。午后金黄的暖阳打进来，病房变得异常安静温馨，她低头的瞬间，我看见一滴金色的眼泪，穿空而下。抬起时，复又如初，依旧笑容可掬，啥也不曾发生。我甚至怀疑那只是我的错觉，或一个电影镜头，但美极！

女婿白胖，脑后一圈头发剃光，中间扎了一个小辫，如剪纸上的孩童拖着一根小尾巴。照旧一天三餐送饭，公公是软糯的流食，婆婆是青碧的全素，而肥胖的女儿却是红油的鸡虾。

那些天，阳光一直很好，窗外秀美的香樟树沐浴在晚秋金色的光辉里。我经常穿一件棉质红色碎花盘扣连衫裙，着一双同色鱼莲版绣花鞋去打饭。沿途，翡翠色的甬道上开满一种珍珠白的四瓣小花，便采了一朵，养在一只透明的玻璃杯里。一粒之香，病房立马不同起来，后来我知道她叫葱兰。那时临床的公公还未手术，尚能盘着腿坐在床上哈哈大笑，他说他养了一百多盆花，那样的姹紫嫣红，让我好生羡慕。

《生命册》开篇就好，语感不错，抹了自己的蜜，一直推着读者往前走。我看到了雪，寒冬深夜里的鹅毛大雪。那夜，主人公无处栖身，漫无目的走过一条又一条大街，在那个充满希冀华美的中原城市，路灯下的雪是粉红透明的，像纱。看到粉红二字，一动，终于有人说雪是粉红的了，和我的思维竟能小小的相似。记得曾写过一首微诗，里边的雪亦是粉红的，当时就有编辑说不符逻辑，当然也有人选用。

实际逻辑是个很玄妙的东西，看在谁的脑子里，所以有些故事注定是别人的。如果有那么一个小女孩躲在温暖的室内，托着小小的下巴遥想着远方，那时的雪一定是粉红的。她知道她的父母住在很远的地方，那里热，有蚊子，挂有粉红蚊帐，但她从来不知道蚊子和蚊帐啥样。就想着倘若冬天下雪，一定也是热的粉红的。如果非说是白的，一定是她湖水般漫过的眼睛，养着两粒粉色宝石折射出来的光芒。很庆幸若干年后，我还能保持这份童真和幻想，因此面对高深时，更愿意去亲吻滑翔的流云、升腾的气泡，或俯身侍弄一盆花草。如果平视，我更愿意亲近那些普通而平凡的人们，更喜欢用轻飘的语言，诠释生命颗粒的饱满和颤抖。世界上的事，没那么重也没那么轻，看在谁的眼里，更看在谁的肩上。

十九床是从乡下来的，一家四口吃住都在医院，非常热闹。床上床下，堆满橘子、柚子、蛋糕、咸蛋、衣物；床头柜上摊着纸抽、饭盒、水杯、手机、一次性筷子等。两个儿子黝黑敦实，短裤拖鞋，忙进忙出，一个在深圳打工，一个尚未成家。妻子温美，虽是劳动妇女，但皮色白净，线条柔和。爱人坐起时，她按肩，爱人躺下时，她捏腿，指法熟练，神情安详。男的显得很老，第一眼感觉是七十，细瞅又像六十，实际才五十出头。他已动过手术，一天天好转中，估计快出院了。

有一次，我和爱人说很难再买到纯正的土鸡煨汤。男的便说，他喂了很多的土鸡，吃谷和玉米，一年有吃不完的土鸡蛋。家里还养了鸭、鹅、猪，除旱田还种了十几亩水田，全是他一人打理。这样鸡飞鹅跳，麦黄稻绿的场景，自是令人欢喜神往。

有一天，我拿着爱人的 CT 去找大夫，听见他的大儿子在问化疗放疗的事，声音虽小，已然入耳，不免心中一悚，方才明白患的是癌症。大男孩让医生交个底，医生的回答很简短：肺癌晚期，延缓生命。

回病房时，我看见大男孩，一声不响，踮着脚孤零零地紧靠在走廊的墙壁上，便低头快速走过，没敢看他的眼睛，明白他在平复情绪。我不知道他哭没，但知道一定有团东西堵在他的喉管，发不出声。他马上就要没爸爸了，那个坚如磐石一个人就能种十几亩水田的爸爸就要没了，能不落泪吗！

病房依旧热闹，电视响着，阳光照着，大家该吃的吃，该喝的喝，该洗的洗，该涮的涮。卫生间里依旧挂满了男人的睡衣、短裤，女人的胸罩、袜子；台案上堆满了洗发精、洗洁精、香肥皂、刷子，乱码七糟的东西；篓子里塞满了一次性碗筷和果皮，台盆上粘着各色长短不一的头发。我用手指轻轻抹去，缠做一团，丢进垃圾桶里，接着打开龙头。这些凌乱的生命迹象，今天变得异乎温暖，我开始知道这四个病床，除了爱人是肋骨骨折，其他三位都是肺癌晚期，只是在此延续生命。

出院时，我养的那株葱兰还在，只是稍作枯萎变色。这世界是温馨的，一切都在忙碌中，荒凉痛楚的只是内心，旁人无法触摸，亦看不到。他们还有一段很艰难的路要走，化疗放疗中药治疗，是痛苦的亦是积极的，他们的钱已如漫天的雪花，撒落在这家人满为患本地最好的医院里。但他们从不说，脸上依旧挂满笑容，谈论的都是鸡鸭鹅草，一些无关紧要不相干的事。那个女人还在一下一下按摩着，坚定有力，不像是死亡的临近，倒像是康复的开始；两个儿子依旧大包小包地往回提东西。

去岁寂寞，不知今冬是否降雪。如果有，相信一定还是粉红的。

- 母亲的颜色 -

一

母亲回来前，我去打扫卫生。午后的阳光淡淡斜进来，房间镀了层金。撤下单子，拉下沙发上的罩布，像一个电影的慢镜头，我按部就班地做着这一切。这是我第一次为母亲做清洁，在这四十余年的光影里，好像都是母亲一直帮我做，在那不停地帮我做。

母亲爱干净，家里难得找见一根头发，厨房的窗户擦了又擦，水样的亮；卫生间的墙壁也是每次沐浴后，趁热抹一道。卧室的窗帘永远是通透的，隔着温暖的米白色，外面是万家灯火。衣柜里的衣服，挂得水般整齐，即便每次出远门，也要用抹布把门缝塞严，以免房间进灰。这就是母亲，在细如流水绵长的日子里挚爱着这个家，关怀着平凡生活里最细微的一草一木。

父亲是个好古意的人，喜欢一些岁月里陈旧的东西，墙上的字画和瓷瓶里的花，也会常换，但多不值钱。给我，我亦会欣然接受，把框改道漆挂在新家。为父母打扫卫生难免心酸，他们节俭，床头灯的罩子已被灯头熏黄，旁边放着父亲常看的两部书，也翻得焦如枯叶；塑料的纸抽盒，亦萎了色；我生怕一拖布下去，花架倒下。父母爱美，这套房子装修时，他们手头紧，省了又省，不可能达到父亲心底的预期。那些实木的纹理，勾连的意象，是需实力的。母亲清淡，总说能住就行了，且爱惜着她经手的一切，穿旧的衣服即便当了抹布也洗得发白，卸下的打火灶，除了打不着火，和新的没啥两样。

母亲会过，能走路就不坐车，能坐一元的就不坐两元的。有时候我怕他们晒着淋着，会嘱咐他们打车。父亲就会说，听到没，你姑娘让你别舍不得花钱。母亲也大方，但要看在哪方面，邻里有难，亲人患病，亦会奉上薄酬，并数目可观，属纯心意。像早春暖阳下长出的新芽，再自然不过，从不会回头算一些分斤拨两的细账，所以母亲情感的枝叶始终是翠绿的，且贯穿四季，这是令人高看的。姑妈来电借钱，是赌债，我们拦着劝着。母亲道："都别说了，借吧！人家对咱好过。不借你爸他睡不着觉，最坏无非回不来，权当没有，大不了自己少花点。"就这样，连零头都汇了过去。五六万，对一个工薪家庭不算少，属经年累月省吃俭用积下的。也许母亲买菜都要绕几个菜场，生了病也舍不得看，但对这些却可轻描淡写。钱未回，姑妈已逝。我多少有丝愧意，如若当时也能如母亲这般豁达，秉情而不持理，奉点薄意，于儿时对我百般好的姑妈，亦算点安慰。

二

我高中毕业时，母亲给我买了块手表，英纳格，是我唯一一块瑞士表，至今尚在，收在一个小匣子里，上了劲儿，还会走。但那时母亲秋裤的裤脚烂得一条条的。我参加工作时，母亲在全市最好的眼镜店给我配了副眼镜，美国的，红框细脚金架，至今也在，除了腿折断处用胶布缠起外，一切如初。后来我换过无数个眼镜，有时找不见，把它翻出来，戴上依旧清晰。八十年代，还是个很贫瘠的年代，那天母亲还给我配了副隐形的，共计花多少钱不知道，总之十元的票子一沓。而那时母亲连一两块钱的腰带，都不舍得给自己买一根，用布条在里边一勒完事。

现在说起母亲的好，仿佛在历数自己的罪恶和不谙体恤。所以母爱，对我来说是不能碰的，一碰就泛滥。初中时，写过一篇作文《我的母亲》，丢在寝室床上，看哭了几个小伙伴。具体内容已忘，记得开头是两条铁轨无限地延伸着，延伸着……望也望不到头。老师说很有意象，像小说，实际那时我尚分不清小说和散文。那条铁轨在我的记忆里的确是无尽的，因为有太多母亲的血汗与泪水。母亲十六岁是北京乘务段的一名列车员，跑承德至北京的列车，六二年大精简回乡。嫁给父亲后，干过许多又苦又累的活，打石渣、卸火车皮，倒预制板，拉架子车，于烈日下干许许多多甚至连男人都无法承受的工作。四十度高温时，铁质的车把是滚烫的，母亲一碰，眼泪唰地就掉下来，但母亲从来不说。单位来函通知她回去上班时，已有了我们仨，母亲只是望了望我们，便放弃了。

母亲深秀，并不高大，鞋子只穿34码的。有次，她深夜十二点灰扑扑从工地回家，经血顺裤，没及脚面。当我捂嘴，喊出妈时，母亲摆摆手轻声道：别吵吵，都睡了，没事没事的。那时，家里一切都有赖于母亲，淡绿色的蚊帐永远美得像雾，沙发上的浴巾一个褶都没有，墙上挂着美人轴，桌上瓷瓶擦得润亮。而父亲不是现在这个半夜睡不着觉，起来给我们包包子，看着菜谱炒菜，跪着擦地板的父亲。那时就是一个一杯清茶、一张报纸，再唱几口京剧，或通宵达旦做着自己的预算报表，再晚都要等母亲回来做饭的父亲。

那时我也不干，直至结婚前几乎都没做过家务。母亲也不让我们做，总是摆手说，去去去，都出去玩，两下就完的事，何苦这么多人。母亲聪明，巧、慧、快，她是左撇子，很多事一眨眼就完了。哪里有新式毛衣，母亲看两眼，几天后，保管穿在我的身上，我的裙子开起来，永远是最美的一朵。成家后，母亲依旧给我织，给爱人织，给我的儿子织，不停地织，至今我的衣柜里还有几条毛裤没上过身。母亲的手，一生都没闲着，以她的话说，待着干啥，多难受。母亲对我实在的好，从小就有很多小伙伴要和我换妈。父亲每次出差也会给我带衣服，如果哪次忘了，放学前，母亲会赶到集市买一件，放在我的床头，谎称是从北京带回来的。实际我并不是一个不知天高地厚的人，反而内心羞涩，这是我成年后对自己更深的认知和总结，也不曾管父母要过什么，虚荣一直离我很远。只是父母宠爱，只要不是天上的星星，均可摘下。大小姐，这个称呼伴随我很多年，褒义也好，贬义也罢，父亲的同事都这样叫，那时并没觉得不妥。现在回家，母亲开门的第一句话还是大小姐回来了，要不就是咱家大小姐如何如何。我母亲用一生养了我这么个大小姐，让我一辈子欠着，愧着！弟弟们也很少做事，只负责玩，我们从小就是天使，理所当然地享受着母亲无私的给予和劳动。

那时母亲做计件，挣得比父亲多得多，这些钱母亲从不自己花，都用于往返故乡的路途和我们的衣食。每次回老家，都是大包小包，扛米背面的，要坐三天三夜的火车，孩子大人均体面。母亲从不和她的父母兄弟姐妹说她在外面受的苦。有次大伯出差路过我家，看到母亲，落泪了，他说母亲是他们家的功臣，没有几个女人能做得到。那时我的衣服就很多，不大穿，一二水的常有。母亲洗净，叠好，码整齐，让我送给堂妹。大伯是个高级军官，大娘是个在家里就可以戴着小眼镜看内参电影的漂亮女人，堂妹是八十年代电视连续剧

《蒲松龄》妻子的小演员扮演者。我们两家条件悬殊，但我的母亲，一样让我过得像个公主。堂妹拣我的衣服穿，我那时的袜子就是雪白镶蕾丝的，她拿起套在脚上，拉着我去看她的学校。

大伯回老家也会告诉亲人们，我已出落成亭亭玉立水水灵灵的大姑娘。但我深知，我的水灵，正源于母亲的枯萎。我们一直觉得母亲是无所不能的、铁打的，实际母亲那时只八十多斤，风都能吹倒。

三

毛笔润过的岁月是无声的，时光在淡淡中前行，父亲已不大愿意承认母亲受过的苦，认为那是他的耻辱。总说我没让你们的妈妈遭多久的罪，你们也没有。但在我记忆里却是刻骨的，艰苦的日子总是有的，一盘好一点的菜，母亲拨在我们碗里，父亲又往母亲的碗里赶，母亲说什么都不肯要，说干啥呀！孩子们正在长身体。母亲的话永远都是朴素的，对吃也看得很淡，一辈子不吃零食，即便现在堆在桌上，也很少动。这是母亲的教养，属深度教养。吃不吃能咋地，真没身份！这是母亲常说的。在母亲眼里一个人最高的身份就是教养，而在吃上最能体现。即便61年大饥荒，啃树皮捡白菜叶子的日子，母亲做列车员，出趟车一个面包，她自己饿着，攒十个，提回去给大舅的孩子们吃，其实那时她也只是个孩子。就是现在母亲做一大桌子菜，也是看着我们吃，总说你们吃你们吃，吃完各忙各的去，别管我。所以母亲总是最后一个上桌，手里端着的还是那碗剩饭。母亲的好与其说是爱我们，还不如说是自身品质的高贵，内心无私折射出的旷达之美。

我在近郊有幢居水临路的房子。除了一墙的植物外，就是无数门窗。一楼很高，五米深浅，橱窗和门均是顶天立地的。在我的记忆里，年复一年，都是母亲擦的，她够不着，踩着椅子，举着专用的长杆。这一站，就是很多年，头发都站白了。当有天我硬拉她下来，死活不让时，她说没事，没事，你妈没那么娇，还能动。当我搬回闹市，走过溢彩流光一排排水晶门面，看着年轻的服务员蘸着泡沫举着长杆时，就会想起母亲的身影，母亲的好，母亲一生对我的好！

有几年，我经常出门。每次走，父母都会住到我那。七八天的时间，整个三层楼的角角落落，都会被他们打扫个遍。窗户整扇整扇卸下，用清水冲洗干净，再上上；落地长帘，摘下洗净再挂好；书橱里的书，倒腾下来，按高矮胖瘦，分门别类码整齐。父亲胖，蹲不下，索性坐在地上。被子也会晒得泡泡的。

每次从风景区回来，拉箱进门，那一眼的明净，都会让我觉得自己的家真好！桌上的饭菜，冒着热气，砂锅里的汤汩汩的，两双筷子摆得整整齐齐，而他们已整理洗漱用品准备离开。

有次，我吃完饭进二楼卧室，看到我的一大串钥匙挂在抽屉上，一根很细的铂金项链顺沿垂下，如打劫般，便愣愣的。爱人进来说，别看了，肯定是你走时慌忙干的，没别人。第二天母亲来对我说，你的钥匙忘拔了，还有条项链在外挑着，我和你爸看了半天，没动。我说咋不放回去，锁上。她说你知道的，在别人家除了冰箱的门，别的我都不动。母亲说这话时是淡淡的，但我还是一震，她口里的别人不是旁人，是我和弟弟，她一生只负责给我们做饭，服务，别的并不窥探。即便是亲生儿女，也界线分明，其他抽屉和柜门从不打开。实际每次出门所有的钥匙我都是留下的。但这是母亲的习惯，自爱、自尊，也尊人。这种习惯不是人人都能有的。很多时候，窥探之心，就像清水里的杂质，不知不觉会让你的清洁度大打折扣。

母亲温柔，一生不会吵架骂人。读红楼，我常感叹人性之沸腾，那里诸多人都骂人，即便不骂，内心也凛冽。王熙凤王夫人骂得最多的是下作的小娼妇，黛玉也说放屁这样的字样，论教养，这些大家闺秀真的不如我的母亲。我们几姊妹或多或少都遗有父亲的性格，闹点小脾气都是有的。父亲火时，母亲会压低声音说，干什么！这大嗓门，也不怕邻居笑话！说完转身就走。母亲不是一味纠缠道理或泄愤的人，她一生只是用自己的行为，表明自身的观点和验证你的思维，让人暗服。我的儿子和父母生活了几年，深知母亲禀性，经常说姥姥是谁，世界上有几个姥姥。姥姥吵架都一句，一句就解决问题，我不和你一样的。所以母亲和许多人都是不一样的。爱人也常说，你咋能和妈比，妈多温柔，七十多岁脸部线条还是软的。实际这也是我一直在反思的问题，和母亲比，我的确比不了。

四

儿子上学时，父母陪读过，初三一年，高二高三两年，共三年，租的学区房。初三那家，房东只是人走了，屋里凌乱，衣服被子包括抽屉里细碎的东西都在。父母进去后用封口胶把柜门抽屉全部封好，把自己的衣服被褥放在临时搭起的凳子上，对付了一年。楼道里经年的"牛皮癣"是父母一点点铲除的，当我问起时，母亲说，通知说了要来检查，上学的上学，上班的上班，年轻人又爱玩，就我和你爸闲着。父母走时，邻居们送了又送，说两老仁义，是好人。

儿子高三时，我所有的信息都来自母亲，她会慢慢告诉我楼上多少分，楼下多少分，这次调考的重点线是多少分，班上排多少名，全校多少名，地区多少名，能走个什么样什么样的学校。所以我没操多少心，既没送考，也没接考。平日里削水果，调牛奶，倒洗脚水，洗衣做饭这些事也是父母替我干的。儿子无意中提及南京汤包好吃，父亲就提着保温桶，算着时间，从荆州坐车去沙市大寨巷，往返两个小时买回来，吃到嘴里还是软的热的。有很多事，是高考后我才知道的，比如儿子做着做着作业就失踪了，晚上十点多钟，父母一个网吧一个网吧地找，终于在一个角落里找到了他。中午吃饭等不到人，楼上楼下的都回来了，他们气喘吁吁跑到学校上下来回爬楼，最后在路边一个小馆子发现儿子看球赛已入了迷。儿子还好，走的是211。他经常对我说，妈你知道的，我不是一个爱学习的人，只是姥姥姥爷对我太好了，我不想让他们失望。所以不光我欠父母的，儿子也欠。

母亲并不是没文化，初中毕业，在大城市读的书，几乎全是五分，没继续是因为家境。母亲说起这些总是淡淡的，并不遗憾。我们住校时的家信，都是母亲写的，字还不错，同学们争着看。现在我文章中诸多生动的语言皆来自母亲，有时字打不出来，问母亲，旮旯咋写，母亲会告诉我，九日日九。对于我码字，母亲并不支持，总说，摆弄那些干啥，怪累的，好好保养下身体才。所以我出不出书，是没多大意思的，这也是母亲的平常心吧！

母亲不讲大道理，不要求我们孝顺，即便生病倒下，也说，别回来，都别回来，有你爸呢，我们行。住院，也拒绝我们接接送送，非要自己搭公交。实际一个人身上是有诸多隐秘性格的，那是父母无形地赐予。我们都是被惯着宠着长大的，但一样明白道理，懂得礼义，且勤劳不曾自私。

母亲的一生都是忙碌的，但所呈现出的却是静态的艺术之美。进入社会后，我见过许多高声大气，生怕被这个世界遗忘的人，愈发觉得母亲是我生命里，最珍贵朴素的一笔，那是一种低微的人性之美。

　　二十多年前，我第一篇见诸报端的文字，也是《我的母亲》。笔名杨叶，随母姓杨。我们都是大地上飘落的一片叶子，在与时光漫长的对话中，安然老去。而母亲翠绿的生命，始终是被清水涤过的，干净，从里到外的干净，这是母亲的颜色。

空椅子

- 熊熊和她的城市 -

一

　　雨滴筛过的天空是澄澈的，池水也清，看得见底部青石拼起的花纹。我和熊熊坐在潮湿的石矶上吃包子，她伸着小嘴不停地要着，我把皮揪下来，一点点喂她。身后油绿宽大的芭蕉恰巧从头顶拥过，除了细碎的鸟鸣，一切都是安静的。静到孤独，静到只剩下并排坐着的一老一小的我们两个。

　　包子是老字号买的，排很长的队，但还是有点不放心，总是担心馅儿的纯正性。一年前我在这家小店遗失过一个提包，完璧归赵时，便多了份感情。每次经过，熊熊小屁股都会在车里一颠一颠的，挥舞着小手，呃，呃，呃地要，急了还会站起来。即便家里煮了小米粥、红薯和玉米，我也会捎上一笼。她才一岁半，还没学会咀嚼，吃东西只是象征性蠕动几下，便囫囵吞下。尽管每次我都示范给她看，但她还是急不可待，她的味蕾急欲打开，成人的世界对她是神秘的，诱惑她一步步深入。

　　熊熊很漂亮，大大的眼睛、肉嘟嘟的小嘴，每当她低头专注某事时，长长的睫毛便会如扇垂下，抬起时又变成蓝汪汪的一片，这样的剔透足以淹没一切。她发质轻柔，梢部略卷，颇洋气。除脸型不够瓜子外，肤色、五官都好，是个美人胚子。每当她穿着海军蓝条短衫，纯白棉质蓬蓬裙，从一个房间飘至另一个房间，一手抱着娃娃，一手扶着落地长窗惊奇地往下看时，你都不得不感叹，她真的像个公主。

她的爸爸很爱她，每次生怕惊扰她睡觉，下班走至门口，都会折回楼下，在夜幕里站很久很久，直至她睡熟方上来，有时连洗澡都不敢，便和衣躺下。睡觉是她的大难题，我刚来时，她每晚十二点多才睡，有时凌晨一点还在哭闹。那时她正在玩一款《惊梦》的游戏，飘逸的古风、丝绸般的音乐，瞟第一眼时，亦惊呆。她会开关平板，也会启动游戏，小手指不停地戳，一关关闯，闯不过，便拿着大人的指头点，慢了会急，一烦就闹，又想玩又想睡，两难之间，哭个不停。哭累了，便在怀里睡，放下就醒，折腾三四次才能落床，中途又是如此一番，才能天亮。

她很可怜，是保姆带大的，生下来就和保姆睡，并换过几个，这是块硬伤，亦是安全感缺失的主要原因。她有一床小被子，上面印满了细绒绒的小熊，那是她的魂，走到哪抱到哪，小脸贴着才能入眠。

她的爸爸是没青春的，属于直接进入婚姻，至少这是我的感觉。有了她也就有了责任，除了上班就是上班，每每加班至深夜，大把大把地赚钱，然后拖着疲惫的身体往返于香港和这个城市之间，给她倒腾回来牛奶、衣服、洗浴用品甚至清火的小药。公司年度优秀员工评语，说他是个不聊天、不抢红包、少聚会、一心只有工作和家庭的人。他要给她百分之百的爱，他要对她无微不至，而对自己却很怠慢。身体不好也不去看，衣服陈旧亦不换，有些衬衣还是他上学时我买的。每当我提起添置时，他总说这是个讲究能力的城市，别的都次要，多了麻烦。

二

但在我的眼里，它却是漂移的。几何样的楼群，腰身流畅的高速，连茂密的植物，黏稠的空气都仿佛寄生在云朵上。见不到阴满青苔的墙根，也没有青砖古瓦旁独眠的花朵，于我是没有日久风吹的踏实和稀薄炊烟款款飘散的深情。朋友也曾感叹过它不像一个城市，实际的确更像一个复制的卡通或拼凑的图案。

在电梯里你会遇见很多搬家的人，搬家很简单，只是几个硕大的黑色胶袋或纸盒，有的从楼下搬到楼上，有的反之，有的是从这栋搬到那栋，也有才入住或把自家租出去换大的。总之，这里的人群是一条流动的河流，而不是一泓可以驻足凝思的湖波。如此频繁的搬迁，大部分寓所会缺失两样东西，一是植物，二是书籍。也就意味着失去了大自然美丽触角的延伸，和另外一幅生活场景的铺陈。这在行色匆忙的脚步里可以忽略不计，但于构成家的元素中却异常珍贵。

每次来，我几乎都没有看到过固定的邻居，面孔走马灯似的换。今年春节斜对门还住着一对年轻人，体面而有教养，每次看见，女孩都会喊我阿姨，但身后的家的确像个杂货店。这次再来，已换成古铜色雕花铁门，室内纯白、欧式装修。女主人说这本就是她的房子，因离爱人单位远，便在罗湖那边另租了屋，才搬回。他们作息很规律，每晚七点半左右，女的提菜回家，在走廊哐里哐啷开门，八点半已灯火通明，全家围坐桌前吃饭。女儿十几岁的样子，很温馨的一家，很像家的一家。熊熊很喜欢他们家华丽的场景，稍不留神，已站在人家浅紫色脚垫上，扒着窗户往里看，他们也常逗她，极尽喜爱。

　　隔壁原来住着一对小夫妻，孩子很小，也就几个月大，屋里堆满了童车、纸盒、衣服、奶瓶类，一片寄居异乡的凌乱，现在不知搬哪儿去了。新换的主人是一位面相严肃的中年妇人，看得出内心的戾气。每天就一个姿势，一手举着手机，一手托着胳膊，专注于沙发，几乎没变过。她性格不好，整个楼道都能听到她呵斥女儿的声音，无非是：我说了一百遍你都记不住，告诉过你，毛巾用完了要放回原处，听见没，到底长耳朵没等等。每当这时，熊熊就会竖起耳朵，瞪大眼睛，一动不动地听，然后扑向我呃，呃，呃指着铁门让我抱她出去看。我曾怀疑她是晚娘，抑或被遗弃的怨妇，但很快推翻。因为在这个快节奏的城市，想要付得起高额的房贷或租金不是件易事，不工作，得有人养着。

　　有天出奇的静，一直没听见她的咆哮，经过时，发现一个男的坐在她经常坐的位置上，也举一个小手机，应是他的夫。那时闪过的念头是：男人真好，至少可以如此安静。实际她的女儿很乖，很少下楼，有时会传来美妙的琴声，是那个小姑娘如水的手指划过。那条狗也从来没放开过，一直拴在门口，熊熊常蹲在走廊，以手叩地，唤它过来。

　　熊熊很会保护自己，对待喜爱的动物，从来不急于靠近，而是隔着很远的距离，以示友好。对待小朋友也是右手翻转摊开，大拇指弯卧，把掌心递过去，这是她的招牌动作。有时又马上缩回，不好意思起来，怕别人不接受她的友谊。如果有人喊她的名字，她也是偷偷瞄一下，又迅速低下头。别人伸手抱她，她张开双臂欲迎又回，把小脸藏在你的肩窝，又禁不住回头，小手想伸不伸的，是一个很像女孩的小女孩，大有羞涩之美。

这个城市很热，应该说一直很热，这也是我不大喜欢它的原因之一，没了四季就没了节拍上的起伏，和远山画意中的清远深美。让人不得不经常想起西风横扫，细雪纷飞的字样。雨也急，说来就来，说走就走，自然少了空灵缠绵，是个鲜花常开但缺少意境的城市。空气闷，阳光火辣，早起就照耀，如果白天不开空调，门都是敞开的，所以邻里之间并不陌生。实际所有人都不感到陌生，文明友好是常态，上下电梯里的交谈，进出楼栋大门的谦让以及细微的帮助，都能体现离乡之人的眷念关切之情。

小区很美，楼房呈圆筒布局，不存在一栋挡着另一栋，光和风的线条不会被折断和改变。中间偌大的空地种满了各色植物，水池、喷泉、游泳池还有各种儿童设施，也一应俱全，俨然是个公园。举目看到的几乎都是朴素的老人和孩子，年轻人大多忙碌。这里大体住着两类人，一类是附近公司的白领，一类是经商之人，也有拖着箱子的空姐和艺人，多半都是租户，均属异乡人。

生活非海报，也不是泡沫里的幻影，远没想象的体面，室内多局促，属典型的鸽子笼。但都天价，我不敢说瞧不起这样的房子，怕别人嫌我矫情，但的确不喜欢，直通通的阳光，了无檐下滴水的清幽，更别谈邈然的古意。小区外的交易所依旧火爆，发传单的，举牌的到处都是，牌子上的数字惊人，制服笔挺的姑娘小伙们一口一个阿姨地叫着。你甚至怀疑，钱是捡的，也知道这些卖房的年轻人均无寸土，这个城市太贵，贵的只剩下房子。

但涨与跌已没多大关系，十元也好，百元也罢，人总得有个窝。于漂泊之人，它只是实实在在的几个平方，具体意象到厨房罗列的碗碟，冰箱码放的饨饤，撮箕拖把类，还有凭窗而望隔岸惆怅的灯火，不可能拿它去换钱，一个容身之所罢了。

三

　　我来后，熊熊的状况有所改观，作息慢慢走上正轨，每晚九、十点钟，就可入眠，且能通宵不醒。我的手机和平板，不管藏在哪，她都能找到，但很干净，没她想要的内容，一次次失望后，她开始淡忘，注意力也随之转移。我给她录了很多生活片段，起初她上来抢，后来发现里面全是自己的影像，惊奇之余，便故意让我录，并打开音乐，随之摇摆，示意我开始，再急切跑回查看。

　　这，成了她一大乐趣，每天用手指滑来滑去，一遍遍看，然后独自呵呵地笑，极尽自恋。我忙碌时，她就单手提着 ipad 到处找我。

　　她对一切开关按钮感兴趣，知道充电，也会把娃娃放到洗衣机里搅。所以我得看紧她，并切断一切电源。

　　我做饭她也会观摩，觉得是件有趣的事。我常常抱她坐在厨房干净的大理石台案上，一手揽着她的腰，一手剁虾茸、菜泥、肉沫。她的食欲很好，不偏食，啥都想吃，但斯文，一般不用手抓，只是用鼻子深嗅，然后嘬着小嘴要。有些东西是不能给她吃的，她便围着你，急得团团转。

　　她已经学会把掉了的饭粒从地上捡起，放到桌子上。如有污渍，也会蹲下拿餐巾纸像模像样地擦。这些没人教，均属自觉而为。如果在外面树荫木凳上，她也会把地上的饼干屑、面包渣捡起，连同果皮一起装进塑料袋，抓在小手里，穿过夹道，踮起小脚放在垃圾桶中。然后回转身举着双手望着你，一脸的成就感。每当你说，熊熊真乖，一百分时，她就两个巴掌拍在一起，给自己鼓掌，灿烂成一朵花，再一颤一颤跑过来，扑入你怀里。

人最初的一切均来自模仿，你做什么她学什么，极自然，照单全收而已。与其说教育还不如说熏陶，无须刻意，然少小之习惯将会影响一个人终生，这是我一直认为的。

她的父母在电梯里也曾讨论过她的将来，那时她才出生几天，几乎把所有的学府都点了个遍，这样的兴致我理解，也无言。他们还不知道教育的漫长，要想把一个小动物培养成一个优质的人，不是一个简单的事，实是对自身的多种检验。我从不怀疑她可以进入任何学府，所有的孩子都可以，这和智力没多大关系，但决定的不是她，而是送她进去的那双手。有些话，不想说，关于爱，关于爱的方式，关于价值，所以常常选择沉默。

我也曾年轻，也曾一步步摸索走来。她的爸爸曾经是我的娇娇宝贝，我能给他的东西不多，有时甚至是倒忙，想想也就一个阅读的习惯。小学二年级他就开始看半文半白的《封神演义》，经常和我大声讨论"寸"王如何如何，实是"纣"；问我古代的"曰"是不是说的意思，实是"曰"。爱人的朋友看他抱着大部头的书，赤着脚在屋里跑来跑去，很是惊奇。现今一些我不看的，世人认为高深的书，均在他的书橱里。由于他在公司附近另租有屋，有时会住在那边，所以没给我留下片纸，这样的焦渴，让我越发觉得是个荒漠。好容易寻来一本书，还是关于两岁前儿童添加辅食的，我每天于睡前嘟嘟囔囔读给熊熊听，她一会惊奇抬起眼睛看看我，一会又低头看看书，能感觉我与平时说话的不同。实际她啥也听不懂，有些医学术语我都拗口。但她很认真，我累了放下，她就拿起来，呃呃呃让我再读。她还不会说话，却不影响表达，如此三番五次，已枕着我的臂弯沉沉睡去。她靠我的声音催眠，算种安全维系。后来我曾把那款她喜欢的游戏下到我的平板上，但对她已失去魔力，只是偶尔听听音乐。

熊熊正在长槽牙，故痒，所以我们身上都被她咬得伤痕累累，有时能渗出血珠，但她从来不咬自己，把她的手放在她嘴里她也不咬，极爱自己。如果你疼或哭，她会上来拍你哄你，歪着头，呃呃呃地让你别哭。哄不好，她也会用两个小手捂着眼睛，目光从两个指缝间偷偷看你，你笑了，她也跟着呵呵地笑了。所以你不能演戏，她啥都知道。你传递给她的信息，都将成为她成长的元素。

我曾一次次试着把她带离这个地方，给她更稳定更安全的生活，一个与这不同的生活图案和场景，还有无数美妙的故事。但她毕竟不是我的孩子，我无权做主，对城市对金钱概念的不同，导致对爱理解的多元。所以我更相信责任二字，有时它比爱更可靠。一个孩子的生命是不属于任何人的，只是她自己的，认识这点需要一个漫长而艰辛的过程。

当我放弃一切想法，拉着箱子默默离开时，收到儿子的短信，他说：妈！辛苦了，一路平安！那一刻，望着窗外，我泪如雨下。

- 花我的钱 -

这个冬天，雪一直没落下来。最冷的一天，坐在车里，能听到雪敲打顶棚的噼啪声，下车已然化作几滴清水。那时公公还在，爱人隔几天会把我送到他的楼下，爱人去上班，我则留下来照顾他。每次进门，公公都会说你来了，休息一下；走时也会说，慢走，辛苦你了！这是他对我说的最多的两句话。

实际在那，我并无太多事可做，无非打扫打扫卫生，热热牛奶，帮他翻翻身，整理下大小便，擦擦痰，喂喂水，洗两件衣服，或翻几页书，调几个频道而已。阳光一直很好，金色的蛛网撒满整个阳台，如鸽子脊背般柔顺光滑。我爱干净，年轻时，也许会介意一些东西，但随着年岁渐长，想法逐渐温暖。与生命的厚重相比，诸多事很薄，无足轻重，甚至挂齿。

公公是癌症，从发现到走也就四个月，最终没能熬过这个暖意融融的冬天。六月份我们带他去了沆水，坐了船，走了很长的溶洞，爬了很陡的阶梯，吃了一大碗米饭，啃了一堆沙道观的鸡。那时，还以为他能活到一百岁。八月份感冒，查出是癌症，从那以后，他每况愈下，几乎每月都在住院，直到白蛋白起不到作用，医院束手无策，才回至家中。公公九十三岁，前两年还能骑自行车，身体向来不错。他不想死，九月份轮到我和爱人照顾，他尚能坚持吃饭，每天踢里踏拉从客厅到卧室往返几百步，常自言自语道："这次真的过不去了吗？"直到病情日重，人如枯柴，我们慢慢透露给他听，已满肚子癌细胞，无药可治。只能最大限度减少痛苦，唯坚强面对，坦然走完最后一程。他才平静下来，并异常从容，说不怕的，是顺头路了。

住院时，如果我和爱人齐至，他会非常高兴，说：都来了，坐！喜欢吃什么自己拿，屉子里有烟。爱人会说：爹！我有！公公接道，有是你的，把你辛苦了，要是嫌差，到店里拿几包好的，我屉子里放的有钱。每每这时爱人就会把脸别到一边，回至车里，独自垂泪。公公也会对我说，回去对你的爸妈讲，谢谢他们来看我，出院我请他们吃饭。实际那时他已缠绵病榻多时，手脚无力，翻身皆困难，饮食靠人喂，不可能再起来，只是头脑清晰，表达完整。仙逝的前几天，我的朋友去看他，喊他谭伯，他尚能从容应对。临近中午，还在卧室对客厅的我嘱咐，替他好生招呼，去弄饭吃。

最后几天，人日渐枯萎，眼看着就不行了，靠一点点牛奶维持生命，进入婴儿状态。照顾的人整夜不能休息，一会水，一会痰，一会尿不湿，一会靠着，一会躺下，喘气皆费力。家里几姊妹开始征询他的意见，商量后事。他说一切从简，就到殡仪馆办，子女们辛苦了，得留点财产。到了吃饭时间，他说研究完了吧，完了都去馆子里吃饭，花我的钱，吃饱吃好，抽烟的每人派包烟。这是他对我们说的最后一句话，也是遗言，他对他的儿女要说的只是吃饱吃好，这也是他一生的愿望。无论多大，我们都是他的孩子。

第二天电话铃响起时，我本能地去抓椅背上的衣服。那天是小姑姐值班，还有几个小时就轮到我们，他没有等，小姑姐有福，送了他老人家最后一程。挂掉手机，我和爱人没有洗脸，拿着外套就往楼下奔，外面漆黑一片，凌晨五点的马路鲜有车辆，只有爱人的车寂静地行驶着。我坐在旁边，看着他平静地握着方向盘，一直没作声。我不知道他此刻的心情，二十多年前，他的母亲走了，现在他的父亲也走了，从此以后，他无爹无妈，成了大人，冷暖风雨再无太多人过问。

我们到时，室内通明，异常安静，再也没有公公的呻吟之声。小姑姐已给公公擦洗干净，穿戴整齐，手还是温的。公公静静地躺在那，熟睡一般，偌大的床铺，他轻得如同一根羽毛。从此他的山河斩断，生命之水不再流淌，也不再痛苦，更不用再吵着开空调，加被子，塞暖宝之类。想起他活时的情景，不免悲从心起，泪如雨下，呜咽出声。倒是小姑姐平静地劝我，不哭不哭，爹走得很安详，我们都尽了心，他老人家享福去了。

夫家是个大家族，几十口人，重孙女都已大学毕业参加了工作，怕吵扰邻居，皆不曾来，全在殡仪馆等候。家里只有小姑姐、爱人和我。爱人到小区门口等殡葬车时，公公穿着宝蓝色唐装安静地躺在那，我在他身边，把家具重新擦了一遍，地拖了一道，厨房至卫生间角角落落也收拾了一下。公公是爱人、小姑姐和工作人员一起装袋抬下楼的，那一刻，满目沧桑，备感凄楚。我无法体会他们的心情，亦无法感知他们强大的内心，从此养育他们几十载，陪着他们经历无数风雨的父亲，停止了一切肉体和思想的活动，与之阴阳两隔。以后，他们将痛失父爱，孤单前行，这是不得不接受的残酷现实。我是最后一个离开房间的，走之前检查了打火灶，熄灭了所有的灯，望了一眼整洁的家，才带上房门，且知道这个家我们很难再回。楼道里很静，小区的居民尚没醒来，公公的离开没打扰任何一个人。

公公是一个再普通不过的人，他已退休三十余年，靠着微薄的薪水度日，在这个大车子进、小车子出的世界上，没有多少人会记得他。他独自生活了近二十年，最后几年才在儿女家轮流转。平日里，扣子常常系错，只忙自己的，在近郊开了块荒地，一把韭菜半把稻草，并不精于农事，但乐此不疲，权当锻炼。子女抱怨过，阻拦过，他依旧我行我素，泥水土粒难免带至家中，家人多有不喜，这里也包括我。七月份时，他还从中山路搭车去看他的田，遇到暴雨，在雨里行进近一个小时，也为这次疾病的爆发埋下了祸根。

丧事并没从简，光鲜花就用了近八千元钱的，人山人海，花圈一个压一个，摆都摆不下。从殡仪馆到火葬场整个流程中，一环都没少，并且都是最好的，就这样，公公的钱还是没花完。出殡那天早起，天还没亮，他原单位人马齐至，为他举行了隆重的追悼会，缅怀了他的一生。历史的风云，在这一刻，这个庄严肃穆的场合重新被提及，是他生前没有想到的。人们不曾忘记于他，但这些生活的花絮，他早已删除，活着时从不说。他勤奋，所有的言语，只是劳动。他极爱他的子女，也曾利用手中之便，为他们安排过工作。当爱人的哥哥致完答谢词，最后说到：永别了我们亲爱的父亲时，全场潸然。

起灵时，在混乱的人群里，我一眼瞥见台阶下自己的母亲已哭成泪人，戴着鸭舌帽的父亲站在旁边劝慰着。头一天他们来时，上过香，母亲就在门口边落泪边对我说，人的一辈子这不就完了嘛！留下这么一大帮没爹没妈的孩子！那时母亲一定想到了自己，父母的摇篮再小，却可盛满儿女的万里河山，随时等着漂泊无依的脚步回归。

公公节俭，退休金并不多，他一生几乎没有花过子女的钱，五次住院均自己出费，其中包括前几年最大一次直肠癌手术，个人负担的部分两万多，也是自己拿的。每年春节还取出几千块钱，挨个发压岁钱，孙男娣女有事，皆有心意，并到处赶人情。有客自远方来，总是叮嘱，找个好点的酒店，订上两桌。逢年过节也常请我们吃饭。临终前几日还交代爱人，湖南来客，切不可怠慢，要招待好，不能亏了礼数。但对自己却异常吝啬，很多年不买一双袜子、一条短裤，几乎零消费。装老衣服买回时，他躺在床上问，又买了啥，我们回说是衣服。他说我再也穿不到了，那还有一柜子呢，好多没上身，穿自个儿的就好了。

公公走了，几十人匍匐在地，把他送入炉中。一个小时后，一副白色骨架推了出来。我们看着工作人员碾碎装盒。这就是灰飞烟灭，没进过火葬场的人永远无法知道这份痛楚无奈和生死界线。生命的最后，只是一个薄而脆的过程，每个人相类，谁也逃脱不了。人之肉体皆一样，唯精神气息的停止，是莫大的可惜、不舍与悲哀。

公公的丧事办完，很累很累，找个马路牙子都能睡着。也很空很空，一个辗转反侧，与疾病对峙的高龄老人没了。我不是他的亲生儿女，也不愿说些冠冕之话，把儿媳、女儿，公公、亲爹混为一谈。尽管他无数次肯定过我的人品，但儿媳永远都是儿媳，公公永远都是公公，不可错位。只是二十多年建立起的亲人般的感情是磨不灭的、无法替代的，并始终相信本分二字才是最高的道德境界。

饱睡之后，已是晚上八点多，爱人拉我起来去散步。偌大的体育场冷冷清清。有个长发女孩，独自坐在旋转楼梯上微侧着身子，举着手机自拍，并不时变换着姿势和角度，极尽自恋。爱人努嘴，示意我看。我笑着说：活着真好！最起码还有朋友圈，还可以晒，所有的炫耀都是可爱的！

- 写在清明 -

又是一年清明，大家都扫墓去了，只留自己独坐家中。不知为何，心中忽然悲哀起来。亲人长眠，一盏薄酒、一篇祭文，说一说心中的思念或痛哭一场，对生者来说，该是怎样的安慰！而这些，对有些人来讲却是奢侈的，想扫墓都路远山高，只有望断天涯，空怀念！

有人说慢慢的什么都会变淡，我认为不尽其然，像思念就不是。少小时逝去的亲人，你可能连一滴眼泪都没洒过，平日里也不会想起，但岁月会邀他入梦，并痛彻心扉，历久弥新，生根发芽。我的爷爷已经走了二十多年了，他的墓地我只在照片里见过，活着时一个非常慈爱的老人，死了就是一个冰冷的墓碑。有些痛苦是不想面对的，幸好父母还健在，人常说七十岁有个妈，八十岁有个家，这就是幸福。

我的童年是在爷爷家度过的，爷爷对我极好，记忆里连一句重话都没说过，用溺爱一点都不过分。我是他的骄傲，走到哪儿，他都会说："瞧，这是我大孙女，聪明着呢。"小时贪玩，怠慢作业，有时凌晨四点忽然想起，天寒地冻的，趴在被窝里一边写一边睡，爷爷就会喊醒两个姑姑作陪。

爷爷是那种温和寡言的人，只有讲到我时，才会眉飞色舞，口若悬河。常听他对他的棋友们说，我大孙女如何如何，字写得那是龙飞凤舞，闭着眼睛都能把作业做完之类的话。想一想，一边睡一边写肯定是龙飞凤舞的。爱！有时真的没道理。

爷爷是一个很复杂的人，解放前，家境不错，吸食鸦片，新中国成立后戒毒，改抽烟斗。穷时半袋米可换大烟抽，富时大衣柜都包着金角。我常想一个人的一生怎么都是一过，我见过最不在乎金钱的人，就是我的爷爷。平日里养鸟种花，读书看报，每天早起提着鸟笼子遛鸟，用蓝布做一个鸟笼套，隔三岔五还要做鸟食，鸡蛋加小米又蒸又碾的，很麻烦。七十年代，买一对白玉要花五十元钱，爷爷一点都不心疼，也不会管家里有没有米下锅，戏是要听的，澡是要搓的，奶是要喝的，馆子是要下的。家里几乎没有积蓄，基本用完花完。听得最多的一句话就是："平！今天想吃什么，爷带你下馆子去。"记忆里他没留下一句有哲理的话，也许他的一生就是这样随意而饱受争议。

小时常陪他看电影，一老一小，走在马路上，厚厚的冰。爷爷穿一件长长的皮袍子，戴一顶皮帽子，雪白的山羊胡子，个子高高的，腰板直直的，很有绅士风度。若干年后还能听到人们这样评价他。胡子是要用木梳梳的，纹丝不乱，洗脸时带一个特制的套子，掉一根胡子他都心疼。

爷爷酷爱京剧，高兴时，苦闷时都会唱上一段。你总能听见文明棍敲击地板的声音，一边敲一边唱：黑老包端坐在开封府，骂一声陈世美，枉披了人皮一张。耳濡目染，听到京剧里好的唱词唱段，我也会侧耳。

爷爷去世前，有一小段时光是在敬老院度过的，一个人孤零零的。每当想到这些，便心如刀割，泪就会无声盖过整个脸。那个年代敬老院如凤毛麟角，应该是部队的疗养院，条件很好，所有费用皆大伯出，他是家里最有实力的。

爷爷原来是有正式工作的，在邮局上班。他是一个自由散漫的人，朝九晚五的日子他受不了，旧社会的印迹太深，辞职了，过着自由人的生活。他每个子女家都住过，每家皆留下他的鸟笼子，春天来时鸟就开叫，煞是好听。他有他的生活，跟别人不同的生活，金钱对他来说只是个数字，精神生活永远第一位。没钱时可以变卖家产，就在自家也是个颇有争议的人物。

爷爷在我家住过。那时，父亲每月二百七十元工资，在八十年代初也算高的。关饷当天，他说想出去玩几天，父亲就全给了他。一星期后，爷爷只剩两角钱回来。我们三姊妹，皆住校，等着家里的生活费。并且他收留了一个流浪儿，为其提供吃喝，母亲勤俭，自然看不惯他的作风。

爷爷酷爱养羊，城市是不能养的，在农村请的人，由别人照料。既不为羊奶，也不为羊毛，只是喜好，羊被喂的黄皮寡瘦，一批接一批前仆后继。母亲不在家时，他会把一袋子一袋子白面加盐用水拌匀喂羊喝。母亲再好，在那个物质匮乏的年代，这样的日子，也是不想过的。我总结一点，他们不是一路人。

直到今天，父亲都会饱含深情地讲："你爷就那人，爱花钱，在医院不能动时，我都给他兜里搁五百元钱。放着，他心里踏实！我留五元钱返程，一天一夜没吃东西。现在你爷再也花不到我的钱了，怪只怪那时咱家穷，不能给他想要的生活。"

常听大伯诉苦："我们家老爷子，天上难寻，地下难找，难伺候着呢！鱼眼睛窝下去就说用死鱼做的，糖醋排骨得请厨师单做。"

有一次，我们每家都收到大伯的电报，说爷爷失踪了。大家翻遍了几个城市皆没找到，几近绝望。一星期后，大伯接到爷爷的电话，说他刚从泰山回来，住在宾馆里。爷爷心性高傲，喜欢在儿女面前摆谱，言下之意，不驱车来接，我是不会回去的。大伯去后，服务员说，这老爷子有派着呢！非要一间朝阳的房间，让我们帮他把鸟笼子冲着太阳挂好。钱放在抽屉里，买饭我们自己拿，剩下的他看都不看。但我知道，这就是爷爷。

还有一次，爷爷感冒吃了点药，非要从济南回长春。大伯就把他交给卧铺车厢的列车员，嘱托到站一定喊他。列车员疏忽，爷爷一觉醒来，窗外已是终点站哈尔滨，爷爷找到列车长，列车长派专人把他送回。下车后，他提着拐杖指着月台上站得溜直的姑妈姑爹们道，你们为何不来接我。姑妈们说我们挨个车厢喊了，就是没找到人，都快急疯了。爷爷说那你们怎么不把火车围起来，还让它开了。姑爹小声嘟囔说："爹！那得一个加强连呢！"这虽然是一个笑话，但若干年后，家人再提起，我都听到泪流。

人都是立体的，有许多面。我能看到的是他的慈爱，还有深深的孤独。他往往一动不动望着窗外，楼下只有新兵来回机械地走着正步，一站就是一上午。有一次，一只猫一夜间吃了八只鸟，一只不剩，爷爷几天都没有吃饭，蹲在地上，吧哒吧哒掉眼泪。那时，家里真的没有闲钱买这些，我们三姊妹要读书，一只鸟很贵，是父亲一个月的工资。想一想，我现在有钱买了，爷爷却去了天国。

每个人对爷爷的评价都不一样，人常讲盖棺定论，在大伯心中记忆最深的是抽鸦片的日子，乌云笼罩。他常讲："你们不了解你们的爷爷，我的父亲苦啊！"

对于父亲，每提及爷爷总是一声长叹："你爷人好啊！心善，怜贫惜老，扶弱济贫。"

对于姑姑，她常说："我为了今天这桩婚姻挨了多少皮带，不堪回首。日夜地照顾他，四十多岁还要罚站。"

而母亲往往直言："你爷整个一败家子，不务正业，市中心带园子的房子仨瓜俩枣就卖了，搁今天得换多少套房子，一丁点财产都没给子孙留下。"但我知道，母亲说是说，做是做，心里从没想过爷爷一分钱。在爷爷晚年，家产用尽后，她自己的秋裤裤脚烂得不成样子，还每年给爷爷寄去几千元钱。

爷爷走了，在我心中是最好的爷爷。弥留之际，他曾说："让平回来吧！让我看她最后一眼。"每当他们向我描述这些，我都心如刀割，眼泪哗哗地往下淌。

前几天，做一梦，回到老屋。像是年少时，推开院门就喊："爷！爷！"我一间房子一间房子寻找，空荡荡的，无人回答。在一储物室里，看到爷爷静静地躺在一个很大的玻璃盒子里，一下明白，爷爷去世了。在梦里哭得声嘶力竭，把自己哭醒后，想一想，爷爷真的去世了，都二十多年了！

- 心愿 -

这是一个普通而真实的故事，没什么波澜壮阔、跌宕起伏的情节，也没什么催人泪下、感人肺腑的枝叶，但岁月的浪花，卷起了那最洁白的一朵，用时间见证了一代人的纯情和守信。

我的父亲是 1944 年生人，十六岁那年，应招，在长春省宾馆做了一名服务员。同寝室有位年龄稍长的同事，对他极好，不管在生活上，还是工作学习中，都给予了他许多帮助。两人朝夕相处，成了形影不离的朋友。对于父亲来说，那是一段难忘的岁月，不仅有飞扬的青春、美好的前景，更主要的是可以近距离接触到国家领导人，这是令他无比骄傲自豪的。小时在东北读书，就常听姑妈她们讲，父亲在省宾馆的一些轶事，比如尿床了、暖瓶打碎了等等，其中也包括为总理做服务的花絮。

1962 年全国大精简，父亲因年龄最小而回家，休整一段时间后，成了一名铁路工人。他的那位好友不久也被调入人民大会堂工作，从此两人天各一方。

但那时，父亲每次回东北，在北京中转时，都会稍作停留，拜会于他。他们依旧是无话不说的好朋友。父亲有时也会在首都照张相，做件衣服什么的，走后，他代取并保管，父亲第二年再来拿，也以有这样的朋友为骄傲。我们小时，常听父亲提起这位伯伯，说可惜失去了联系。还记得父亲每次带我们路过北京，都让我们远远站在纪念碑这边等着，他自己上前询问，但每次都摇着头回来，说这位朋友早已调走，具体情况不得而知，后来又到省宾馆寻找过，亦查无此人。

时间的车轮就这样碾过，父亲和许多人一样，在自己的工作岗位上，奋斗着进取着，成为了一名工程师，手下也有不少大学生。等我们长大，成家立业后，父亲又帮我们把孩子带大，现已是一位年逾古稀的七十多岁的老人了。

虽然这么多年过去了，但父亲始终没忘记这个朋友，嘴里一直念叨着，并经常告诉我们，那是他一生中最好的一位朋友，是一个值得信任、重情重义的好人。我们也开玩笑说，爸！别想了，也许人家早升官发财，把你忘了。父亲坚定地说，不会的，他不是那种人。爸爸七十岁那年，为了给爷爷奶奶上坟和探望亲人，再一次踏上了回老家的路途。他走时对我们说，想顺便再找找这位朋友。弟弟为了却父亲大半生的心愿，就拜托朋友在网上进行查找，目光锁定长春地区，在同名同姓同月同日生的人身上筛选。尽管岁月流逝，父亲却始终记得这位朋友的生日。功夫不负有心人，范围逐渐缩小，很快就落实到长春某派出所，其人各个方面都与父亲找的相符。父亲回去后，又专程到派出所说明来意，片警被父亲的真诚感动，遂告知确切住址。

父亲毫不耽搁，兴冲冲买了点礼物，带着母亲，心急火燎地敲响了这家房门。父亲说那是一栋普通的老式居民楼，抬手时百感交集，因为这座楼就坐落于省宾馆后面，与自己的寻找一次次擦肩。父亲说，几十年了，迫切地想知道对方的样子和现状。

激动人心的一刻到了，一扇久别的门终于打开了。看着父亲，他已不敢相认了，当父亲喊出他的名字，再报上自家姓名时，他们喜极而泣，相拥在一起。岁月的长河，这时已默默地往前流淌了整整五十年，当年青春年少的两个毛头小伙子，已变成两位白发如银的老者。激动欢愉之余，他们在一起追忆着那些陈年旧事，畅谈着那些共数晨昏的日子，讲述着分别后彼此的情景。

这个朋友对父亲说，他在人民大会堂工作几年后，因自己是独子，家里父母常年有病，无人照顾，未婚妻又在长春，进不了京，便主动要求调回原籍。当时心急，没找到对口的单位，就落户到农机厂，当了一名工人，并一干就是很多年。工厂在郊外，每天带饭，要骑两个多小时的自行车，不管下雪结冰，还是暴雨狂风，都要无阻，吃了不少的苦。后来才调回省宾馆，又分别赡养了四位老人，抚养了三个子女，负担很重，现在虽轻松了，只剩夫妻二人，但依旧节俭。父亲说，老两口过着最朴素的生活，在现在的大城市，已属少见，简陋的房间，一点没装修。厨房粗糙的水管裸露于外，用的家具也是七十年代初的老式木箱子，贴墙摆放一溜。他们每天等菜场罢市才去收园，西瓜也是跑很远的批发市场购买，用两个裤管扎好，背着回家。

最后，这位朋友拉着父亲的手说，你可算来了，这些年我也一直在找你，因为我有一桩心愿没了，我这里一直存放着你的一件东西。说着他起身打开一口箱子，拿出一个包裹解开，呈现在面前的是一件深蓝色的夹克衫。父亲说他稍愣片刻后，随即惊呆，五十年哪！五十年前的往事一下子开了回来。他说那是他最后一次和这位朋友见面，那年自己二十岁，还是单身，回家探亲后返回原单位，途经北京，在一家老字号裁缝店，做了这件夹克衫。蓝色卡其布的，当时最流行的款式，四个兜，中间安有黄铜拉链。衣服要一个星期后取，他到人民大会堂找到这个朋友，把票给了他，就匆匆而别。因单位不稳定，没留下具体通联。第二年再去时，这个朋友已不在，后多次询问，回答都是已调走，但具体下落不知，夹克衫之事也随之淡忘。

现在，记忆的潮水一下子涌了回来，父亲看着这件崭新的夹克衫，眼泪哗哗地就下来了。父亲说，他做了一件衣服，用了整整五十年，今天终于还是到达了自己的手中。这就是岁月的接力棒从不会在好人的手中失传，小钱小事，足见一个人的品质。这个朋友说，他离开北京时，丢下很多东西，但一直带着这件夹克衫，是想对好友有个交代。回来后，也是多方打听，因不知道爷爷家的确切住址，一直无果。后来，自己又搬了几次家，但始终带着，希望有朝一日能见到父亲，亲手奉上，今天总算没白等，终于等到了！

父亲拿回这件夹克衫，东北二三十个亲人围在一起，看着摸着传阅着唏嘘着。母亲说那是老北京的手工，一丁点线头和瑕疵都没有，不输任何大牌，款式放在今天也不过时。很多人试了，都穿不得，又瘦又小，就是两件也装不下现在的父亲。

父亲说，这是一件永不上身的衣服，就作为一个纪念吧！岁月沧桑，但它见证了一个朋友最淳朴守信的高贵品质。他们虽然都老了，但时光静好，该留下来的都留下了。

– 黄昏的唇边 –

黄昏，是黑白双唇边绽放的玫瑰，一朵又一朵，霎时铺满天空。黑夜和白昼是一对永恒的恋人，以绝美的姿势在此缠绕、交织、别离，周而复始。

巨大的红轮漂浮在海面，白色的修女秉烛走过，燃烧的火焰里，满是柔和与圣洁。童年的糖纸一张张打开，每一丝折过的光，都有蜜月的味道。烟灰轻轻落下，忧伤的小提琴在遥远的海岸响起，夜深情地漫了上来，一栋栋白色的小房子缓缓下沉。白天开始华丽转身，但那最后温情的一瞥，足以熨帖尘世间的一切。

此时，郭姐、卜大小姐我们四人一行抵达。时间的手指刚好穿过美人鱼的金发。

站在微醺的海风里，小船轻得像一根羽毛，而流云恰好在睫毛上滑过，太阳的光斑一点点收缩。

同去的郭姐催着我们照相。她是一位不错的摄影师，尽管是我们独家御封的，用的也是手机，有时还会把手指印留在相片上，但她适当的提示和鼓励，会把我们心底的美全部焕发出来，并带来无尽的乐趣。

"婉约型的坐中间，奔放型的站两边，中间的自然点，旁边的变换下姿势，腿往里收，头要靠过来！"她一边指挥着，一边不停地按着快门。"好！太美了！简直是宋氏三姐妹！"

"一个个来，快点的，太阳不多了！"她喊着，"人要动起来，丝巾飘起来，不要照成结婚照噢！"一到这时，我就很为难，因为实在不会摆姿势，整个身躯呆板僵硬。她招手："来来来！气质是最好的名片，已经很民国范了。站那就好，看着我，温情地看着我！"她不断鼓励着，"太好了！这身材这个头这股劲，活脱脱的阮玲玉！"

这时候的郭姐总是不吝啬自己的赞美，一改平时的做派，把我们说得云里雾里，如仙子一般。当我们跑过去看时，果真美极了，整个画面圣洁安详，每个人的肌肤，都染上一层淡淡的米金色，柔和饱满而又高贵。让人想起林清玄在《幸福的香气》里写到的那个卖酱菜的老人，每次推车到他家门口，也是在这夕阳西下的时刻，老人沐浴在黄昏温暖的霞光里，是那么美！成为作者童年心灵里永远的香气和记忆。

郭姐是一个有故事的人，今年六十岁，年长我们很多。但她的锦盒，我从没试图打开过，所以那条漂亮的丝带依旧完好地系着。她独身，与婚姻无缘，这意味着六十年的花开花落，几乎一人走过。她没伴，没孩子，很多热闹喧嚣的东西，在她的生命里都没有。是一轮孤月，静静地悬挂在自己的夜幕里。她对我是个谜，也是一种好奇。

在我的意念里，独身的女子是圣洁的，如同隔世的烟火，冷眼地看着这个世界，尤其是喧腾的我们。她们干净决绝，干净到有精神洁癖，决绝到不肯和任何人融合，组成一种固定的形式或关系。她们崇尚自由，却又把心收得很紧。她们很平静，平静得像出家人，甚至冰冷如雪，洁白凛冽，似妙玉或惜春。而我们注定要在，孩子的啼哭奔跑吵闹里忙碌，在分分离离、往往返返中奔波，眼泪和欢笑自然多得像肥皂剧里的泡泡。

但郭姐一次次刷新了我的认知和想象。

清晨，当阳光顺着落地长窗，清泉般流泻下来时，郭姐早已在厨房窸窸窣窣地忙碌了。香浓金黄的玉米丝粥、一打煎饼、几个山东饧面馒头、数节大葱、一把香菜，外带一瓶自制的香辣酱，有时还炖盘豆腐或顺手炒两样小菜什么的。我们醒来，已是满满一桌，洗漱后，便可安逸享用。

这是一所空房子，每年都有一拨拨人来此度假，欢腾数日后，又归于宁静。门窗地板上的积灰被轻轻擦去，买回的水果食物堆满桌子，几扇大的落地长窗外面，满是绿茵茵的各种植物，客厅大得可以跳舞。这是大家的家，缺什么都会有人买回来，被子、电饭煲、菜刀、纸抽、针线等等，一应俱全。后面来的人继续使用，一切都是干干净净的。有些东西，连主人都不知放在哪里。这是郭姐妹妹的寓所，在这个漂亮的小区里，郭姐同样有这么一套房子。来这里人的目的，多半只为三个字：吃海鲜。

郭姐比我们迟一天到达。进门的那刻，我断定她是一个普通的女人，和我在大街上遇到过的许多人没什么两样。短发，个子不高，一个双肩背包、一身运动服、一双软底布鞋。她带来了几斤大米，还有一小包木耳，最后从背包里掏出一个香皂盒，并很麻利地在柜子里找出一块香皂装了进去。

每天上午，我们要去码头买海鲜。连日阴雨，路面泥泞，我常常心疼我的真丝裤子和漂亮皮鞋。对于海鲜，我的概念很笼统，认为活的就新鲜，即便死了，只要鳃鲜红，速冻致命的，也在新鲜之列。但郭姐的要求极高，能清楚地分辨出哪个是公的，哪个是母的，哪些是新养的，哪些是上岸几天的。她走得很快，许多东西只瞟上一眼，而我和卜大小姐只能跟跟跄跄地跟着，不敢轻易购买。更多的时候是望着风雨飘摇的海面，等那些黑色木质渔船回来，走时还要再三询问第二天出海归来的时间。有一天，郭姐还带了一杆秤，我背着，但一直没用，估计是吓唬人的，她说短斤少两是常事，不太离谱就行了。

回去后，我向郭姐征求做法，蒜蓉还是爆椒。郭姐说那都是馆子为臭鱼烂虾准备的，我们不吃那些美了容的东西，最好的原料，自然要用最简单的做法，保持本色才好。说着，她找出一个特大号焖锅，添上一点点水，把七八斤的蚌贝和虾全部倒进去，像小山一样，满满的。煮好后，连锅一起端上来，我们就开始秒杀。一边吃，卜大小姐一边歪着头翘着兰花指笑着娇嗔道："咋样，是不是不同呀！"我频频点头："不错不错，鲜而清甜。"因为吃得太多，主食往往成为多余。

下午，我们出去看海。每次郭姐早早收拾停当，安静地站在门口等我们。她的安静越发引发我们的忙乱。我们找着喊着，唇膏呢？眼镜呢？谁看到了我的伞？我们在客厅、卫生间、卧室来回穿梭。拉开皮箱，翻来倒去，扬了一床。走到小区门口，还有人忽然站住道："不好！手机没带，还在充电呢！"又急忙折跑回去，不过这准是卜大小姐，再没别人。搭公交时，我们忙乱地翻着包，互相询问着兑着零钱，而郭姐摊开的手掌里，已是一溜四个硬币，是昨晚早就换好的。即便搭计程车，她也会事先准备好。

一次吃饭，我看到郭姐的脸红扑扑的，很美。便说："郭姐，我发现你很好看的，特耐看，眉毛太有型了，像周恩来，还是大眼睛双眼皮呢！"她不好意思摸了下脸，连说不行了不行了，都老了，哪像你们年轻。紧接着我发现她鼻梁高挺，嘴巴小巧，牙齿洁白整齐，耳垂不大不小。我赞叹道五官真好，竟找不出半点毛病来。这时候她的妹妹接口道："姐姐年轻时是个大美人，标准的瓜子脸呢！"实际岁月酿造了很多，也掩盖了很多，有些光芒是需要挖掘的。郭姐就是那种倒食甘蔗、渐入佳境之人。

　　和郭姐在一起，很是开心，她不忌讳任何话题，什么结婚呀生子啦育婴持家等等，博识诙谐，就像我们才是门外汉一样。

　　一次卜大小姐央告我说："再给我拌一个千张黄瓜丝呗。"我说好啊，随后我们就在厨房里有说有笑地忙碌着。这时，郭姐走过来，看见水池里丢弃的香菜根一本正经地道："这就扔了，根是最香的，你们也忒败家了点吧，你们的老公还要你们啊！"说着她拾起，用指尖轻轻地刮着，没几下，魔术般变得白生生起来，竟那么长一节。卜大小姐一边憋不住噱笑了，一边伸出自己修长白皙的手指，左看一下，右看一下，上面的指甲粉润透明。我一语双关地道："是可惜了哈！"

　　晚饭后的时光是沉寂的，这时候卜大小姐会喊打牌。"咱是个好女人噢！"郭姐说完，笑着转身走进卧室。我也笑着摆摆手："我也是一个好女人。"走入另一间卧室，只剩卜大小姐一个人孤零零地站在客厅中央，扬言下次一定要找四个坏女人一起来。这时，郭姐又探出头来道："别忘了喊我啊！你们打牌，我沏茶续水，搞点服务还是可以的。"

　　几天快乐的时光匆匆而过，临走时，我对郭姐说："郭姐，你知道吗？我特舍不得你，和你生活真踏实。"我说："你看，你有体面的工作、殷实的收入，可这有钱没钱的日子，被你这么一过，舒服极了。"

　　实际郭姐做人做事，思维认知甚至审美，都是一流的。以她妹妹的话说，她只是在最好的年龄，没遇到最合适的人，就那么错过了，一错就是一生。郭姐很朴素，但绝不吝啬，旅游美食一样不落，只是按照自己的意愿，有条不紊，按部就班地生活着。一路上，她一直给我们服务，自己很少照相，我们拉她，她也开心地照几张。过后审阅时，不顾我们齐声阻拦，就一个字"删"，以她自己的话说不要舍不得，有一张留着做纪念就足够了。也许她的一生正是一个不断删减的过程，而我们却在递增，就像这几百张的照片，热闹到不堪。

列车进入郑州，我们四个人将各奔东西。我打算不出站，直接中转。郭姐说还有两个小时，时间长了点，跟我一起出站吧，吃点早餐，垫垫肚子，车站对面就是一溜小吃店。

郑州是她的终点站。分手时，望着她孤单的背影淹没在人流里，我的眼睛竟湿润了。还是去时那套衣服，还是那个双肩背包，背包里装着那袋几乎没动过的大米，还有一小包木耳、几瓣蒜、一块生姜。这个普通女人，比我们还有烟火的味道，但她生命的车站里无人接无人送，只有这么个双肩背包默默陪伴着。我知道，一会儿，她将一个人默默地打开那扇关闭多日的房门，轻轻拂去落下的浮灰，那是她的家，她一个人的家，而我们呢？几个小时之后，电话短信将一起涌来，餐桌上也许还会放置一杯红酒。

六十岁已经是接近傍晚的年龄了，在美丽安详的黄昏唇边，生命的炊烟是升起还是消退，谁也说不清楚。再温情的吻，都是清寒凛冽的，但一个人的时光还要这样踽踽地走下去。我不知道，她来世十八岁的天空，会不会下一场玫瑰雨，那条糖果色的大街，会不会有童话的马车深情等候，希望那是另外一个黎明崭新的开始。

- 另一把轮椅 -

六月的海风是软的，如脚边次第开放，宛若繁星的四叶花样，都是大自然这块画布皴上的神来一笔。认识姚丽容大姐，就是在这样的背景下，她是坐着轮椅来的，从江西。

她叫绿草，和我们每个人一样，都是大地上奔跑的孩子，只不过，累了休息时，她选择了另外一把轮椅，那就是诗。

她平静，像一潭湖，也大气，阳光从脸上滑落，一派祥和。她两只胳膊肘很自然地架在轮椅的扶手上，目光遗下的全是岁月流转的暖。她高、瘦、黑、戴着眼镜的儿子始终站在她的身后，这样的景象俨然一幅很美的油画。

酒店的餐厅有个很好听的名字，叫百合厅。高高的台阶上，是硕大的玻璃旋转门，惊险的一幕就发生在这里。第一天中午就餐后，大家鱼贯而出，"啪!"的一声，是姚大姐重重摔倒的声音。

我是看着她拿起拐杖，从轮椅上吃力站起，又轰然倒下的。也许是大理石地面太滑，也许是转动的玻璃门碰到了她的拐杖，总之那一瞬，猝不及防，触目惊心。

大家蒙了，整个大厅一片死静。她没吭，一声都没吭，只是脸煞白，翻身坐起后，双手死命地抱住一只脚，往怀里拉，这种疼是不欲言说的。当于翔老师跑上来分开众人询问时，姚大姐已缓过神来，说："没事没事的，是我的鞋带断了，耽误了大家。"这时我们才注意到她的鞋带果真断了。那是双普通的市井布鞋，她正试图从一端拉向另一端。文媛老师马上道："我缝，我来缝。""以后就坐着，遇到台阶，大家抬。"这是于翔老师洪亮的声音。当大家七手八脚想把她抱起时，她摆了摆手，自己拿着拐杖慢慢爬起、撑立又坐回轮椅。也许这样的平衡度只有她自己才能掌握，这样的跟头在她的人生中不知摔过多少次，所以有些事，有些人的人生艰难度是我们无法想象的。

晚上的颁奖会异常热闹，于翔老师请了书法界、演艺界、文化界和爱心慈善单位近四百多人参加。姚大姐是被四名公益老师抬上去，又抬下来的，具体朗诵的什么已忘记，只记得有一句是，手捧着一首首诗句，填进世俗与偏见的格子里，和最后的谢谢大家，异常清晰。

一个再清淡的人，都不能说不需要读者，不管是写文的还是不写文的，是健全的还是不健全的，皆生活在一个回音壁中。当我们对着这个世界，喊出我爱你时，希望听到的还是我爱你，这才是感情的本质。

"我们去看海吧！"这句话是我说的。羽依说这样柔美的语气，本就是一首小诗动人的开头，但这样浪漫的下文里，并没有姚大姐。下午集合时，她的儿子把她推了出来，我还在大厅为他们母子拍了照。走时，却只有她儿子，也许她怕连累我们，若她去，大家也会推着抬着，这是肯定的。

不知她看没看到过大海，向没向往过大海，但她做的只是默默地目送和孤零零地留下。去琅琊台，她也只是在山脚下等候，那样的云梯，于她来说是仰望，绿泽画苑亦是。但我相信，她心里有着更广阔的大海、云涛和画卷，因为她写下的《海边随想》，比我们按下的快门还动情。

浪潮，纱巾

释放飞扬的速度

脚印在沙滩中延伸

你在，我就在

遇见是一种缘

怒放嬉戏和期盼

让邂逅分娩成

另一朵浪花

是呀！你在，我就在。脚印对一个爬行九年的人何其奢侈，速度更是梦想，而我们每个人都是她心中分娩的另一朵失水的浪花，这便是她大海般美丽的心声。

每次吃饭，都很热闹。我是个不善应酬的人，喜欢平静地把一顿饭吃完，敬酒能免则免。但在觥筹交错、纵情高歌中，也难免热烈。我的第一杯酒，是给姚大姐的，我走到她身边蹲下，扶着她的轮椅说，姚老师，幸福常在！实际在座的不乏名流，皆有自己跋涉的轨迹，起点的不同，让我觉得姚大姐更值得敬爱。

不想说身残志坚这样的话，励志大戏也只能演给年轻人看。我们每个人都是流浪在这世界上的一只鸟，即便折足，也要换一种方式飞行，这是必须的，也是无奈、心酸和不易的。上帝造物并非一样，也许赐予姚大姐的那片叶子是残缺的，但她同样在黑暗中织出了自己翠绿的光亮，并在窗前结出了红彤彤的果实，这是我看重的。

我是一个不喜欢看简历的人。简历不简，有的比帖子还长，这种本末倒置的重量越发显得文本之轻。我喜欢人性中低微的美，像蝴蝶的翅膀，即使飞不过沧海，破蛹的刹那，也是力道最完美的贯通。再华丽的背景都将慢慢褪去，文字终归是文字，能被世人记住的只有文字背后饱满如谷粒般的情怀，这是时间主轴要收割的东西。

姚大姐亦有长长的简历，小学文化，八个月双腿麻痹，爬行九年，看到这就足够了，后面的故事不言而喻。至于是哪级会员、几多荣耀以及中央电台如何专访，均不在我关心之列。我在乎的只是一个人心灵明亮的厚度和做人的姿态，至于飞翔的高度每个人都有自己不同的游标卡尺，毋庸多言。

我问过她的家境。我说回去后，谁来照顾你？她说我不要人照顾的，在家里，洗衣做饭我都能干。我说经济呢？她说我开过店，进货、上货、卖货全是我，还供孩子读书哪！她说这话时是笑呵呵的！那么坦荡，像是一条笔直的马路，从没崎岖。听后我没言语，这就是我们全部的交谈。

我知道隔着一条马路就是辽阔的大海，我能听到海浪哗啦啦扑打而来的声音，亦能看见她风里雨里，于严寒于酷暑拄着双拐奔波的背影。在孤单的海岸，我们只是不起眼的沙子，有些人不仅打磨了自己，还焐热了别人，姚大姐便是。不想说，生如夏花，死如秋叶这样的诗句，真正做到的并不多，那是在建立起自己的人生坐标上，辐射出来的美，索取之人远远不懂。

实际她也不是"大姐"，和我同岁，面相亦年轻，脸色红润，皮肤紧致，关键还有一颗阳光的心。叫声大姐，是尊重，亦是温暖的再生，对她亦是我。

我走时，是黎明时分，满城的四叶花还没醒来。这种花亦是草，花语幸运，是不动声色的幸福。七点钟我收到姚大姐的短信。她说，菡苕！平安！我回：大姐！保重！

－ 穿身而过 －

住乡下时，每次写东西累了，都会起身，透过爬山虎垂下的枝蔓，望着窗外宁静的湖面。那是大自然最干净的展示与信任，亦如一片绿叶的掌纹，不仅有滴碧的青翠、宿夜的雨香，更是每根脉络延伸至大海的深邃与平稳。又如倾城的诗，溪水流过溪水，大海穿于身上。那样温柔的裹挟、轻软的包围以及漫过发梢流转于肌体漂浮回升的气流和阻力，都将是对生命一种美妙的解读，便可不要文字这丝丝缕缕的羁绊。亦如置身玻璃或水晶墙壁里，无声游走，即便破碎，每个分子亦能折射出自身的光亮。

我们的灵魂不是铁板一块，在幽闭的格子里，切成碎片，冻到冰箱里的，无疑是最黑暗的章节。那些一味说着自己如何的人，并不只是庸俗，而是站在自身狭窄的精神高地上的遐想漫游，这样的高点只适合安放旗帜，而不适合柔软海洋的汇集，那将不是我们最深情的选择。在善恶的罗盘里，我们只祈求离大海的胎音更近一些，那么便可在母体里更深刻地睡眠。

莫里亚克说，我们活着只是让罪恶更少些。何其精辟！又有多少人承认自己的罪恶，承认那些睡着了被压缩了尺寸的邪念。生命本是平行的花朵，在不同的路口，由春天一起收割。当我们指责、谩骂、索取、要求，一遍遍问爱还是不爱时；当我们随手泼下快餐面的汤汁，遗下宠物的粪便，以及果皮纸屑时，问过自己凭什么了吗？意识到这离最初的进化仅一步之遥了吗？要知道，这些精神的垃圾、物质的垃圾都需人打理，那些能包容我们的，不管是身边的亲人还是陌生人都将是我们的上帝。而上帝是什么？是爱！这也是莫里亚克在第 52 届诺贝尔文学奖的获奖感言标题。

　　我见过最好的散文写作者，不在一些隆重的场合，文字于之只是水涂蜡染的枝叶，每天在自己的湖泊里平静盛开。我见过最好的诗人，他们不在报刊上，行文走笔，既有旧诗的韵律，又有新诗的灵光微现，石破天惊。我见过一生不卖一文的人，既可撰严谨的博士论文，又可掬孩童之乐，一切皆出自然。尽管我们搭乘的火车不同，但并不妨碍彼此致意，他们永远是我尊贵的客人。

　　文字于我亦是孤独的旅行，是于时光漫长琐碎的对话，是皴染生命细致纹理的方式，更是趟过自身河流的行为艺术，需要一点一点地储备和发现。就像我无意中捡到的一个陶罐，挖了株兰栽了进去，有天早晨，忽然发现它竟开了几朵粉色的小花。因喜欢，就从这抱到那，从那抱到这，在飘忽的移动中，我希望能发现生命存在的连贯性和完整性，并试图破解蝌蚪书写于清水的自由姿态。文字有多神圣就有多卑微，仅是我们钟情于日常朴素生活的养分，再好的代码，无非让我们活得更好些，这是我坚信的。

　　瑞典文学院给莫言的颁奖词开篇写道："他撕下了程式化的宣传海报，让个人在芸芸众生中凸显而出。"说他是了不起的自然叙述者，爱与邪恶呈现了超自然的比例，在他的笔下，诸多人物得到赤裸裸的描写。可见只有当一个人脱离了程序化的思维，双手擎满自己的火种，才能走过太阳的沟壑、月亮的河岸、山川的内心，与河流一起抵达。

《剥洋葱》是君特·格拉斯七十八岁写的回忆录。他说："我累了，只有回忆能让我保持清醒。回忆就像洋葱，每剥掉一层都会露出一些早已忘却的事情，层层剥落间，泪湿衣襟。"这位深情的老人，于晚年自揭了隐瞒了六十年的"党卫军"秘密。于书桌旁，平静优雅地撕开了美化浓缩了的外皮，并清理了内膜所有的垃圾，精赤地让清水穿身而过。他回归了一个孩童的本质，任外界大声争吵。当质疑的钟声敲落，人们却给予了他最大的理解和更高的尊重，他依旧是道德的指南针，这便是透明的魅力所在。

喜欢老太太，尤其是头发雪白雪白的那种，在不同的场合与之搭讪。公交、面馆、老南门的樱花大道旁。这不是善良，是羡慕。我知道她们一直在那等我，是我的将来，而当我满头暮年，一定不如她们，也许会瘫。会不会也轻如羽毛，有人推着去夕阳里，听金色的小提琴在遥远的海岸响起，那是个谜。生命彼此并不想过多牵累，这是我要说的。

一次在公交上，一位八十四岁满头银发的老婆婆笔直地坐着，她说她一个人过，儿子在荆州，姑娘在武汉，每次自己搭车去看他们。她说她是个工人，四十岁头发就白了，一次也没染过。但她真的很有风度。

有次在面馆，春节刚过，马路上飘着细雨，一位九十岁的老太太颤颤巍巍端着一碗大连面，朝我走来，拐杖和菜兜靠在桌边。她说儿子在外地，每年回来一次，她赶早出来买点小菜，儿子媳妇尚没起床，需十点。我像气泡样坐在她的对面，听她唠叨，再目送她离开。我喜欢这些生动真实的细节片段，不用剥洋葱，已是泪水满眼。

— 第三辑 —

高贵源于羞涩

－ 高贵源于羞涩 －

这世界，没有一个人给高贵下过确切的定义，人们可以随着自己心灵的尺度，任意拉伸这个概念。是显赫的出身、尊贵的地位，抑或是敌国的财富、倾城的美貌，乃至于一身烫金的衣服、一头古典的盘发，外加满身的珠光。这些都不是，因为一旦剥下，你就和别人一样，赤裸裸的一无所有。

这世界唯一偷不走换不掉的是思维，这也是人和人唯一的差距。所以有些人就说了，高贵是高蹈的品质、洁白的精神。都对！但这些抽象的词汇，又是如此缥缈，要等到提炼后方能拨云见日。

一个父亲这样对他的女儿说："你只需做一件事，那就是像花蕾一样把自己严严地包裹起来。"高贵就是如此简单，在平凡的生活里，仅仅只是羞涩二字。也正因为这层层包裹，有些话你说不出口，有些事你做不出来，这就是你高于别人的地方所在。但这个差距要来自内心的笃定和良好的教养。

人之所以比动物高贵，那是因为在一开始就给自己穿上了一件外衣，这件衣服不只为了御寒，更多是遮羞。后来人类发明了厕所，又用挡板一格一格隔了起来，不是怕臭，也是怕羞。因为人不可能毫无隐私，开放地活着。所以说羞耻之心是决定你是不是一个精神贵族的最重要因素。

为什么有些人始终高贵不起来，那是因为潜意识里还有动物的思维。弱肉强食，攀比争夺，不仅包括物质，还有感情。羞涩的文明之花，离他太远了。海明威在《真实的高贵》中说"优于别人，并不高贵，真正的高贵应该是优于过去的自己"。

泰坦尼克号沉没时，世界第二巨富斯特劳斯的太太罗莎莉，把自己的位置让给了她的女佣，并潇洒地脱下毛皮大衣甩过去道："我用不到它了！"

这就是高贵，她不需要争夺什么，哪怕是最昂贵的生命！因为她的双腿受到了思想的制约，迈不开逃生的那一步，因为她的生还将意味着另外一个人的死亡。这种羞涩是自律是自爱是自然，更是对自己灵魂的最后的一次盘点。

不是你出身贵族，你就高贵了。王熙凤一直貂皮加身，雍容至极。我们读小说时，可以喜欢这个角色，也可以觉得她聪明机智风趣可爱有能力，但就是从没觉得她高贵。因为她每一天都在演戏，都在算计，骨子里就是个小市民，所以贾母称她泼皮破落户。宝钗也是一样，虽端庄淑雅，号称国色天香。但当你看到，滴翠亭杨妃戏彩蝶一节时，就会在心里大打折扣，她可以刹住脚步细听，也可以机变做戏。当被看见时，又故意放重脚步，一边喊着颦儿一边东张西望，一边又假作询问。这些人前背后的事也就罢了，因为她的高贵从来都不纯正。

李敖说过中国的古代，没有一个像样的爱情。曹雪芹对此下的定义也只有八个字"淫邀艳约、私订偷盟"。因为每个故事都跑不出一个龙套，才子佳人一见倾心，便以身相许，丝毫没有羞涩之美。即便有，也是扭捏作态。看过宝黛的爱情，你就知道什么是"我是你眼中的露珠，你是我生命的叶脉，一层层包裹的爱，不需要长开，却天天都在"。正像马瑞芳老师讲的那样"爱到深处永不言爱，情到深处永不言情"。这才是高贵的爱！这才是真性情的表白！

张爱玲始终是高贵的。她从没奢华过自己一分一毫的情感，每一次的付出都是真挚透明的。她可以平静地为自己的感情买单，也可以孤单地离开，但她从不周旋在几个男人中间；她可以昂着头骄傲地说，我不是戏子，拒绝那些无聊的场合，也可以在爱情的字典里低到尘埃。虽然她后半生被阉割得七零八落，她翻译着自己不喜欢的书籍，她没时间写自己钟爱的文字，她甚至窘迫不堪。妈妈死了，她穷到没有一张机票钱，只能在信里夹上一张百元美钞；眼睛流血了，依旧要工作到深夜；两脚浮肿，也不舍得给自己买一双合适的鞋子。她要活着，她要吃饭，你能说她不高贵吗？但她从不去投靠谁、依附谁，也不敷衍苟且自己的生命。

在美国，她平静地向文艺营递上她的避难申请，其中有一条就是房子小，家具无。看到这，你落泪了，曾几何时，这个贵族后裔满堂的家具，让胡兰成炫目；曾几何时她家宽敞的平台可以骑自行车。她没有魅力吗？在上海住霞飞路时，就有人日夜在楼下排队等候；在美国时，又有多少台湾的读者哭着喊着要漂洋过海，只为能见上她一面。

她走了，很平静，也很坦然。她从容地收拾好了自己的一生，与其临死时没有一双温暖的手握着，还不如索性更决绝一点，什么都不要，也不去麻烦任何一个人。这就是最后的高贵。

记得张幼仪吗？一个"灵魂有香气"的女子，当徐志摩迫不及待地要追求个人幸福和解放时，不顾她身怀六甲，逼着她在离婚协议上签字。在产床上，她平静地写下了自己的名字。这个出身显赫、嫁妆足足一火车皮的女人，从没有质问过他一句，人性何在！也没有让他为自己的孩子买单。你可以一如既往地追求你的风花雪月，你可以爱了又爱。我却可以平淡如水自立不败，默默地照顾你的父母，养育你的后代，甚至收拾你的残骸，不知道哪个更令人爱戴。

当人们看到广岛亚运会在日本结束时，六万人的会场上竟没有一张废纸，于是乎全世界开始惊呼，这是一个可怕的民族。实际他们只做了最本分的事，吃饭洗碗，如厕冲刷。我说它一点都不可怕，因为真正的可怕是一个人收拾好自己遗留的物质垃圾同时，更要收拾好自己的精神垃圾。

与高贵对立的词语，不是低贱也不是平庸，因为大部分人都过着平庸的人生，但这并不妨碍我们做自己的贵族。这个世界不要求每个人都去感动中国，但同样可以羞涩自我。

生活不是一帘风月、半阕清词，不是素衣棉麻，就有出尘之美；也不是非得要家近青山，门垂松柏，才有云水之志。我倒是怀念郑念，在七十年代满大街蓝黑灰里，她依旧衣着华丽，风姿绰约。因为高贵不需要别人来下定义，只是做最忠诚的自己，羞涩而骄傲地开在自己的春天里。

- 修养，一个人的精神长相 -

　　人之长相，分体貌和心灵。五官之美如花开艳阳，直接；精神之美似暗香浮动，需依托，靠修养方能呈现。

　　那什么是修养呢？是文明礼貌、知识文化还是清风明月、淡茶闲花，都对。因为修养是一个非常美好高贵的词语，是一个人的综合素质。但具体落到实处应该是一种尊重，一种接人待物的方式方法。和文化知识有关，但不是必然，主要来自家庭的影响和后天的修为。

　　赫本被誉为女神，不仅仅因其貌美，貌美的很多，并不能被全世界的人记住；也不是因为学历，比她学历高的比比皆是。她用她的一生诠释了修养这个概念，她在遗言里这样写道："若要优美的嘴唇，就要讲亲切的话；若要可爱的眼睛，就要看到别人的好处；若要苗条的身材，就要把你的食物分享给饥饿的人；若要美丽的秀发，在于每天有孩子的手指穿过它；若要优雅的姿态，走路时要记住行人不只你一个。人之所以为人，是必须充满精力，自我悔改，自我反省，自我成长；并非向人抱怨；当你需要帮助的时候，你可以求助于自己的双手；在年老之后，你会发现自己的双手能解决很多难题，一只手用来帮助自己，另一只用来帮助别人。"

　　这就是对修养最好的解读，也是做人的最高境界，更是心灵之美与外在之美完美的结合。并且修养之美无处不在渗透影响着你的外在之美。如果大家都能做到，那么我们都是天使。她告诉我们手是用来劳动而不是索取的，脑是用来忏悔而不是偏执的。手不仅能解决自身问题还能帮助别人；脑不仅能原谅别人还可以让自身不断进步。我们身上每个零件都有用处，那些喜欢到处释放物质垃圾和精神垃圾的人都是不健全的。

　　在红楼里晴雯堪称绝色，美得让人心生妒忌甚至让对手恐惧。曹侯偏爱她，读者喜欢她，并不是因为她口角锋芒、言辞激烈，而是因为她表里如一，干净通透，使力不使心。太钢易折，晴雯过早地夭折，本是思想不成熟和修养不够的体现。最遗憾的是她错过了成长的机会，无父无母，无人爱，是一株自由生长天性烂漫的野花。曹侯告诉我们人都是立体的，不要怕承认自己没修养，因为我们每个人都有待成长。

　　年轻的时候住单身宿舍，同寝室有二十八岁的，也有十八岁的。二十八岁的总爱管十八岁的，包括床单的平整、衣服的叠放，甚至是牙膏的挤法。为这些小事总是说教挑剔，连旁者都觉得这个老姑娘有点变态，最后终于爆发战争。这告诉我们，每个人的个人空间都不可以长驱直入，人与人之间必须有一堵墙，这堵墙就是尊重，心灵之门要靠温暖的金钥匙才能打开。不管你年长年小，不管你对与错，不管你比别人强多少，不管你出于什么样的心态和目的，好的言语是必须的。

　　看过很多父母抱怨自己的孩子不如旁人，那就看看自己是不是样样都行，孩子其实就是站在你面前的镜子。在发成绩单时，在开家长会时，你恼怒了，你大打出手了，这恰恰暴露你精神世界的粗鄙。你可以有一千个理由原谅自己，说出自己愤怒的原因，数落孩子的气人和不对。这只证明你自私，证明你只自爱。孩子丢了你的脸，这才是你发火的主要原因；你要出气，这才是真的。你控制不了，这就是你欠缺修养。如果说这是为了教育孩子或为孩子好之类的，那就太冠冕了，因为不论言教身教都在花开的每一个微距之间。一个平时不管不问，打牌赌博、好逸恶劳、泡网聊天的人，不要指望中考或高考的馅饼砸到孩子身上。孩子不是你的私有财产，也不是你自身的连带，更不是你实现梦想的工具。从剪断脐带那天起，他就拥有独立的生命，即便他的看法想法不对，但你必须让他发出自己的声音。这就是对生命的尊重，这就是修养。还是纪伯伦的那句话，孩子只是借我们的腹部来到世上，我们要做的就是把弓拉满，让箭射向远方。

有句话很让我感动，"不需要你养老，只感谢参与你的成长"。我们每个人都需要成长，你的认知对了，你的修养就高了。和孩子说话，一定要学会蹲下，你笑了，孩子的世界自然就是春天了。这里包括你也包括我，事实和时间告诉我们，每个人都需要反省。

修养就是不管你有多强大，当你面对弱小时，你一定让他发出自己的声音，国与国是，家与家是，人与人更是。那些以大欺小，恃强凌弱的行为都是让人不齿的行径。

这世界很多人都在标榜自己有修养，只不过是以贬低别人作为修养。这是文盲，因为他们本身就不知道什么是修养。不是你学历高你就不是文盲了，也不是你有知识就代表你文化了，更不是你穿得体面就和修养有什么关系了。这些概念不能混淆。如果指责和帮助是一双手，请你伸出帮助的那只手，把另外的一只留给自己。

修养还体现在一些细节上。饭馆里，一碗汤洒在你身上；公交上，一只皮鞋踩在你脚尖上。你咋办，即便别人不道歉又如何，是随风而去还是据理力争。

有些人吃饭，喜欢把菜翻来覆去，翻得底朝天再夹起一口，哪怕是一盘花生米或青菜都如此。这还不如那些一上来就狼吞虎咽的人率性，暂不说卫不卫生，也不说是不是贫穷年代留下的陋习。我想说这种行为实际暴露了一个人内心的自私和心胸的狭隘。

有的男人有大男子主义，越是在人多的地方，越爱显威风。这皆是自身的浅薄，怕有惧内之说。修养的字典里没有怕字，只有尊重友爱温暖和谦让。夫妻之道贵在自然，不秀恩爱也不示强弱。你越在乎的就是你越缺失的。

杨绛说过读书是为了遇见更好的自己。这句话告诉我们，学习不是狭隘的，不是为学历文凭，升官发财的，更不是酸文假醋，故作清高寡淡的，而是为了重新塑造我们自己的精神长相，让我们视野更开阔些，能以更好的视角来诠释这个世界。

社会是复杂的，啥人啥事都有，但不喜欢逼迫之说。我更相信，那些杀人放火恼羞成怒的都不是本性使然，而是内心残忍变态所致。这世界上没有逼迫二字，多半都是自己为自己寻找借口，任何事情都有解决的途径和办法。这不是奴隶社会也不是封建社会，需要杀富济贫，揭竿而起。也不是婚姻一旦有人入侵，非要泼硫酸；利益一旦伤害，就要刀兵相见。你相信孔老夫子能举起屠刀吗！如果能，我相信也是正当防卫。我们必须承认，有些事就是修养不够。

当然，修养也不是一味退缩。孔子的弟子子贡曾问他什么是修养，孔子就讲了一个故事。说有一条狗，在一条路上喜欢咬人。第一个男人来了，狗开始攻击，这个男人本可以制服它，却左躲右闪。狗不依不饶，扑上去狠咬了一口，鲜血直流，男人抬起一脚，把狗踢出很远，狗打个滚落荒逃走了。第二个男人来了，狭路相逢，他想自己不是好欺负的，需决斗，狗扑上来时，他抓住狗的两只前腿，狗不得动，狗咬了他胳膊一口，他咬了狗脑袋一口，就这样一口一口轮番咬下去，最后两败俱伤。子贡听后说，他咋和狗一样呀！

是呀！他咋和狗一样，这世界上什么人都有，每天一不小心就会被别人释放的精神垃圾砸中，那怎么办？总不能和第二个人一样，你咬我一口，我咬你一口没完没了。这就是修养的分寸。

什么是修养？当我们不再提修养二字，当心中的鲜花和绿草都一一盛开了，修养的春风就来了。同样如果我修养够了，也就不会在这喋喋不休了。因为修养只需像赫本那样做好自己就行了；因为修养，是只属于你一个人的精神长相。

- 只是一个拥抱 -

看过一尊雕塑，大理石的，如白色巧克力般精致温软。屏气凝神间，时光坍塌，整个世界悄然融化。

那天，有阳，风是暖的。在很远，朋友就指着问："你看！那是啥。""一只手。"我答。尽管我觉得像一朵尚未完全盛开的花蕊，但我分明看见一个大拇手指。朋友紧接着说："好像还有两个人。""亚当和夏娃。"我脱口而出。这是直觉而不是敏捷，因为我闻到了伊甸园的味道，风清云和，花蕊间包裹着两个沉睡的精灵，世间顿时充满爱意。

走上前，朋友清晰地读出黑色大理石上的注解：《上帝之手》，又名创世，作者罗丹，主人公亚当夏娃。朋友意味深长地看了我一眼："神了，你！"我笑着调侃道："你看！只有他们才能如此地投入和忘情，因为别无所爱，天地造物只此两人。"朋友也连说："嗯！嗯！不像现在诱惑太多了。"尽管我知道我的戏言或许会亵渎他们，但我更知道我和后世成百上千、数以亿计的人一样，只是他们脚下的蝼蚁。在仰视中，才能解读这份来自天地间最初的真爱。任何评说，都不会惊扰他们唇角优美的弧线，连一丝风都不是。他们在上帝手上秀恩爱，大胆高调，本真自然。秀给自己，不是天地，不是世界，不是他人。也许连他们自己也已被遗忘，山洪海啸，地震坍塌，都无所谓，皆改变不了人类这最初的模样，这凝固永恒的姿态。

优美缠绕的颈、深情环绕的手臂、温情迷醉的眼神、柔情似水的曲线，还有百合般圣洁饱满的躯体以及每一寸肌肤因爱而盛开的玫瑰。静止的呼吸、蜜色的空气以及袭过心头，融化成巧克力般丝质的忧伤，都足以令人动容。我们只是他们基座下密密麻麻穿戴整齐，心灵竖满盔甲的卑微观众，在他们赤裸又含蓄羞涩的姿态下，默默伫立。在与不在，都无关紧要。

我开始喜爱罗丹，一个有超级想象力和灵动思维的人。他告诉我们人类仅仅只是从一个拥抱开始，那些后来滋生的权利、欲望、争夺、战争、焦虑、虚荣等等，都只是上帝脚下的微尘沙粒，刮不起时间长河裙裾的一角。上帝慈爱的双手，从不去抚摸这些荒凉的伤疤，小心翼翼托起的只是这如新生儿般纯洁忘情的相拥。

就像我们每个人的一生，从伊始，从伊归。出生时，是不会走路的，需抱着；老了走不动了，同样需搀着背着抱着，有一双温暖的手握着才能安然离开。人生所有的意义只是寻求一个拥抱而已，中间再伟大的行走，再生动的细枝末节，都只是一个拥抱奔向另一个拥抱奋斗的过程，最终都可以忽略不计。

深圳是一个硬件优于软件的城市。文化的贫瘠，促使了锦绣中华和世界之窗的诞生。在这个世界之窗里，移植剪辑了全世界的发明创造，历史文化和社会进程。从凯旋门到埃菲尔铁塔，从荷兰风车到埃及金字塔，从卢浮宫到悉尼歌剧院，无所不有。甚至火车飞机大炮，冰山沙漠飞瀑。一路走来，我们不断惊诧于人类的智慧和历史的变迁，直至邂逅这个雕塑园。在这里，同样有智者、有勇者、有大文豪、有美人鱼以及拿破仑家族睡在海绵床上慵懒高贵的公主，但能打动我们的只是这尊安静的《上帝之手》。前面所有的辉煌和浩瀚都只是这个小小拥抱的铺垫。再高大的宫殿、恢宏的建筑、巍峨的庙宇、顶级的墓穴，都会因为这个拥抱的缺场、而黯然失色、肃杀冰冷。再庞大的机器、国家民族机构法律；再先进的科技、火箭飞船航母高铁，都是为人类为家庭这个小小的细胞做注解和服务的。这才是不变的真理，真正的王道！

透过世界之窗，我们看到了什么，只是一个小小的拥抱而已！

末日之说泛滥时，一个朋友曾在日志里写道："如果有那么一天，我要和我最爱的人拥抱在一起，在天崩地裂的瞬间，埋葬在地壳的最深处，经过若干亿万年后，我们将变成一枚经典的爱情化石。"我惊诧过人类思维的相似，因为这样的话我也说过。试想，一个人经过一生的淬火，最后想要的只是一枚带着爱情体温小小的化石。当然，也可以是一片刻着名字飘落的枫叶，但绝不会是别人眼里的印章封赏。

看过一张照片，女主人用旧绒线织了一件两个人一起穿的硕大毛衣。油画般的布景把他们宽松柔软地包裹在一起。一人一只袖子，一个荷包，V字形的领口，各占半边。毛衣过膝盖过小腿。他们是一对白雪盈面的外国老人，身材臃肿，步履蹒跚，但表情祥和幸福。他们穿着同一件衣服，躲在以橙色为主，金针落叶般、色彩斑斓的画布里面，集春夏秋冬一身，像童话里的男女主人公，坐着时光的白色马车，行驶在绿色的林荫道上。清晨的露珠无法打湿他们的膝盖，迟归的晚风也捎不来一丝寒意。宽大松软、一针一针密密织就的毛衣是那么温情脉脉。他们像两个刚出生的连体婴儿，拥抱着依偎着，在重叠的光阴里，驶向远方，从容而快乐。

我相信如果他们转世，一定会是另外的一对亚当和夏娃。因为他们的灵魂始终有一双上帝的手托着，因为在这个世界，人从出生到离开，能定格的只是一个小小的拥抱。

－ 情致，烹制光阴 －

一日读宋朝赵师秀的诗：有约不来过夜半，闲敲棋子落灯花。便觉很美。那种娴雅之情如秒针落地，孤月独悬，是深陷情网之人无法体会的。情致是一种慢光阴，是老了的月。人的心一旦着了火，每一寸肌肤烧得生疼，心里走着钢丝，就不会有这种安适静谧之美。

情致是不怕贫寒的，穷途末路之时"破帽深衣瘦马"，一样"小桥风雪梅花"。

去过吐鲁番，那里干旱缺水，滴水如金，但家家窗明几净，鲜花盛开。院子里的花一朵朵喷霞烈焰般，煞是好看，是一个很有情致的民族。

情致不仅是月下执子，竹间烹茶，也不仅是"数声柔橹江湾，一钩香饵波寒"。此皆隐士高情。情致更多是闲暇时，你系上围裙，蒸水晶小包，做玫瑰花卷，捏麦穗小饺，烙芋头雪饼。或把苹果打泥，一层层抹在白菜叶子上，腌制韩国泡菜，红红的、辣辣的、脆脆的、甜甜的、酸酸的，好看又好吃。是你用蒜香爆锅，扬手就能划出优美的弧线，姿态美极。情致就是慢慢烹制光阴，每一寸皆是碎碎的美！

情致是你喜欢穿蓝布蜡染小衫，绣花长裙，戴细银錾花手镯，踩软底布鞋，偶尔低头，亦能看见云朵在上面一直缠绵地飘着；情致是你用芦荟敷脸，鲜玫瑰泡茶，采一朵朵金色野菊花，滤水洗净，上屉熏蒸，晒干絮枕，夜晚睡之，芳香四溢，明目清脑。情致是你执荷花小瓷，用梨花小儿，几上有书，微风飘起米色窗纱，书页在几上啪啪清脆作响。你便随手煮春水一壶，霎时碧波满屋。

情致是你精心煲制的一锅汤，里面加了许多喜欢的作料，慢慢就有了自己的味道。煨过的东西自然绵软妥帖些，那些凛冽之态无不是镜中桃花。艳！也是冷冰冰的硬。

一天，看见一个穿素白棉麻长衫的女子，在街角处接听电话。秀发稍卷，微有波澜，抬腕袖口处压有水色暗纹，莞尔顾盼间，清洁如九月之菊，不觉惊呆。

想一想这世界真好，每一个细节都如此动人。

认识一位退休老师，她家有个很大的后院。她爱人挖了一口深塘，丢进半截素藕，春时发芽，夏时茂盛，年年出波，映一墙粉红。偶有邻人经过，透过花墙窥见，无不惊艳。更有饮者，用纱布将新茶包好，头夜置于苞间，次日花开取出。荷香沁心，个中滋味，不亚于宝玉喝的两三道才出色的枫露茶。以此看来，此诀并不是史上才有记载，民间亦谙此道。有人索要荷叶，主人也欣然相送，几两揉碎，合以山楂，冲泡饮之，唇齿留香，消食美容。

生活之美，皆因这几缕荷风。

在红楼里，黛玉是个最有情致的人。她伏案小楷，隔着月窗逗弄鹦鹉学诗，等小燕子回家，背着花锄，挑着银红绣囊，每一寸光阴转合处都有诗意之美。与可卿的奢、宝钗的端、凤姐的俗、探春的威、湘云的俊自是不同，是一个享受生活也被生活宠爱的人。

宝钗就想得多，日间要到贾母、王夫人处省候两次，承色陪坐半时，园中姊妹处也要度时闲话，故日间不大得闲，晚上还要做针线直至三更。这原是宝钗的贤惠，面面俱到，但也累，不觉间便失了风雅。

黛玉也累过，那是为情累，宝钗则是为人累。曹侯把两人日间情景一总，便能分出大概。人说看仕女图要三把尺：悦目、赏心、牵魂。若黛玉是牵魂，有空灵娟逸之姿，宝钗只能算是赏心了，差别仅在于此。

三国时，孔明先生要算一个有情致的人，羽扇纶巾，独坐城头，城门洞开，有老翁悠闲扫地，天地间一丝不乱。外面司马懿十五万大军压境，排山倒海而来。然，琴音响合处，四处寂然，千军万马又如何，也抵不过这三尺素琴。于其言司马懿输于谋略，还不如说诸葛亮胜在情致，这种镇定从容不是一时半日能练就的。

实际这世界，很多人喜欢撕锦裂帛地活着。抹着厚粉，穿着金鞋，赶着场子，满眼星光涂腊，岂能见清风朗月；或提着钱袋进出赌场，一掷千金，山河尽失，哪有寸草之地？

但当我们走累了的时候，不妨停下来，伺弄点花草，翻两页闲书，听蛙鸣虫唱，甚至养一只鸡、两只鹅。光阴是煨出来的，但也是挥霍掉的；想慢下来，就得学会烹制光阴，如文火煲汤，那才有细细的美！

- 人与环境 -

人，是环境的产物。这点，在我看完摄影师凯文·卡特拍的《饥饿的苏丹》后，更加确信无疑。这是一张完全击碎你的神经，挑战你的承受极限的照片。一个赤身裸体、骨瘦如柴、奄奄一息的小女孩，艰难地向食物发放处爬去，一只食死人肉的秃鹰紧跟其后，虎视眈眈。时间在僵持，烧烤的土地，喷发的热浪，小女孩眼看爬不动了，秃鹰随时会扑上来。一切都是残忍的，像动物世界。拍完这张照片后，凯文倒在一棵大树下失声恸哭，两个月之后自杀身亡。遗书中写道："真的，真的对不起大家，生活的痛苦，远远超出了欢乐的程度。"

这就是环境，环境决定你怎么活着，甚至怎么死亡。抛开性本善还是性本恶的论说，人就是上帝手中遗落的一粒沙子，随风吹送，也许是非洲，也许是亚洲，甚至南极和北极。除了那点可怜的遗传基因外，没多大区别，都是后天的产物。

你的思维、你的审美、你的认知、你的教养，甚至你的高贵都是环境给予的。在"衣食住行"这四方面，"食"是应该排第一位的。因为饥饿是最可怕的东西，只有温饱解决了，才有后续，才有更高层次的追求。否则那些烹茶煮雪、品茗听筝的生活都是白扯。民以食为天，不是空泛的大道理，而是大哲理。

环境分自然环境、物质环境和精神环境三方面。自然环境决定你生活的难易程度，你栖息的土地是葱茏还是干涸，是温暖还是寒冷。物质环境关系到你的生存状态，窄门小户也好，豪门广庭也罢，总得有个生存保障。精神环境决定你的高度和质量，你所接触的人是不是高尚有道德修养的人，是不是能给你带来安全感和快乐的人，这些直接影响到你的精神品质。

在这三重环境里，自然环境是最基础的，决定着你的物质环境。物质环境又影响着你的精神环境，层层递进又相互渗透，甚至回流。这里，不拿个案说事。

在自然环境恶劣落后的地方，人们出售泥巴做的饼子充饥。满身苍蝇的孩子，匍匐着在地上寻找食物，蚊虫叮咬的痛苦远远弱于饥饿。当饥饿都解决不了时，人就是动物，甚至连动物都不如。牛都可以比人活得体面，至少可以用尾巴驱蝇。

物质环境不能简单地理解为金钱的多寡，那是一种生活状态，一种从容，一种无忧，甚至是一种底气，就像一座老宅或一棵古树，到啥时都宠辱不惊。这世界，闹饥荒的人不光是穷人，昨天看病，还有医生给我开大处方和重复雷同的化验单。我理解这些，就像我理解那些伪劣产品，那些境外抢购一样。我管这叫作紧张饥渴症，经济冲刷下的紧张。只是我在等待，就像我坐在医院的长椅上，等待这样的阵痛过后，一切纳入正轨。也知道这只是一个过程，只是希望短一些再短一些。

很多出国的人，诧异别人的街道干净整洁到一粒面包屑都没有；诧异别人的文明程度高到你问路，八十岁的老奶奶即便拄着拐棍，都会引你走过几条街，直至找到门牌为止。所以有人痛苦地喊出："这为什么不是我的祖国。"这为什么不是我的祖国，那我来告诉你，还是因为我们穷，整体的物质环境没上去，贫富不均，导致精神觉悟的停滞，甚至是价值观的扭曲。不是你有钱就不落后了，也不是你戴块名表就贵族了，而是你用钱买到了什么，又繁荣了谁的经济。为什么瑞典的监狱比你的办公室还好，为什么犯人可以优雅地阅读，躺在海边自由地晒太阳，像度假一般，是因为他们比我们富裕，这种富裕是物质上的，也是精神上的，更是整体上的。

一个外国人，专门收集中国八九十年代一些老旧的底片，然后整理冲洗。有浓妆艳抹的美女与彩电冰箱的合影；有背着军用挎包站在自行车旁，脉脉环腰的情侣照；有圆门洞处，小伙子牵着一身红裙的女朋友回家时的抢拍，笑容极尽甜美。这些带有划痕的老照片，是数码时代的绝版，在西方国家一经展出，立马引起轰动。有些人惊诧中国人还会笑，还懂爱情。有的不明白，那些美女为何要跟彩电、冰箱甚至摩托车合影。就是我们现在看来，也觉得老土和肤浅。但那是一个时代，八十年代初，家电刚刚涌进中国市场，人们以和这些冰冷的东西照相为荣，并且妆画得跟唱戏一般。但六十年代外国人也如此，只是时间上的早晚问题，人性是相通的。

所以我不惊诧外国的天是多么的蓝。我知道，他们也阵痛过、乌烟瘴气过，只是危害没这么大。所以我们要尽量减少这种破坏，避免一些无谓的损失牺牲，和重建修复的痛苦。自然环境是我们的起点，是大地和上天的恩宠。我们不能为暂时的物质环境，去破坏它，再治理它，做一些无用功。

由于过去西方媒体对中国报道的片面、失真和黑暗性，导致国人一直处在他们的想象之中。像《二马》里的温都太太，觉得中国人多可怕呀，杀人放火带吸毒，啥坏事都干。咋会喜欢花、喜欢狗呢！然而几十年过去了，他们还是这样想我们。岂不知在几千年前，中国就有"窈窕淑女，君子好逑"这样的诗句，就有《诗经》，就有爱情，就有文化，就有礼仪，就有《项链》里玛蒂尔德幻想着的满屋子的东方丝绸。只是有些人用耳不用眼，才导致了另外一种愚昧和无知；只是我们在工业革命到来时，闭关锁国，停滞落后了很多年。

在这里，我只是想说，我们要明白自己的距离。不要开快车，坐直升飞机，幻想着拥有别人的一切，并且着眼点只落在物质上。要知道可比性只会来自自己的努力。

我们每个人的环境都不是雷同的，都不是孤立存在的。你出生的地方、你出生的家庭、你接触到的人，即便是双胞胎，有着同样的父母、同样的长相、同样的穿着，都会有不同的性格和人生。因为环境是多因素的，无处不在的。也许改变你的仅仅只是一本书、一件事，或一个人。

要知道，我们自己本身就是一个精神环境，是自己的，更是别人的。你的一言一行，一举一动都是构成别人精神环境的细胞。所以很简单，每个人只要做好自己，就会引发一个时代的文明。这绝不是谎言。

－ 孤独絮语 －

孤独是一种忧伤的美。是秋日里的白菊，盛开在灵魂的最深处，不染春花，不沾夏雨，孤单清寂，静美安然。

孤独不同于寂寞，寂寞是可以化解的，如果你想找人说话了、逛街了、郊游了，这是你寂寞了，但不是孤独。孤独是属于自己的，是灵魂深处的东西，是花柳深藏，云雨不入；是静水深流，花落无声。它不仅仅是一支缭绕的香烟或一杯消愁白酒，这些充其量只是郁闷，而绝非孤独。

孤独的人也绝不是深山里的守林人，一杆擦了又擦的猎枪，一只老狗。实际那只是一个孤独的画面抑或常年的习惯，但绝不是孤独的内涵。

孤独的人可以生活在五光十色里，天天身边云集着各种各样光鲜的人，但灵魂的角落，依旧寂静得可以听到一枚绣花针掉落的声音。在西装革履推杯换盏背后，往往是灵魂的哭泣，是以手掩面的无奈。

孤独是一种灵魂的高度。因孤是王者，一般人无法轻易靠近。在这个世界上，我们每个人都是有层次的，这是生命的厚度，无关地位金钱、政要巨贾。在精神领域里，你可能是无位之公卿，亦可能是有爵之乞丐。

孤独它是一个人对事物的认知，是"心有深山，闭门净土"。

有很多朋友问我，你看书吗？我告诉他们我很少看书，这是实话。他们也会告诉我，他们看过什么什么样的书、很多的书，这也是实话。但我知道我们追求的不同。在我看来一个普通的老百姓，吃饭最重要，书只是一种陪伴消遣，和跳舞搓麻一样，只是爱好不同而已。我更相信心有诗意，非关书。

张爱玲的房间里是没有一本书的，只是炫目的华丽和张扬，你能否认她对文字的敏感和尖锐吗？书不是摆设，只是滋养，无时无刻不灵动在你生活的空间，最终将化作你心底的一片清凉。

就像有些人总认为，听上一段乐曲，品上一杯香茗，写上一段文字，就和优雅有关了，实际这只是你的生活。优雅是一种孤独的韵致，只可意会而不可言传，是往那儿一站，四周的景物立马就变得安静下来。是岁月凝练的气质在无声地传递，就像真正的孤独绝不是靠一支烟、一个思想者的姿势能够渲染的那样。

孤独是骨子里的东西，轻易不会让别人碰触。就像老北京瑞蚨祥的绸缎，为什么一样的质地、一样的花色、一样出色的绣工，你看上一眼就会觉得与众不同。那是背后蕴藏的不为人知的故事，那是因为他们用的绣娘皆是十三四岁的少女，那些女孩的手只负责拿绣针，连自己的内衣都需父母打包带回去洗。冬天要戴着厚厚的手闷子，涂上很好的护肤品，这样的一双手，千百遍地摸过绸缎，都不会留下任何痕迹。孤独就像这蚕丝一般，娇贵到只接受细腻而拒绝粗糙；娇贵到有时只能静静地放到檀木箱子里才能保持原样。

齐白石老人是孤独的，他晚年待客一直是四碟点心。花生结满蛛网，饼干也已变质。来客时，他会让保姆端出来。你不要不解，这只是他待客的礼貌而不是俗套，他所关心的世界是你永远都无法走近的。

陆小曼在徐志摩死后，终生一袭黑衣，她把自己死死地打进了冷宫。她可以再有男人，但都不是那个宠她的、放任她、让她的生命无比生动的摩。她虽活着，却已枯萎。

张爱玲是孤独的，孤独到清寂的内心和满箱的旗袍都无法承载它的重量，最后只能穿上纸制的衣服。

纳兰是孤独的，孤独到躲进文字里，灵魂不停地咯血。

晚年的鲁迅是孤独的，往往一个人走向阳台，躺在冰冷的水泥地上，无人可以理解。

朱安更是孤独的，因为她一生都没走进鲁迅那孤独的内心。

他们都是孤独的疯子，也是自己心灵的捍卫者！

真正的爱情也是孤独的产物。如果你接到一个电话，忽然间泪流满面，竟一句话都说不出来，你也不知道对方都讲了什么，你就是爱了；如果有那么一个人，见到你不顾一切拥抱着号啕地哭了，哪怕在大街上，哪怕有许多异样的目光，那你就是被爱了。

看过徐静蕾的《一个陌生女人的来信》这部电影，男主人公每年生日的当天，都会收到一束洁白的百合，但却不知寄给他的人是谁。为爱而爱！这个女人一生都在孤独地爱着，她身边不乏男人，但这些都和爱情无关。

安静的感情，如微风般轻轻拂过，不惊醒花，不吹皱水，舍不得一点点的伤害，不想有一点点的不开心，更舍不得高声讲话。因为彼此的心已经贴得很近了，再小的声音都能听到，更无须海枯石烂的誓言，只是一直静静地珍爱着。

也不是每个人都可以孤独的，孤独只属于思想者，属于有真性情的人。它是灵魂的刻度。如果说你还没有感到孤独，这并不代表你很充实，只有当你感到孤独时，才是真正成熟的开始。

- 我在上帝心中 -

　　爱，除了自身别无所欲，也别无所求；爱，不占有也不被占有，因为，在爱里一切都足够了。你付出爱时，不要说"上帝在我心中"而应说"我在上帝心中"。

——纪伯伦

　　二十多年前，看过一则《红玫瑰》的故事。讲的是二战期间，一名英国士兵，因胆小而恐惧战争。后来，在一个叫朱迪丝的年轻女作家的帮助下，克服种种心理障碍，成为了一名优秀的军官。三年间，他们鸿雁传书，产生了深厚的感情。战争结束后，约好在伦敦一号地铁出站口见面。朱迪丝说我胸前会佩戴一朵红玫瑰，如果你不喜欢我，可以不认。

　　见面的时刻到了，布朗仔细地辨认着走过的每一个女性。红玫瑰终于出现了，但这个女人的脸已因战火而烧毁，右腿也已残废，她吃力地拄着拐杖一瘸一拐地从他身边走过。茫然间，他不知所措，犹豫片刻，还是追了上去说："我是布朗。我们终于见面了，非常高兴！"女人回身微笑地看着他道："先生，您要见的姑娘，是刚才从你面前走过的那位丰姿高贵的绿衣女郎，她在对面的咖啡馆等你呢！

您已成功地接受了一场或许比战争更严酷的考验。"

前几天，在一个朋友的空间里重温这个故事，依旧感动。美好的东西总是那么容易被人记住。1996 年，布朗和朱迪丝皓首相挽共赴天堂，完成了他们一生的传奇。这个故事告诉我们一个道理，爱情是纯粹的精神领域的东西，是心灵的愉悦、交往和支持，是神圣的，是不被数字和美丑左右的高贵情感，是战胜自己卑微狭隘，是大美和大爱的一个过程。

爱情不是童话，是要经过很多考验的。爱情是一种精神生活，不见得建立在物质生活之上，但一定会高于物质生活。如果你所要面临的婚姻，还在过多纠缠彼此的条件和得失的话，这只能说你们还停留在最初的物质阶段，还没上升到爱情的高度。

爱情是一种心疼，就像初春的花蕊，薄软轻颤，呼吸相关。

真正的爱情是人与人之间、心底难于言表的感动，而不是从暧昧开始。爱情是种奢侈，因珍贵而不易得，因人性之自私而不能永恒。因充满变数，有些人只求质量，不计长短，但事实证明，只有时间才是验证含金量，去伪存真最好的方法。

爱情最大的杀手是猜疑，没有信任，必将夭折。正如有些人说的那样，爱是磁场，而非捆绑。

爱情是孤独的产物，但绝不是寂寞和无聊的附属。无聊是空虚的表现，寂寞是清闲的剩余，感情只能作为暂时的填补，而孤独是灵魂深处的思考，是内心的索求与渴望，是灵魂的相通与共鸣。所以有人说过这样的话，你配孤独吗？孤独之人不轻易言爱，也不肯俯就，也不会因寂寞就去爱，也不会因孤独而不爱。"良缘易合，红叶亦可为媒；知己难投，白璧未能获主。"所以很多人未遇相知，宁可灵魂独自上路。

　　爱情是一种内心的依恋，是一个生命对一个生命的呼唤，是人性至纯至净的美好部分，是一种对亲密的渴求与向往，是彼此心灵的亲切，而不是面孔的熟悉。爱情是需要呼应的，是相互的爱慕之情，是需要心灵的交汇奏响的共颤音符。单相思绝对不是爱情。巴金年少时曾喜欢过邻家一位独立花荫下的纯净少女，晚年放下手中所有的事去找她，但当看到她已变成一个普通老太太时，转身默默离开。

　　戴望舒笔下的丁香姑娘是他的初恋。他美好的诗篇可以感动很多人，但从不曾打动这位丁香女孩。他们虽订婚，但终因姑娘喜欢上别人，在戴望舒的一巴掌下分道扬镳。这些故事告诉我们，真正的爱情是双方参与的，是相互的倾慕与感动。他们拥有的只是曾经单方面的虚幻与喜欢，而没真正触及爱情的内核。

　　爱情更是一种信仰。是对现有的坚守与执着，而不是对未知的一种幻想。是对自己内心的忠于，对纯洁的敬畏，而不是幻想着艳遇，幻想着很多人围在身边的虚荣。爱情来时，要相信它、拥有它、守护她、珍惜她，而不是像小和尚进花园看了一朵又一朵，结果一朵都没有。爱情是没有回头路的。

　　爱情是一面镜子，照见了自己，也照见了别人。请相信，这世界上没有无缘无故的爱，你深爱的对方就是另一个自己，或者说他身上的某些东西是你喜欢的和你所向往的，是你身上某些潜在的品质。

　　富翁和权贵是很难得到爱情的。因为他们心灵本身就设防，就怀疑接近之人的目的纯粹性。相处之人，也会由于他们外在的丰满而私心膨胀。倒是董永，穷得只剩下勤劳和善良，才能得到真爱。

　　爱情是无条件的付出。那些在一段感情结束后，大加指责诋毁对方的人，只是打了一个爱情的擦边球。记住纪伯伦的话"我在上帝心中"。爱不仅仅是张爱玲说的慈悲，而是施比受更幸福；我们自身不仅仅需要爱，更需要给予。因给予的同时，本身就获得巨大的满足，你的幸福，就是你碰到了你想要施与的对象。

相信每个人都是最爱自己的，先自爱才能爱人，先感动自己，才能感动别人。自私的人是无缘于爱的。不要不相信爱情，尤其年轻人，爱情基本就是年轻人的专利。青春，是个把爱情看得大于天的年龄，那些生生死死的爱情也多半发生在年轻人身上，像罗密欧与朱丽叶、梁山伯与祝英台。年纪越大，因牵绊、因世故、爱情已开始大打折扣，真心虽有，付出艰难。

也不要过分相信爱情，在爱情的字典里更要相信品质的力量，不要过分高估个人的魅力。像迷失在雪山上的一对恋人，男的能把自己的胳膊砍下烤熟，冒充兔肉给饿得昏迷的女朋友吃，自己用鲜血涂出线条，引来救援的飞机。这些不仅仅是因为爱，更源于自身的无私。像孟姜女千里送寒衣，哭倒长城八百里，敢叫皇帝披麻衣，任你富贵相许，还要随夫去，也是自身高贵品质和心灵纯洁操守的坚持。

不要对语言一味苛求。语言只代表当下的思想，不代表将来。爱是一种感觉，爱没了，过去说过的话就成了垃圾，要自动清理。爱情和性欲是两回事，性欲基于原始，爱情来自自然，爱情可以包含性，性却不可能奢望爱情。贪官巨贾可以有情人无数，但从不知什么是爱情；升斗小民拥一人足够，照样清风明月，山野放船。

爱情与婚姻也不是完全的必然。爱情可以是婚姻的底砖，但不是全部的内涵。婚姻，不是锦句名言，不是彩衣斑斓，是一粥一饭，自知冷暖，是责任居多，亲情转换。夫妻是最大的经济共同体，没有爱情的婚姻虽悲哀，尚可运转。但没有婚姻的爱情怕光怕晒，这是永远的矛盾和悲哀。

　　但不是没有例外，如果当你两鬓苍苍时，在炉火旁还能收到像爱尔兰诗人叶芝那样的信："多少人爱你风韵妩媚的时光。但唯有一人爱你灵魂的至诚，爱你渐衰的脸上愁苦的风霜。"当你能像张爱玲的姑姑那样用一生的等待，来坚守一份爱时，那就是传奇。

　　所以，请记住：无论何时何地，爱的唯一保鲜方法就是"我在上帝心中"。

梧桐雨

- 简美 -

很是喜欢简美的东西，淡淡几笔，就窗开燕呢；寥寥数语，就枯叶生肌。观一叶可知秋，赏一花可知春，无须姹紫，不用叶密。在心里放一叶舟，就江河万里，在眼底飘一片云，就乾坤太极。

喜欢民国的女子，着一件素色的旗袍，穿一双干净的布鞋，就有着说不出的娴静雅致。一头整齐的发式，一条镂花的披肩，低眉抬眼间，就透着些许温婉与美好。无须蕾丝花边，也不要什么珍珠亮片，只把腰身轻轻地一收，就有无限的风情和韵致。无论岁月的风怎样吹过，隔着悠悠的时空，那一脸的明媚和宁静从不曾被打破，都是那么的耐看。

那时的男子也好，一袭飘逸的长衫，从头到脚流畅简洁，没有任何的坠饰。即便洗到发白，都透着一份儒雅与贵气。那是一种战火外的温和与睿智。在那个喧嚣的年代，偌大的中国可以放不下一张平静的书桌，但他们依旧有着自己的风骨，镇定从容，为信仰为民族抛家舍业，义无反顾。

我们只能相信一点，没有真情作为土壤，再美的花朵都将夭折。

喜欢简美的图，它不需要背景的衬托，就有着自己独特的意蕴；喜欢简美的人，从不需要张牙舞爪，也不需要炫耀显示什么。"举千钩若扛一羽，拥万物若携微毫。"一瓶花、一页书就是自己的桃源。那些无谓的攀比，都是来自不能客观地衡量自己；那些庸常的计较，都是因为自身眼界的狭小。

喜欢简美的事，流畅且漂亮！像霓虹中流动的车辆有着自己的韵律之美。

喜欢简美的文，有自己丰富的内涵，像宋词，瘦得不能再瘦。"盈盈一水间，脉脉不得语。"一笔就写尽全部情思。

简美不是简单。简单是结构上的单纯，简美却有着自己的精致和内涵。透过一扇雕花的窗，我们的目光可以游走在昔日的青苔小巷；抚过一段墙，我们可以穿越前朝的水色月光。所以说，简美只是一种呈现形式，它的背后是内心的丰富与浩瀚。

就像一幅画，你看到的可能是水瘦山寒，但绘的人心中必是花开春暖。

简美也是一种留白，留白是一种意境，会画的人只要几笔，就气象万千；不会画的人就是万般堆积，都是枯枝败笔。"月满则亏，水满则溢。"是指外，而不是内。

内心要满，外表要简，内心充盈的人，必有简洁之美；内心枯竭的人，必有啰唆不清之事。

人与人之间相处也要简美，留下一段河山，就留下几点白帆；留下一份尊重，就多了几分宽宏；留下一份约束，就少了几许伤痛。别人案前的山水与你无染，你无须过分打探；你的半亩江山也与别人无关，也没有多少人愿意围观。"君子之交淡如水，小人之交甘若醴。"本也如是，自知就好！

喜欢"储藏"这个词，一位摄影的朋友如是说："拍与不拍，只是几秒钟的决断，但要在瞬间打开全部的意识储藏。"储藏就是一个人的认知，它决定你的审美和思维。

微信之父张小龙，改变了手机时代数亿中国人的沟通方式，就是因为他对极简的狂热和对人性的洞察。"化繁就简""极简才能不被超越"是他推崇的。但在极简的背后，是长久的积累和丰富的经验，是慢慢地酝酿，是每天自己亲自上网浏览六至八小时的回帖和不懈的工作，才能把数亿人复杂的交流，简化成基本的脉络。

一个程序的好坏要看是不是有曲线美，人也如是。

喜欢简美的感情，不是所有的感情都要爱到死去活来，在千疮百孔后，寻找一个出口。如果爱到不能再爱，那还是不够爱。陆小曼爱徐志摩时，枪顶着都爱！徐志摩爱陆小曼时，四面楚歌都恍若不在。陆在《哭摩》中说，她稍有不适，摩都会陪在身边低声下气地安慰。陆小曼喜欢客串，徐志摩便同台配戏。但徐志摩却在文中写道"我想在冬至节独自到一个偏僻的教堂去听几折圣诞的和歌，但我却穿上了臃肿的戏袍，登上台去客串不自在的腐戏。我想在霜浓月淡的冬夜独自写几行从性灵暖处来的诗句，但我却跟着人们到涂蜡的舞厅，去艳羡仕女们发金光的鞋袜。"

徐是个寂寞的文人，不喜欢这样金粉妖娆的生活，即便是爱极，这种偏离的日子又能屈就几天。梁启超不是耸人听闻，他在给儿子梁思成和儿媳林徽因的信中，大意说他是爱徐志摩的，只是可惜了他，娶了这样的伴侣，将来痛苦更无限。所以对那个人当头一棒，免得将来把徐志摩弄死。徐志摩的死不能归咎于陆小曼，但即便是活着，不在同一航线的两条船，精疲力尽后，会不会再在一起抵御寒潮！

漂亮帅气的文章也把生活弄乱了。实际想简美很简单，就是诱惑与把持，就是理解和信任，两者并不相悖。瘦身自己的感情，砍掉枝枝蔓蔓。相信自己的爱，也相信对方的爱，给对方一份时空装点自己的梦；给自己留下一方田园，任风驰骋。那些死缠烂打的爱充其量都是自私的心胸。

所以我相信平静，我相信真爱，我相信珍惜，我相信简美的思维。因为思维，是人和动物本质的区别，思维也是人和人之间的差距。

忆难忘

- 空灵，灵魂的呼吸 -

一直是喜欢空灵的，因为那是一种缥缈的令人心悸的美。一江烟雨、一袭蓑衣，万物苍茫皆在目中。那更是一种灵魂深处的袅袅之音，在烟波浩渺中，在深邃悠远里，自己轻轻吟唱的天籁。

但空灵并不拘于形式，一片碧青的叶子是空灵的，因为可以翠到滴得出水；一片瓦青的天际是空灵的，因为一声鸽哨就足以划破它的宁静，加之夜晚，加之山峦，都可以是空灵的。那是一种静谧与灵动结合出来的极致之美，那是一种目光的澄澈与平静。但你所能看到的空灵必定是来自你内心的丰盈和简净。

那种氤氲中的灵秀，那种疏朗中的飘逸是很难达到的一种高度。那是一个人独处之美，那是在万籁俱静中灵魂开始春暖花开，那是在山重水复后心儿开始坐看云起。

我是一个不喜说淡泊的人，也不喜欢别人总把淡泊挂在嘴边。韩寒的书我很少看，但我喜欢他的一句话，他说："其实这世上要淡泊名利的人就两种，一种名气小得想要出也出不了，一种名气大得不想出还在出；前者无所谓了，后者无所求了，都淡泊掉了。"虽刺耳却真实。淡泊说多了就成了别人的了，而空灵则是属于自己的方寸之地。

空灵也是一个过程，只有当一个人走过了春之浪漫、夏之热烈、秋之忧伤，才能抵达冬之空灵。在"千山鸟飞绝，万径人踪灭"里体验到独钓的孤独之美。一朵花开到空灵，也就快凋谢了；一首歌唱到空灵，也就耗干心血了；一首诗写到空灵也就是最高境界了；一支曲弹到空灵，也就阳春白雪了。

空灵有着属于自己的诗意之美。如梦的夜晚，你独自播放一首乐曲，夜色浮动，时间静止，你的心会被一丝丝抽空；如水的清晨，你拾阶而上，朝露似洗，碧叶如滴，偶有鸟鸣，鲜有歌声，你的心会被一点点漂净。

空灵更是一种境界。喜欢一句话"诗到空灵艺始成"。空灵是诗歌艺术的顶点，如果说王维的诗有独坐之美，读之身世两忘，万念皆寂。那仓央嘉措的诗，更是空灵到了有人情味和人性美。他说："那一月，我摇动所有的经筒，不为超度，只为触摸你的指尖；那一年，我磕长头匍匐在山路，不为觐见，只为贴着你的暖。"他说："你见，或者不见我，我就在那里不悲不喜；你念，或者不念我，情就在那里不来不去。"这个六世活佛，用最平白的语言，道出了至爱的最高境界。

空灵是不相信眼泪和歇斯底里的。当一种情，爱到没有了眼泪，依旧能寂静欢喜，依旧能平静如砥，那才叫明净快意，那才叫爱之真谛。相信黛玉死时的眼神是空灵的，惜春出家时的眼神也是空灵的。

丰子恺说过人生境界分为三层：一是物质生活，二是精神生活，三是灵魂生活。物质生活就是衣食，精神生活就是学术，灵魂生活就是宗教。物质生活应该是我们的起点，精神生活应该是我们的追求，至于宗教生活，我认为并不是构成一个人灵魂的全部。因为信仰因人而异，除了宗教，我们还可以信仰真理、信仰自己。

我是一个没有佛性的人。十几岁登泰山时，望着黑黢黢、阴森森的大殿，就怯而止步。佛祖的莲座离我太远了，我用一生的修为都无法迈近，即便是现今站在辉煌的庙宇里，我依旧发现自己没有半点的虔诚。至于了悟一说，对我这个六根不净的人，就更是天方夜谭了。

所以说空灵并不是一味的超脱，而是留出一块心灵的绿地，加以调整和休息；而是缝制一块明媚的蓝天，用来忏悔和洗涤。最主要的还是让灵魂得以呼吸！

没有谁生下来就是空灵的，那是一种千锤百炼后的回归。

我不太喜欢拥挤的人，不管是长相还是内心，像巩俐，我一直觉得她缺少空灵之姿。但当她拍完《归来》后，接受杨澜采访时，我就开始重新审视自己的观点，不得不承认她无疑是最优秀的。经过一次次的蜕变，如凤凰涅槃后，她的眼神里多了平静，有了空灵。当杨澜问到她被誉为亚洲最美丽最性感的女星时，她却说实际大家都是很美的，只是一个女人一定要有自己的追求和事业，否则就会很快枯萎。平白而真实。

在《归来》里，那架破旧的钢琴、那些纸条、那个接站牌，都是出自巩俐的提议，也均被张艺谋采纳融入片中。这就是人与人的差距，思维决定你的高度。张艺谋也一改往昔浓墨重彩的风格，画面清淡，亦如一幅水墨画般皴开，这本身也是一种质朴的回归。

实际空灵一点都不飘忽神秘，如《归来》里婉瑜的那只手，仿佛伸了几个世纪，都搭不到坐在眼前弹琴的陆焉识的肩头。这种空灵早已流淌在岁月的长河中，在他们不断的坚守和回归中，在他们浑然不知中，而旁人却早已潸然泪下了。

- 安静，心底的白莲 -

安静是心底的白莲，眠云卧雪，意静花闲。不与百花争艳，不与蜂蝶纠缠，任其自然。

安静不光指客观的环境，更多的是主观的意念。一座肃穆的教堂、一栋寂静的图书馆，这些只是安静的外延而不是它的内涵。关键是我们走进教堂就应该有颗圣洁的心；主要是我们坐在图书馆，就应该物我两忘，神融其间。

静静地调制一杯咖啡，缓缓地倾泻一段音乐，这只是一种自得的心情。真正的安静是"孤云出岫，去留一无所系；朗镜悬空，静噪两不相干"。

坐在霓虹的街角，你看着川流不息的车辆，你的眼睛依然有着生动的平静；走在繁华腐败里，你的心依旧可以长出最简朴自然的花朵，这是安静最好的写真。一箪食、一壶浆尤甜，一张床、一片天皆安。居庙堂你依旧喜欢人情冷暖，微尘悲欢；住陋巷你依旧是布被神酣，粗茶心宽，这才是安静的真颜。

安静是一种爱，而不是这时我需要安静，请你走开！

记得小的时候，父亲睡着了，母亲总是蹑手蹑脚地走上前，盖上一件衣服，拉过一角棉被，轻轻摆手让我们出去。记得母亲在陪读的日子里，每日凌晨五点，就赤着脚给她的外孙做早餐，红豆、绿豆、西米、薏米不时变换。还把椅子的脚用棉花和棉布包上，以免儿子半夜拖动时，惊醒楼下那个有心脏病的老太太。

安静里有爱，爱里有温暖，长大后你就自然地学会了爱人，你就会心态平和，你就是又一个翻版。

安静是一种境界。"竹影扫阶尘不动，月穿潭底水无痕。"别人换车了，别人晋升了，别人出国了，你羡慕吗？原来不如自己的人，保养得漂亮了，有的还搬迁了，把家装成了皇宫，你嫉妒吗？你比了，你攀了，你不舒服了，你能说自己还是个内心安静的人吗？在利益面前，你争了，你抢了，你抱怨了，你还能说自己有多淡泊吗？

在高处，你若能悬崖撒手，抽身而退这是一种洒脱；在低处，你若能云中世界，静里坤乾这也是一种安然。

"修行绝尘，悟道涉俗。"出家遁世并不是目光清廉，那是因为对自己的内心没有把握，是躲，是某种意义上的想不开；混迹俗尘也不是混沌不堪，最高的境界应是人在万丈，任其滚滚，于我身心两不相干。

安静不是冠冕，请不要说我喜欢安静，趋静本是骚动的根源。真正的安静是"人我一视，动静两忘"。一个朋友对我说，他的空间都快荒芜了，心始终是静不下来。是呀！一个村庄没了耕耘，没了袅袅的炊烟，岂可再用安静形容。我喜欢尊重这样的真实，因为有些人从来无须标榜。

动、静本在一寸之间。"喧中见静，有入于无。"我的空间很热闹，这也是你肉眼看到的表面，你看不到的是我大多数时间，都在全神贯注的抠着图，试着边框，静静地敲打着一个个有生命的文字。

动、静是我们的两个左右心室，一根神经牵着。

　　安静也是一种简单。就像我的图片，你摒弃了身后的背景，把它抠了出来，由繁入简，就变得玉净花明。要知道，再好的山水只是陪衬，再好的光环也只是瞬间，最生动的还是你眼中的本真。

　　年轻时，很纯洁，心无挂碍，思想简单。那时，住闹市区，老式的楼房，楼下是一排排澡堂面馆，日间楼道里热浪滚滚。早起四点多钟锅碗瓢勺就开始响，晚上也是公交的喇叭声、轰轰声、哗哗的麻将声、夫妻的吵架声，不绝于耳，但我从没觉得烦。我每天用自行车把儿子从幼儿园接回来，关起门，他画他的画，我看我的书，一切喧嚣都是别人的。

　　还记得邻家的女孩，每日清晨，穿着淡黄色的连衣裙，坐在尘烟的喧闹中，记着英语单词。这始终是萦绕在我脑中最美的画面。

　　没有完全喜欢安静的人，安静是个度。如果你的好友栏里一个人都没有，只剩下孤家寡人，你还有什么意思；或者你挂了一堆人，但没有访客，没有动态，一年也没人呼你一声，你就会说，这人都跑哪儿去了！

　　喜欢走在冬季的枯枝里，所有的山水，都瘦成一袭孤单的背影。"花叶成梦，锦帛成空。"在安静中，春天开始萌生。

　　喜欢书间一米淡淡的阳光，那是安静的色彩，拥着它，你就懒懒睡去。

　　喜欢悠长的小巷，积淀的故事雕刻了缤纷。它告诉你，安静无须涂粉，每把斑驳的铜锁，都述说着它的幽深。

－ 小资，内心的资本 －

水面有白色冰凌凝结，如漆烙的暗花，颇添风姿。望着窗外，衰草枯树寒鸦，一片索寞，知道季节已悄无声息滑入深冬。

上线，出版群在那征书。闲情小资类：茶、咖啡、红酒、旅行、植物、电影、读书、自然笔记等。可见世间风物，也为小资圈定区域。浏览网页亦有资深作家在那抨击小资文字，说满纸扭捏，一腔媚态，皆个人情绪，于国无望，不足道纯文学。一左一右，或褒或贬，颇为热闹。

何为小资，顾名思义是小资产阶级。不暴富不赤贫，有些小腔小调小趣外加点小文化，最好能再说几句外语。但不是所有端着红酒，曳着长裙的都是小资；也不是白衫鹤氅，深云老松就小资了。这些都只是你选择的一种生活方式和姿态，喜欢就好。真正的小资是张爱玲说得那样，I am not a sing song girl（我不是卖唱的），是骨子里的清高和教养，是经得起人、钱、事的考验，是心里凝固的资本、溢出的美。

花不完，用不尽，这就是凝固的资本，也是我用自己的视角对小资的定义。

好久没写这些心灵鸡汤了，不想在自己文里掺杂某某名人，弄得连篇累牍，不够纯粹。写点水晶小文，透亮才好，思维毕竟是自己的摩擦，而不是别人的火花，独立的人格、自由的思想才是珍贵的。但今天还是要说下张爱玲，她是上个世纪小资的代表，冷静客观原是她的风格，如果她左她幼稚，满纸淫冶或一笔端肃，也早就被时间的大潮和大众的眼球屏蔽了。就因为好，经得起消磨，有手书抛卷的意趣，所以她的文字始终是一轮孤月，能静悬枕畔。

小资并不完全是女性的专利。《红楼梦》是四大名著里最小资的一部，吃喝拉撒睡，皆是小滋味。开篇有个贾雨村，他落魄，靠甄士隐接济，赴京赶考，春闱高中后，贪酷下野。又傍其门生林黛玉进都，赖贾府起复，遇薛蟠案，得知恩人女下落，昧良心，不图报，判下糊涂案。后来官至大司马，溜须贾赦，抄没石呆子一家，末了犯事入狱。这就是这个人的一生，初抱负，后钻营，跌宕起伏，虽也曾放荡不羁，云游四海，但终不改落魄本性，纵读万卷之书依旧心灵赤贫。不是匍匐前行，就是飞扬欺诈！如何小资？所以宝玉那种大爱之人最厌他。

再说甄士隐，小草小花小竹，倚门休户，闲酒浪茶倒也安然自在。虽性情疏淡，却古道热肠；虽无利禄之心，却有豁达之意。成人之美，助雨村，抵京师。一套冬衣，五十两白银，颇见情意，也算漂亮。不光拿得出，更是心灵有钱花。

实际整部红楼就写了他们这两个人，一甄一贾，一"真"一"假"，无非真情和假意，别的都是曹侯信手填鸦。

林黛玉也小资。宝钗恭谨，元春雍容，探春精明，妙玉冷傲，湘云豪爽，凤姐世俗，迎春软弱，惜春孤介，可卿淫荡，晴雯锋利，都不够小资。黛玉小资，不是她吟诗弄雀，荷锄葬花，而是她心里有数，府里的开销，凤姐的花呼哨子，她一清二楚。她是个绝顶聪明、谙世故而不世故的人，故小资。

我的一个朋友也很小资。圣诞夜，驱车很远，冒着雪花到教堂听圣诞合歌。平日里雕刻，临帖、翻书，打理绿植，甚至用红豆穿手链。你以为如何？只是闲情逸致？否！这样的人兢兢业业，对祖国的贡献不会比你少。

线上线下，也有人说我小资。我告诉你，非也，最起码不是你眼中的小资。我不化妆，就像吃蛋糕不吃上面五颜六色的奶油样，想着这些颜料在肚子里搅和，就不舒服。同意一个朋友的观点，粉其实很脏。那些香薰按摩拿刀动剪的事更和我无关，我用的是六块钱的儿童霜，懒到连洗面奶、啫喱水都免了。

去云南，导游推荐精油，有的一万八千的买，我和男士们坐一起，忽悠都不想听。我不怕人说我小气，别人的目光对我一文不值，有些东西白送尚需考虑。

在深圳，同学送我一瓶香水，她说是法国的，我说不要。她报了个数字，我说即使两万我都不要，和两块没啥区别。如果你非要给我，我也是送人。她一听，得了，不识好人心，好东西自己留着吧。

但我夏天穿蚕丝的衣服，清一水的。棉也可，麻不行，处理的再好，都不舒服。我喜欢蚕丝没穿般水样柔软透气，所以有朋友说，哪个像你，做饭睡觉都是蚕丝的。实是观念误差，衣服是穿的，不是看的。

到了这个年龄，很多事已不再重要，越自在越好，越简单越好。我说这些不是穷，也不是富。我是个柴米油盐的普通人，劳动着，快乐着，只想选择自己喜欢的方式生活，和小资一点不搭界。

实际小资是一个不值得一提的词，是时代是贫穷的产物，是思想浅薄的滋生，必将淘汰。红酒、咖啡只是一种食品，而不能作为标签。读书、绿植门槛之低谁都可以，并且是最有生命意趣和滋养人心的事物。那些哼哼唧唧的文字，更谈不上小资，离小资太远。如果有一天整个社会包括山旮旯都小资了，每个人从里到外都小资了，这个词也就退场了，社会也就进步了。老百姓想的就是安居乐业，生活富足，没后顾之忧，贫穷从来不值得歌颂，我们触摸的是剥下贫穷外衣后，黄灿灿的心。

如果非得小资，那就做把真小资，让内心先富足起来。那是一种永恒的资本，是慢慢攒起来的底气。只是祝愿这个词早点消失，那时大家也就都小资了。

－ 高雄爱河的故事 －

　　爱河，是台湾八大景之一，是高雄的母亲河，有着浪漫动人的传说，神秘优雅的色彩，见证了无数年轻的生命和纯真的爱情。车游爱河是我们的行程之一，从阿里山下来，又至佛光山，抵达高雄时已华灯初上、灯火阑珊了。人困马乏，大家都很疲惫，但爱河的故事太动人了，即便是饿着肚子都纷纷要求下车留念，所以就改为夜游爱河。

　　走在静谧的爱河，香风拂面，白浪滚滚，典雅的灯光下，听着流浪歌手伤感的低吟，嗅着浓浓咖啡的味道和淡淡的花香，那些过往的爱情便缓缓地走了过来。

　　佛说爱情如河流，人一沉溺即不能脱身。那些不能脱身的爱情，带着他们爱着的灵魂，就融入了这淙淙的流水声中，在波光粼粼里拉奏着唯美的琴音。

　　在八十年代的台湾，高雄一所美丽的大学与非洲一座友好城市互换留学生。有一名非洲小伙子，在大学校园里爱上了一位高雄女孩，两人两情相悦，你侬我侬，说好了永久都不分开。一天，男孩接到通知，其父病故，让其火速回国。他恋恋不舍地告别了女孩，临行前，他说最迟半年就回来，让她一定等他。男孩走后杳无音信，女孩却发现自己竟然怀了他的骨肉，并且肚子一天一天在变大。半年过去了，男孩还是没回来，她哭了，没人能帮她。

八十年代的台湾思想观念还相当保守，即便现在，台湾也比大陆注重传统礼教，文明教化。面对学校、家人、邻居的指责和非议，她跳入了爱河，结束了自己年轻的生命。

两年之后，帅气的非洲小伙子回到了久别的城市，因为这里有他心爱的姑娘。当他辗转打听到女孩家时，他也哭了，他给她的双亲跪下，认作了父母。并公开了自己的身份，他是一个非洲国家的王子，留学时隐瞒了身份。回国后，又面临家族内诸多棘手的事情，脱不开身，加之那时通讯落后，也就遗恨终生了。这事当时惊动了高雄市长，故把这条河命名成为爱河。

虽然说旅游景点的故事大多是小题大做、无中生有，但我们宁愿相信这是一个真实而美丽的故事。这也是无数传说里的一个。可怜的姑娘，到死都不知道爱她的是一个真正的王子，就这样带着皇家的骨血投身水中，香消玉殒了。听着这个浪漫的故事，觉得也够曲径通幽，九曲十八盘的了。

时常感叹曹侯的生花妙笔，总是把故事写得也像这样别开生面，风生水起。迎春的大丫头司棋，从在大观园假山后与表弟私通，被鸳鸯撞见，到被王熙凤搜出证据，又被王夫人驱逐，一直又羞又气一头撞死，写得也算顺风顺水。一个敢爱敢恨、有说有笑、飞扬跋扈的司棋就这样死了，故事也该结尾了。没想到逃跑的潘又安又回来了，并带了一匣珠宝，抬了两口棺材，亦自刎随司棋去了。司棋的爱情有了冷艳的亮色和完美的结局。曹是人性大师，总是把小人物的爱情写得生动亮丽，充满温情。真正的爱情是与大人物无缘的，连宝黛都没这般痛快！

既然已离题万里了，那就再讲一个国内的爱情故事，是我前两年看到的。

那是八十年代的中国，两名农村大学生在繁华的大城市里求学。他们的学费是村里人凑的，在城里的同学歌舞升平、交杯换盏时，他们只能过着馒头就咸菜的清苦生活。在孤寂清冷中，两颗温暖的心慢慢靠近了。

有一天，他们拿着省吃俭用攒了很久的钱，开了一个房间。在这间简陋的旅店里，他们相爱了，这是这个女孩的第一次。男孩发誓以后一定要挣很多的钱，让这个女孩过上好日子。

不久以后，女孩发现自己怀孕了。可悲的是连打胎的钱都没有，面对老师同学异样的目光，她选择了退学。男孩说你等我，我一定会去娶你。女孩淡淡地说安心学习吧，孩子我会想办法做掉。

男孩毕业后，以优异的成绩去了繁华的都市。舒适的工作环境、靓丽时尚的女同事，大城市五彩斑斓的生活太诱人了。但他始终勤奋着努力着，他要赚很多很多的钱，把女孩接至身边。他的工作越做越好，业绩越来越大，不断得到提升，身边也多了许多异性赞赏温情的目光。

有一天，他想起好久没有和女孩通信了，开始怀疑她是否在等他，是不是已结婚。他把自己的年终奖两万元寄了过去，结果被这个女孩退了回来，她淡淡的，什么都没说。他开始觉得他们之间的距离拉远了，就像生活在不同的两个世界，那个落后的山村、那个土气的女孩，都成了过往。

再后来，他出了国。一个公司的总裁欣赏他的踏实敬业，能力智慧；总裁的千金也喜欢他的倜傥风流、儒雅稳重，他成了他们的乘龙快婿。他凭着自己的能力和这个舞台把公司越做越大，后来有了自己的公司，跻身曼哈顿，成为在国际上都能呼风唤雨响当当的人物。这期间他的妻子也因心脏病突发，离开了人世。

在对金钱不断地追逐中，有一天，他忽然想起那些苦难的日子，那个在寒冷中曾给他温暖的女孩，觉得自己在心底从不曾把她忘记。

他回国了，在一个小村庄找到了她。那个女孩现在是一所希望小学的校长，十二平米的房间既是办公室也是家。简单朴素的生活，素面朝天的面容，仿佛岁月不曾改变什么，女孩还是淡淡的。

无意中，他瞥见办公桌上，一个头戴博士帽的英俊青年，笑问这是你儿子吗？女的淡淡地回答，也是你的儿子。望着那酷似自己年轻时的照片，一瞬间，他多年的心安理得瞬间土崩瓦解了。他跪下说愿意用所有的方式补偿她，他可以娶她，也可以给她钱，当时就开了一张五千万的支票。女孩还是淡淡地说："我早已不爱你了，我坚守的是自己的爱情，是我对爱的信仰。"

爱的信仰，爱情是有信仰的！是我们忠于自己、忠于真诚的一种不带任何功利的感情。培根说过名誉如江河，漂起来的往往是轻浮之物。面对非议，高雄的女孩泪别人间，用生命照亮了黑暗；大陆的女孩留下了，用岁月见证了真诚。

我常想，如果一个人的行为和生活方式没对你产生伤害，请你闭上你的嘴，灵魂的僵硬和内心的冷漠才是最大的悲哀！

第四辑

上帝遗失的羽毛

－ 上帝遗失的羽毛 －

　　始终相信，衣服是从一粒胭脂色的纽扣或一茎花苞开始的，羞怯神秘，洁白庄严，而非御寒。上帝造物，给女人以优美饱满的胴体，却忘记为其披上一件五彩的外衣。所以衣服是上帝遗失的羽毛，女人倾其一生都在不停地寻找，寻找那个完整、完美，更像自己的自己。

　　每一根羽毛，都是一个轻柔的梦。上帝在上面下了蛊，让女人迷惑上瘾，并妖媚到极致。那些风情的、典雅的、低调的、奢华的、时尚的、传统的，都是女人心中的小虫子，啃噬扯动着女人的小神经。让你蠢蠢欲动，你便试了又试，买了又买，恨不得盛世山河，一夜穿遍。

　　一个朋友喜欢香云纱，绸缎里的软黄金。九十年代初很少见，一次碰到，冲上去便买，很多人惊呼不值。但她笑着说值得的，我买的就是一个心情，我要让我午夜的梦高贵而华丽。

　　一个朋友钟爱花裤，民族的，大红大绿，上面漆着大朵的牡丹，俗得像社戏，土得像贫穷年代的花被面。她一次性做了五条，一个夏天做几十条，然后送人。她说："不行，我回去还得再给你做两条。你穿上有味，太有味了！"从大土到大洋，易大俗为大雅，女人总是变着戏法，几近疯狂。

　　很庆幸生活在这个年代，可以轻奢，可以铺张，甚至可以小小的任性，哪怕有轻微的犯罪感，而不是老舍笔下那个心酸杂居的四合院里的贫穷人家，全家共一条裤子。冬寒十月，女人只能躲在被子里，连如厕，都围块破布，慌里慌张。他让我们知道，女人没了羽毛，不光不能飞翔，连最起码的尊严，都要丧失。

至于穿衣服的女人漂亮还是不穿衣服的女人漂亮，我想这个问题是无须回答的。如果满大街白花花一片，那你肯定熟视无睹，甚至腻歪到反胃。在非洲的某个原始部落，人们日常生活起居劳作，均是赤身裸体。但当开派对舞会时，女人却要用羽毛遮住自己的前身，因为美来自含蓄和神秘。只有穿衣服的女人才是风情万种、妩媚多姿，才是迷人和道德的，这是最原始的道理。

每个女人都有一个衣柜，每个衣柜都住着一个小江南，紫烟水雾，波光柳岸。打开，就是一个粉红潮湿的开始。那是女人的万里河山，一船一桨、一叶一帆，都是自身的蔓延。小的思维、小的情感、小的悲欢、小的审美，甚至还有小小的自恋。满满的一柜子，带着余韵带着残留的体温，静静地挂在那里，穿与不穿，看与不看，都是一种无声的陪伴。如午夜的花朵，在你的睡梦里，开了又合，合了又开，一朵又一朵轻柔舒缓地绽放着。哪怕"啪"的一声落了，也不会惊扰你唇角的笑意。衣服是物质的，也是精神的一半月圆。半面的美人，在烛光下，拿着唇笔妖娆地画了又画，描了又描，小家碧玉，也有了倾城之态。

过去的女人把自己的青山碧水，压在一口古旧的樟木箱子里，像一口胭脂井，孤独而又神秘。有一天，时光的轻粉悄悄打开，粼粼的波光霎时迷了你的眼，那些桃枝蘸露水画春眉的日子，那些红尘往事，那些温暖繁华的记忆，甚至无数的细节之美便扑面而来。从最初的大红到最后的素白，从开篇的热闹，到收尾的清冷。你坐在光阴的角落里，一页一页慢慢地轻翻着，像翻着一本老黄历，像翻着别人的故事。有泪烫过，不知是自己的，抑或是别人的，总之是温热的。

初夏的早晨，有点凉，窗台的茉莉开得正好，雪白粉香。你站在挂衣柜前，检索着，取下一条浅灰的薄毛裙，裙边压有你喜欢的粉色缠枝花纹。你配了件粉色的开衫，贴身着一件雪白的蕾丝吊带，那种白，是白到心里的白。打开抽屉，你取出一根细银的手镯戴上，再把头发盘起，最后披上一条浅粉镂花披肩，干净整洁，起手落座，你等着清泉从手底流过。那些长了翅膀会飞的小鱼在键盘上游曳，那些奇妙的思维，像一朵朵小花，一骨朵一骨朵，密密白白地冒了出来。密林里有光，白雪公主提着裙子索索而过，那是一个魔幻的世界，小红帽、水晶鞋、月亮船，一切都可能出现。文字是件极有意思的事，手中流转的波光，是一件极为灵动神秘的衣裳，你成了上帝的裁缝。大雾终于散去，窗外的鸟鸣越发清越。蝴蝶飞了进来，在窗帘间嬉戏，最后落在了你的肩头，你一动都不敢动，世界就这么静止着……

有时候，觉得做女人真好，为那些遗失的羽毛，为心中的寻找。

红楼梦里有两件极为珍贵的衣服，一件叫雀金呢，一件叫凫靥裘。雀金呢是孔雀毛捻了线织的，凫靥裘是野鸭子脸上的毛织的，均为俄罗斯国进贡。不仅轻柔保暖，还金碧辉煌。雀金呢贾母送给了宝玉，凫靥裘给了宝琴，这里没黛玉的事。起先，宝玉担心黛玉心下不自在，没想到黛玉却依然如故，赶着宝琴喊妹妹，反而是宝钗自嘲了两句。不仅贾母对黛玉吝啬，曹侯同样，前八十回，几乎没有黛玉的衣饰描写，只在四十九回顺带一笔雪地里的红香小靴和大红鹤氅，算是对读者的交代。

贾府何等人家，江南织造，皇帝的御用绸缎庄，私货肯定不少。连王熙凤那样见过大世面的、从祖父起就掌管外国进贡朝贺之事的豪门之女，竟不知"软烟罗"为何物，可想贾府的衣饰文化足可以媲美紫禁城内。曹侯自然是行家，一路累文赘墨，从王熙凤的彩绣辉煌到宝钗的中庸低调，从湘云的女扮男装到岫烟的寒素寡淡，从袭人晴雯芳官，乃至三等仆妇，都极尽一描。唯独黛玉，作者是省了再省，斟酌了又斟酌，连眉眼的措辞也是改了又改。如此谨慎又是为何？因为黛玉是作者心目中供养的女神，是天地的精灵。他不知要给她穿上一件什么样的衣服，也不知什么样的衣服才配她。不可状物便去状心，因此曹侯给她编织了另外一件衣服，那就是漫天的才情、绝世的风骨、纯美干净洁白羽翼丰满的内心。

2015 纽约大都会艺术博物馆慈善舞会上，推出的主题是中国的镜花水月。世界顶级的明星悉数亮相，豪华的汉、雍容的唐、高雅的宋、繁美的清，还有改良的旗袍以及中西合璧诸多元素的礼服，一路看过来，到最后拼的不是相貌，不是行头，而是气场和简洁之美。

实际万千云水坐断之后，也许你只需要一袭纯白的茶服，简净到一粒纽扣都没有，空灵古朴，人境合一。所有的寻找仅仅只是为了一份安宁、一份内心的回归、一份最初的本真。就像一个朋友在留言里说的，我往往记不清，刚刚和我说话女人的发型、服装颜色和款式，只会记得她的体态和行为方式。实际我也是，不管对男人还是女人，只会感知他/她整体的神韵和气场。

感谢上帝吧！它不仅给了我们不同的容貌，还给了我们寻找自己的机会。你可以踏遍三千繁华在云水落英中安暖，也可以根据自己的喜好重塑自身。只是别忘了，在寻找那些漂亮羽毛时，也给内心穿上一件得体的衣服，这样你的人格才能得以完善。

－ 绸缎、苏绣和女人 －

　　绸缎是时光里的旧美人，一腔一调皆有味，一眉一眼皆有韵。她是水，碧波微澜；她是珠，润泽内敛；她是阳，透过格子窗，华丽而又灰扑。暖暖的、懒懒的，碎金的脚步沾了粉，长裙广袖皆掩映在一幅古意的画轴里。日子是煨过的，时间袅如轻烟，水袖一扬，满天花落，云髻一松，飞瀑直下，有蕴藉之美。因此我是爱极绸缎，爱极苏绣的。

　　好的绸缎必是蚕丝的，轻软如烟而又细密温厚，珠润玉滑而又灵动缥缈，是一湖水、一汪泉，有十指轻颤之美。她咿咿呀呀，抽丝剥茧般活在你的心里，不需要触摸，隔着水面望过去就好，隐约中透着一种温雅。那些贼亮的，必是赝品，轻也轻得轻浮，艳也艳得浓烈，直逼人眼，东施效颦不过如此。没有经过化茧成蝶的蜕变，没有经过雨露草木的滋养，就不会有蚕丝的高贵和柔和。所以说，丝绸的诱惑只是一眼，一眼你就能分辨出什么是"乍富不知新受用，乍贫难改旧家风。"脂砚斋就经常骂那些插金戴银的暴发户之女。黛玉平日里清淡，偶尔穿几件鲜亮的衣服，就宛如嫦娥下界一般；宝钗也是一色半新不旧的裙袄。丝绸如斯，润心，虽华丽并不刺眼。

　　过去的苏州，家家养蚕，户户绣花，从宋开始就星罗棋布，到了清更是花团锦簇。现在的绣庄也是多半开在河边，青石碧柳，花窗雕栏。临窗有水，水上有桥，桥下有船，紫雾粉烟，氤氲一片。女子坐于竹绷前，细眉细眼，亦是娴静温雅的。玉指如芊，心中长莲，莲开微半，一半清风，一半月圆。以针作画，以线当墨，一枝一叶，一帆一船，桨声灯影，水音小调皆在手中缠绵。

苏绣是属于女人的，是女人和自己谈了一场亘古的恋爱。手随心走，一针一线都是贴心的暖。

如果说绸缎是一方凝固的光阴，那么苏绣就是光阴里的故事，草际烟光，水心云影皆在梦中，你便爱了又爱。

看过牡丹如绸这样的字样，便觉得很美，心被熨过一般。夜色也要如绸，便有化不开的温婉。丝绸需贴身，冬暖夏凉，小有飘逸。记得一部电影的名字就叫作《穿白丝绸的女人》，看不看不打紧，想想就很美。做睡衣也最好选白色的，裙边裤脚绣一两朵红色的梅，或粉色的荷，不需要多，不论季节，不论冷暖，就在你的梦里次第间开放起来。

丝绸是女人一生的情结，不管是对里弄的小女子，还是深宅大院的贵妇，都是致命的诱惑。张爱玲一生辗转，但满箱的旗袍从不离身。男人可以无数次的背叛，但被丝绸煨烫过的心依旧温软。有些衣服不是为了穿，只是为了看，或者怀念与陪伴。好的女人从来不会肤浅到为旁人活着，别人的目光也一文不值，穿衣服也不会为给人看。就像一位先生说的那样：世界是自己的，和他人毫无关系。

小时候，看邻家的老奶奶颠着小脚，每到六月六晒衣服。阳光下华丽丽一竿子，像戏服一般热闹。色呈宝蓝，闪着微光，上面绣着缠枝的花卉，裤子还连着脚。每次从杆下过，就如走进时光的回廊，迷茫之极。那是个灰色的年代，并不知这些衣服用处何在，也想不出是她年轻时的心爱，还是告别人世时的彩排。总之，女人不管以什么样的姿态活着，哪怕一生都是灰扑扑的，但心底的锦绣都会一片片铺开。

丝绸是高贵的，简直目无下尘，别的面料与之相比，都变得生硬凛冽，当然，棉除外。如果光阴的隧道里，可以缓缓走来一位女子，肯定也是身着绸缎的，因为没有一种衣料可以如此的柔、如此的媚、如此的轻、如此的软、如此的垂，随波成形又像植物一样呼吸自如。你不用看她的脸，只看她的腰身，盈盈一握，玲珑如水。

一个女人最好的境界，就是活成绸缎一般，成了烟，入了画。如张充和，九十多岁了，在大洋彼岸依旧每日研墨练字，栽豆种瓜，或躺在竹林的椅子上吟诗听曲。生活如丝，每一秒都闪着光，每一寸又都平静如水。偶有晚辈拜访，与之倾谈，典故人物无不妙趣，出于意想之外，被誉为走进一条开满鲜花的小溪。

相信人老了真的可以返璞归真。

好的丝绸软密轻厚，如烟似水却波澜不惊。它的美不在五官，而在质感。

就像许多如绸的女人，一生都是那么的细腻温和，风雨不入。杨绛不温不火的活到一百多岁，她的文字亦是简洁干净，纯真美丽。她说她在牛津住院生钱瑗时，钱钟书一个人在家，每次探视都会苦着脸说，他又做坏事了。不是把墨水瓶弄翻了，染了房东太太的桌；就是把台灯摔了，不亮了；或是把门轴弄坏了，关不拢了，总之对生活很白痴。杨绛就会说，不要紧，我回去会洗，我回去会修。回去果真就洗好了、修好了。她的一生没有刀戟，只有体贴！就像钱钟书说的她是最贤的妻，她是最才的女。

这就是绸缎人生，在我们感叹皓首暮年时，如若能活到杨绛这般从容高端，再多的风尘又如何！就像她译的瓦特·兰德的诗：我和谁都不争，和谁争我都不屑；我爱大自然，其次是艺术；我双手烤着生命之火取暖。

- 女人与鞋 -

女人于鞋是情有独钟，也是一见钟情。就像你的恋人，不仅只是贴心，而是只需一眼，便知道他是你内心的秋白春欢，冬雪夏莲。

衣服可以宽大，人们会说她飘逸；衣服可以束身，人们会说她性感。但鞋子要刚刚好，不仅合脚，更要称心。舒服典雅的鞋，会如花瓣般轻轻贴着你的玉趾，弯过一枚新月直抵你优美的脚踝，衬着你曼妙的小腿。这是一种无声的优雅，是裹着的玉笋、托起的轻云，也是女人一种入骨的自恋。就像水晶鞋是给灰姑娘预备的那样，自私虚荣的女人，即便砍掉脚趾都无法穿上，这样的精致只是为了寻找一份灵魂的纯白与安宁。

喜欢麂皮的皮鞋，暗哑墨染的黑，玲珑的不只是你的内心，而是万水千山都化作这轻轻的一盈。

在鞋的面前，我们怀念的不仅是走过的风景，更是岁月里的一抹永恒。就像赫本，我们喜欢她干净的深瞳，还有那回眸转身时的风情；亦像宋美龄，即便九十岁，还能穿着白色半高跟的优雅和从容。还有在开满丁香花的雨巷，人们想起的，就是那个穿着绣花鞋摇过的紫色背影，在与不在，都成为人们眼底一抹忧伤的惊鸿。

一双怀旧的鞋，它可以静静地存放在一本古书里，没有章节，不需序言，只轻轻一翻，就会凌波而来，也可以放在散发着檀香味的丝绸里，配上如烟的旗袍，每一缕金黄的暖阳，都会折射出高贵的性感。

在简朴的乡村，新婚的女子坐在槐树下给丈夫做鞋，层与层之间铺上雪白的花瓣，再密密纳上。这样的女子，心里该是怎样的月白风清，碧水柔情。

生活可以呆板，但内心必须浪漫。

去丽江时，住在新城。早起出门，在一堆旅游鞋和高帮皮靴中，发现多了一双轻便的绣花鞋，便被深深打动。遥想着穿着这样一双古色绣鞋的女子，踩着卷云的花纹，悄无声息地寻过每一条幽静的小巷，不去惊扰任何一片风花雪月的故事，眼睛里该是怎样的碧清与安静。

在凤凰沈从文的故居，看着他祖母留下的那双半新不旧的三寸金莲的鞋子，灰扑扑的如折叠小船，安静地摆放在玻璃展柜里，便恍若隔世一般。这是我看到过的最小的一双绣鞋，是名副其实的掌上莲。是那个被男人喜欢的"千缠万裹雪一团，轻绡洁白胜齐纨"的时代产物。

这样的东西即便能使女人芳踪细细、仙骨纤纤，也是我们女人的悲哀与心酸。这样一双纤柔玉削的袖珍小鞋，还不如一瓣牡丹花瓣大，在人们的记忆里早就陌上花开，随风飘散了。不知道这个苗族的女人，当时是怎样从木制的楼梯上颤颤巍巍走下来，倒是我的外婆，裹着小脚，依旧能在陇上行走如风。

相信我们这个时代，更可以自恋一些。天足的女人照样可以两瓣娇荷出水，一双软玉无尘，无须取悦男人，仅仅只为自身。

我是个爱鞋的女人，但很少买鞋。我喜欢能打动自己的东西，也始终保持着自己的审美与挑剔，拒绝穿旅游鞋和蠢笨的鞋，觉得和自己的性格不搭。一年四季的鞋也只有四双，但它们会永久的清爽和干净，即便不再穿时，都不会变形，内帮也会整洁如初。

去台湾时，我在行李箱里带了一只小小的排刷，就是为把毛面和装饰品缝隙里的灰尘清理掉。可惜台湾太干净了，一次也没用上。

我们的心胸要宽阔，要包容下许多不喜欢的东西，但必须要有一个角落是留给自己的，也只为精致自己。所以我相信爱自己的女人必定是爱鞋的，因为她不允许内心的粗糙，也不允许细节上的邋遢，是到了心的精致。

鞋与脚相连，尽管许多人觉得脚很暧昧，一个男人一旦为一个女人轻褪罗袜，必定有了欢情。但只有脚美的女人，才可以称得上是真正的美女，这是我一直相信的。五官很直观，人们可以在上面做足文章，拉皮换肤，美容化妆。但你的手和脚会帮你泄密，一张毫无皱纹的脸，也许手已经长了老年斑。即便你每晚贴着昂贵的蚕丝面膜，趿拉着几千元一双的皮鞋，只要你露出那黑黑的脚后跟，都会知道你是暴发户。

喜欢小巧的鞋。黛玉雪天穿的是掐金挖云红香羊皮小靴，湘云是鹿皮小靴，晴雯是捉迷屏后，莲瓣无声。只有小巧才会袅娜、才会娉婷。芭蕾舞演员旋转的不只是生命，那是白天鹅轻盈的梦。

鞋子是性感的，衬托你小腿优美的曲线，但远离了内衣的暧昧。不要以为一个女人只剩下胸，那是最低级的审美，就像以为暴露就是性感样。高贵的性感来自含蓄，不是领口开得越低越好，而是高，就像旗袍。

那些直白的性感，只会泄露你心底的凌乱，因为你不知道自身还有什么，可以用来取悦男人的资本。

实际女人最该取悦的是自己，即便独处时，都应该收拾得玉净花明，这是一种修养，这和钱多钱少没关系。"贫家净扫地，贫妇净梳头，景色虽不艳丽，气度自是风雅。"

其实脚比脸更重要更辛苦，就让我们女人穿着自己喜欢的鞋，走往梦想的天堂吧！

清闲

- 不可无花 -

小扣柴扉酒未沽，临窗小坐随意涂。待到南山花满坞，我只带回插一株。初看老树的画，真的是惊目，那闲闲的几笔，轻剪荷露，简净如初。自由的心儿可以低入沃土，也可以在云端上飘浮。心里便觉得说不出来的好，喜欢这样的小滋味、小清新，入心养眼，滋心润肺，随性浪漫，诗意童真。

就想自己也寻张纸，也画一窝南瓜、几粒豌豆，或几片白菜叶子，清清碧碧，水水润润的。画的时候，眼是亮的，心是透的，该多好！

亦想自己也扎一个清风小院，种一树月亮，结几颗星星。夜晚时分，照着小墙，映着花窗，篱笆上要爬满野花，花儿全都一扭一扭地开着；墙角下要植几株蔷薇，夜半送香，红云剪梦。过一段"风吹半卷闲书，花覆一壶老酒"的日子。虽不能十里荷香，但也要擎上那么一枝，在水面上漂行；虽不能万亩桃园，也能把那零星的几朵，邀于周公。

不怕微雨，最喜门前三两点。早起一看，呦！满山遍野的春红都开了，心里便艳艳的，就兴冲冲地折了一捧，一路乐颠颠地抱着回家。家里无须人等，就自己，翻两页闲书，绣几朵闲花。书里写了什么不记得了，看过皆忘，下次拿起来依旧新鲜；绣的什么也不重要，只是一个小小的心情。高兴了，歪歪扭扭再写几个字，无关好坏，写完了，就让山风吹走。

一天接到一封桃花信，没落款。拆开一看，无字，满满的都是粉红色的花瓣，就高兴得不得了，不知道谁寄来的，是山风吗？抑或只是一个前世的农妇。

想去灯市了，就抱了一大捧，送给谁，不知。只知道那里好多人，都温暖地笑着，小孩的手粉嫩粉嫩的，还举着一串冰糖葫芦；老人们个个都活成了兵马俑，戴着石头眼镜，留着小山羊胡子。没牙的大妈，拄着拐杖，瘪着小嘴，还是那么苗条，便徒生羡慕。记得傅聪好像对傅雷说过，宁可在东方的街头听嘈杂的人声，看温暖的笑容，也不愿意在西方上流社会，空谈什么文化。想来最温情的地方就是咱乡村的集市了。

感叹人生就像这老树的画，删繁就简，随心随性。一旦哪天，你真的正儿八经一笔一画工工整整地画好，打上尺码，标上价格，再题上无数名人的题跋，盖上一些达官显贵的印章，也就没太多的人从心底喜欢了。

感叹这花乱开真好！就这样低低地活着，低到"此生只向花低头"。

想划船了，就一个人去山涧，船尾捎上一大堆的花。吟两句自己的打油诗，浪尽千帆唯我独欢，海纳百川余花一船，要多浪漫有多浪漫，那是属于自己的惬意和清欢！

说不定哪天，山里也开来一列小火车，或有一架直升飞机往下投尾鱼什么的，我得赶快用盆子接住。收工时，也夹着一个大萝卜回家。就一人，饭不必弄复杂了，煮一穗玉米或烤一个红薯，天然就好。

千万不要说什么仙风道骨，不想与高人沾边；也不要大谈什么文学经典，风雅也与我无染；更不要说些革命道理，那也只是我眼中的浮云一片。随心送去花一朵，傍晚尽兴好回家，这是我的杜撰。不说什么敬畏大自然，我就是其中的一员。裁清风入宅，拥梨雪入怀，一梦醒来，看瓶中的那枝花还在，是俯仰地开，还是寂寞地败，都是那么的自在。

托着下巴发会儿小呆，数一下桌上的柿子刚摘；靠着门想会儿心事，说声你咋还没来。

一次提着皮箱一个人出门，路过一个小巷，看见墙头有一丛花多情地开着，就笑了，叹一声花都开成这样了。这就是最美的天籁，知道再过五百年，你还在原地等待。

一次看见树枝上挂了一方白色的丝帕，透明的，还绣了朵桃花。便怎么看都好，想了想，不记得那是自己何时描下的对白。

睡在一个人的花海，还要在心头别上那么一朵戴，就这样的乱开。一觉醒来，天色微白，一床的落花，已把人覆盖！美哉！

- 悠悠清莲 -

一直是爱莲的，因为没有一种花可以这样的清正雅和、洁白高蹈，有六朝烟水之色；没有一种花可以如此的轻盈袅娜，眠水卧波，有露白月浓之态。所以前人问得好"脸腻香薰似有情，世间何物比轻盈"。

莲是轻的，像芭蕾的梦，旋转的裙摆舞动一池的清；荷是静的，绿盘水晶，娉婷了一池的粉红。莲是美的，美到惊世骇俗，恍然若梦。她的美，是那种彻彻底底的美！从初心一点、素绿萦怀到红粉摇落、叶卷枝枯，她的一生都是那样的风致。对，是风致，而不是别的，所以黛玉只喜李商隐的一句：留得残荷听雨声。

不要小看了风致，那是一种情调、一种韵味，不是人人都能有的。亦如曹侯说黛玉，别有一段自然风流的体态。

如果你看过牡丹就知道荷有多好。牡丹是香艳的，一大朵一大朵金粉妖娆地开着，一层层密密累累地卷着，直逼你的眼。她的气势压得你喘不过来气，那种丰满那种隆重是你无法躲藏的。她来得太盛大了，泰山压顶一般，不留一点空隙，一下子就倾了城。她是贵妇，雍容端庄的同时也是咄咄逼人的。而莲不是，莲是含蓄温婉的小女子，清风明露般自知，雪花嫣然样自恋，隔着万千山水缥缈而来。红枕送香，随云入梦，只需在水墨间轻轻一笔，就悄然入了心。

她以她的静雅空灵之姿，温软透明之态，疏朗明净之香，禅意飘逸之韵深深地打动着你，打动着这个世界。你懂也罢，不懂也好，你喜欢也好不喜欢也罢，她就在那一倾碧波之上美人笑隔盈盈水，卷舒开合任天真。

莲是属于自己的，而牡丹是属于天下的。看过花开富贵的匾额，你就知那不是牡丹的杜撰，她的正统和大气是可以登得上这样的大雅之堂的，而莲是自私的，是活给自己看的，她不会在乎别人的目光，只待在自己的意境里。她有着属于自己的山清水秀，鹃啼舟行，不问因果也不问来生，三千里云水路程，只在自己的世界里吹花成梦，落雨成空。

莲是素的。即便有一天你看到了她的张扬和跋扈，也是因为你眼睛里有了嫉妒。因为她从来不需要知道你的城府，你亦无法感知她的风骨。

所以曹侯是聪明的，他把牡丹给了宝钗，他把芙蓉予了黛玉。国色天香，一个皇商的女儿自然配得起这样的富贵；晓露清愁，一个书香的女儿无疑消受得起这样的雅致。难怪黛玉抽到此签时，姐妹们都说她原也是配的，可见黛玉是为荷而生的。

宝钗是淡的，衣饰钗环都很寒素，但她的骨子里是蓬勃和鲜艳的；黛玉是挑剔清高浪漫的，大红羽纱，红香小靴，一柄花锄、一个香囊就葬了天下。艳吧！但她的内心却是水洗的、不沾烟尘的。这就是区别，她们的好是不一样的好。

莲是清的，尤其在画家的笔下，空灵至极。寻梦，就借一缕月色，披一卷荷风，到布衣女子的裙袂上月白风清；买醉，就斟一杯梨雪，饮半盏兰香，偎依在青瓷的脸庞吻醒千年的月光。这就是莲。

人曰女子有九品，即贵、慧、娴、雅、恬、媚、俏、帅、酷。那莲呢？应该是雅的。她既不属于高山仰止的富贵，也不属于小家碧玉的俏丽。

她的雅是一脉清泉，几竿修竹；是鹦鹉吟诗，百合熏炉；是银红烟软，累累之书，如黛玉的寓所。红楼里，以可卿之媚、宝钗之贵、迎春之恬、探春之帅、湘云之俊都堪得上姣花软玉一般，但黛玉的雅是墨笔带露冉冉开，绿水出波款款来。亦如莲，让人难以忘怀。

　　莲是自爱的，始终认为自爱是一个女子最好的品质。她远离花店，躲避人家，寻一隅清静之处，纺棉织麻。人们可以给玫瑰、百合、康乃馨包上锡纸，扎上丝带，打上标签，甚至保鲜处理，强行开放，喷水上色。但对莲你做不到，因为她是决绝的，在你没有使用任何手段之前就死掉了。在居室的阳台上花房中，你也很难觅到她的踪影，她同样拒绝着你的收养和宠爱。她的天性，生就是属于自然的，属于供养她的一湾逝水、半缕清风。无论世人怎样的歌咏她，临摹她，她只与你，端隔一水，遥遥相望。

　　我是敬畏花的，任何一朵花对我来说都是一个未知的梦。我只能庆幸我路过她们的生命，但却无法感知她们的心灵，因为我不解她们的情怀也不懂她们语言。她们太美了，美到入骨烟吹，不忍触摸。而莲更是我心中的极品，如果今世我只能与之临水对坐，那么，下世我定与之小憩一舍。

－ 红尘煮酒谁是真的英雄 －

滚滚红尘，茫茫人海可有你喜爱的人物？谁又会拨动你的心弦，触及你心底的柔软和灵魂的震颤。什么样的人又是你千年的守望，永世的等待。

挑灯夜读，一卷在手，千军万马奔涌而来唯有水浒，花落无声唯美动人莫属红楼。两书在手，看遍世间儿女快意恩仇，花落知秋。

红楼写女人是水做的骨肉，至纯至净，月白风清，至灵至性，方显柔情；水浒书男人是红尘美酒，至真至诚，坦荡心胸，至神至勇，烈火豪情。

两书对看，相互权衡，一样的形态，不一样的性情。男人如酒，似水般随遇成形，却有火一样的特性，一百单八将个个英雄，人人神勇，驰骋乾坤，泪洒狂风。这里可有你喜欢的人物，心灵的共鸣。名著之所以被称其为名著，是经岁月打磨得越发夺目，心手不厌，世代相咏。

一部水浒写尽天下男人，上至皇帝老儿，下至贩夫走卒。文的武的、智的巧的、奸的狡的，栩栩如生，呼之欲出。入我法眼者，唯有燕青。燕青位居三十六星之末，地位不高，文不如宋江，武不如林冲，谋不如公孙胜，出身不如柴进，只是卢俊义的一介家奴。但他是作者心目中一个完美的形象，低调从容，偶露惊艳，文武双全，倜傥风流。大智者浪子燕青。

有一首《沁园春》单道燕青：唇若涂朱，睛如点漆，面似堆琼。有出人英武，凌云壮志，资禀聪明。仪表天然磊落，梁山上端的夸能。益州古调，唱出绕梁声，果然是艺苑专精，风月丛中第一名。听鼓板喧云，笙生嘹亮，畅叙幽情。棍棒参差，揎拳飞脚，四百军州到处惊。人都羡慕英雄领袖，浪子燕青。

燕青有貌，雪练似的皮肤，刺了一身的花绣，如玉亭柱上铺着软翠。第七十四回，燕青智扑擎天柱，庙里的看官如搅海翻江似的，迭头价喝彩。这一回体现了燕青的智与巧，随机应变，看景生情，斗智不斗勇。

燕青有情，他和李固同被玉麒麟收留，李固却与夫人有染，同谋陷害卢俊义。燕青被逐冷箭救主，衣衫褴褛一路乞讨，残羹冷炙自己空腹，有情有义燕青莫属。

燕青为人花团锦簇，在梁山颇受尊重，身心俱美海阔心胸，吹拉弹唱无所不能。

燕青处事八面玲珑，百变声音滴水不漏，进京招安水到渠成，外交本事梁山最行。

燕青箭不虚发，百发百中，冷箭救主，结果了董超、薛霸的性命，不仅救了卢俊义，还出了林冲的一口恶气。

燕青姗姗来迟，六十一回始登场，用墨不多，但作者非常钟爱这个角色。每一次现身都写的有智有谋，有胆有识，有情有义。在水浒中他是能给你带来震撼的人物，又是热闹处的一抹冷艳，千军万马中的一大亮点。武松用墨颇多，智勇双全，顶天立地，但滥杀无辜。林冲是忍辱的英雄，只有燕青游刃有余，笑傲江湖。

一部水浒浩浩荡荡，铺天盖地，到了鸣金收兵的时候。安也招了，匪也剿了，功名利禄唾手可得。燕清却收拾一担金银珠宝挑着，悄悄地走了。留下四句口号：雁序分飞自可惊，纳还官诰不求荣。身边自有君王赦，洒脱风尘过一生。

死的死，亡的亡，燕青还活着，那是他有大智慧。不挑珠宝便不是燕青，他不是圣人，不是高人，他是浪子燕青，一个有血有肉、有情有义的凡人。一个作者不想让其死，还想让他在世上做逍遥的宠儿，他本不应该属于那个血雨腥风的社会。

如果你看见月白风清之际，有人在石上吹箫；春暖花开之时，有人在湖心泛舟，那准是燕青，因为他的生命才刚刚开始。

水浒红楼一动一静，写尽儿女情长。黛玉、燕青对看，一个是风流才女，一个是浪子风流。同为孤儿，黛玉穷，不知道家产都跑到哪儿去了，贾母给钱，她不忘送丫鬟一把，吃个燕窝还要宝钗接济，更不忘给老妈妈打酒钱。看得好心酸，但也很温暖。

燕青寄人篱下，一路救主、背主、护主、劝主，肝胆可见。看得好心疼，但也很温情。黛玉早亡，是作者不忍让其活，免得抄家后流亡；燕青独活，是作者不舍让其死，因为他的爱情还没有开始。在烟雨红尘中，他永远比别人多了那么一份淡泊与雅致。

－ 熏香的月亮 －

《熏香的月亮》是苏麦的单曲。初看这几个字就很惊艳，以花入梦，月亮有了诗意、有了香味，夜色可以变得妩媚绵软，岁月亦带着丝丝的甜意。十八年前的月亮犹在，只是熏了时光的花香，仰望中，一切都朦胧可爱起来。

读红楼喜欢黛玉，因为她随意自然，以花入诗，生命与生命之间就多了感动，便入了心。不能说不喜欢宝钗，但一个外表鲜艳、内心枯萎的人，即便是以花入药，生命总端着，入戏不入心，便也输了可爱。女人一定要爱花的，因为一朵花香沁入血脉的女子，足可以袅娜掉许许多多岁月的沧桑，足可以让疲惫渐老的容颜温软出一层清清白白的光。

读张爱玲的小说，已是十多年前的事了。那时不知张爱玲是何人，只是不经意间随手翻起，便不忍再放下，那份平实的美，那份朴素中的华贵，是少见的。不得不叹一句，噢！平庸的生活怎可以这般梨花似雪样丝丝入心，人性怎可以这样一层层冷漠抽离，于是便有了相见恨晚、心爱至极之感。

一次无意间行走，看到幽幽的日志《我眼中的张爱玲》，陡然间，生出诸多感慨，便留了许多话。说起了曼桢那件粉红色的旗袍，那是曼璐出嫁后，曼桢终于可以脱去死静的蓝布大褂，穿得鲜艳些，灰暗的日子，一下子多了一抹晴朗的生动；说起了曼璐绿色旗袍腰部上，那五个黑隐隐的手指印。那是一种无奈粗俗的生活，交叠着一张浓墨重彩的脸，红红白白的戏剧效果，在亭子间不停扭着，拿捏着人生的色调；说起了曼桢的孩子初春时，还光着脚穿着老黑棉鞋，露着红赤赤的脚踝，在巷子里，仰着小脸和招弟一人一口吃臭豆腐干子。因为辣椒不要钱，就一层又一层抹上去，红红的，辣得读者都张大了嘴。不知是怜爱，是心酸，抑或是痛惜，笑着笑着眼泪就不知不觉扑簌簌，一颗跟着一颗掉了下来；说起了曼桢的母亲从曼璐那回来，看见世钧百感交集，一肚子话要说，可当掏钥匙时，摸到那半新不旧温软厚厚的一大沓钞票，便咽了回去。许多情节就这样汩汩地流了过来。

"姐姐，你忘记了，还有六十元的戒指，是自己赚钱买的。"看到这条回复，眼睛竟一下子竟湿润。是呀！六十元的戒指，宝石粉做的，很廉价，是世钧在工厂实习时，用半个月的工资给曼桢买的。那时他经常一身工装，满身油污，用纸擦都擦不掉。她、叔惠、世钧三个人好像永远在一起，很干净，很纯白的一段岁月。戒指，曼桢戴着大，就用丝线一圈一圈缠了许多道。后来她被囚禁在祝家时，丝线被鲜血染成红褐色，变得僵硬。她发着高烧，呼着热气，身子像搁在海里，想着这是身上唯一一件值钱的东西，可以用它来贿赂阿宝，让他送信，但又极其不舍，都是让人落泪的情节。可以说《半生缘》就是用这些细枝末节穿起来的珠贝，颗颗都圆润华美，熏香了所有的岁月，温暖了一袭纸上的月华。

张爱，这个名字是苏青喜欢叫的。张爱本人也是自然而又随意的，身穿奇装异服到苏青家，整条斜桥弄都轰动了。她为出版《传奇》，到印刷所去校样，卷云的大袄让所有的工人停了工。她说：我要快快长大，八岁就梳爱司头，十岁要穿高跟鞋，十六岁要吃粽子汤圆，吃一切难以消化的东西。很标新立异的一个女子，自始至终做着别样的自己，从未顾忌别人的目光。死时都是一袭磨破了边的红色旗袍，华美中的苍凉，是她一生的写照。

你可以不看书，但不能不看红楼，不能不看张爱玲的《半生缘》。因为那不是学习，是享受；那不是文学，是人性。

不能说这个世界上没有好男人。沈世钧和张慕瑾就是两个标准的好男人，爱美的叔惠也不错。好的标准是什么，应该是温暖。世均是富家公子，但相当有烟火气。在上海读书时，他住在叔惠家里，与裕舫夫妇相处融洽，他们喊他吃黄鱼羹面，亲切而又自然。中午做面用去鱼中间一段，裕舫照旧摆好。淑惠双手插着裤兜，吹着口哨回来，问这鱼的头咋这样大，裕舫回说这鱼长得矮，一段淳朴诙谐市井小民的快乐。倒是工薪家庭出身的叔惠既爱漂亮又讲究，世钧却温厚得多，就连曼桢家晒在阳台的大大小小的黑棉鞋，楼梯间的火腿味，世钧都觉得亲切。世钧的好，是丝毫不带公子哥味道的好。

在这个世界上，透过一扇同样的窗户，我们每个人看到的东西都不尽相同。曼璐从舞女到妓女，一直到嫁给祝鸿才，住在虹口的别墅，穿着裘皮、坐着小车子回家，大有衣锦还乡之感。她审视着世钧，品度着那六十元的宝石粉戒指，觉得世上男人都不是好东西，皆好色于她，连世钧都拿眼睛溜她，而在世钧眼里，她只不过就是一个三十多岁的妇人。后来，世均去曼璐家打听曼桢的消息，曼璐穿着黑色丝绒旗袍，水钻长裤，踩着厚厚的地毯，摇摇地走过来，世钧看到的也只有四个字：红粉骷髅。

当曼璐刻意穿着与当年相仿的淡紫色旗袍，幽幽地站在慕瑾面前，却是时光交错，再也回不去了。她再也不是那个穿着紫衣的姐姐，慕瑾的感觉，只剩下尴尬陌生和粗俗，想尽快逃开。昔日的情已不在了，何必再提。

在翠芝眼里，曼桢就是一个穿着破灰色羊皮大衣的女子。因为那时她和她的好友窦文贤皆穿着上万的豹皮，戴着几克拉的钻戒，曼桢简直太寒酸了。

在慕瑾眼里，曼桢肩负着照顾一家七口的重任，余勇可贾，来回奔波，却依旧能保持着娴静的风度，这是他敬爱的。

在世钧眼里，曼桢身兼数职，却不肯连累于他，在单纯羞涩中又有着极强的母性，这是他心疼的。

在曼桢眼里，死都要逃出祝家，要见到世钧，向他述说这一切。她相信他一定会爱她救她的，这就是她内心的纯洁和对爱情的坚信。

在曼桢母亲的眼里，祝鸿才这样有钱，姐妹共侍一夫，也不见得不是好的归宿。这是她对自己卑微自私灵魂的宽恕和开脱。

半生缘里有很多的女性。从下人阿宝、张妈到富家千金石翠芝，从有才有貌的袁太太至风尘女子曼璐，但只有平凡的曼桢是最可爱的。因为她舒坦，确切地说是纯洁。纯洁应该是一个女人生命里最珍贵的底色；是无论多少年过去了，脸上即便不再珠润玉滑，心中依旧结满月亮，曼桢就是这样的人。

当十八年之后，她穿着朴素的格子旗袍，和世均面对面地坐着，用最平淡的语气讲述着那些噩梦一般的日子。说到她如何逃出祝家，孑然一身，如何为荣宝又嫁给祝鸿才，一直到最后，为离婚打官司，借了很多钱来争夺荣宝的抚养权。都是淡然磊落的，平静得就像说着别人的故事。

十八年过去了，在沈世钧眼里，她丝毫没有变，内心依旧一片晴朗，依旧闪耀着母性的光辉，明净的眼波淹没了所有的灰暗及苍凉。

十八年过去了，慕瑾还是那个最关心她的人，还是当年那个向她真诚表白的人，还是那个一知道住址，就连夜冒雨赶来的人，还是那个离开上海时，因不放心，一再叮嘱要常给他写信的人。

十八年了，所有的恨都轻如飞絮了，所有的爱都化云化烟了。刻骨铭心也好，微澜不惊也罢，唯熏香的月亮，还依旧闪着清白的光，如泥土的芬芳、岁月的花香。

红了樱桃绿了芭蕉

- 最轻的水 -

走出医院，步行回家，热风围堵，每个毛孔都不能呼吸。人轻飘得如烘箱里的一枚焦叶，除眼睛、手、足、头发和裙子已不复存在，机械中，随着漫下的黑幕和霓虹的车河，一起往前移。

进家已是九点多，浏览微信，发现朋友拍的云不错，便随手敲下几个字："最轻的水，最柔软的抵达，无法书写，就像无法拥抱，升起是少女，落下亦眼泪！"

这种堆积物应是我的最爱，轻盈缥缈，自由回旋，打乱一切秩序，充满幻想和独立设计。当然还可以再薄点，让阳光恰巧透过细小的水滴和冰晶，折射出圆圈、丝片或拉线。比栀子白，比豆娘的翅羽薄，于我们头顶盛开成透明的白莲或流动的羊脂。如果谁能把她用自己的视角，安静地描摹好，我一定钦佩。不喜泛泛，假大空的东西看多了，端着拿着都不适，生活是由诸多朴素细微的东西组成的，细微在，温暖在。喜欢不经意的抵达，并倾慕于每个微距绽放的真实。但有些美注定是遥远的，只能意会，不可言传或触及，像云。

朋友回说太文学了！生活是需要文学的，甚至是艺术的，这是我常想的问题。那总算是灵魂的一点声音，是人类思维和大自然美丽的嫁接，甚至是修复日常枯燥和抵御寒冷的武器。

公公病了，九十三岁，三年前就得了癌，肠子早就切去三分之二。但活着，每天依旧能看到鲜花绿草。他是幸福的，子女多，床头不断人，有人搀，有人推，喜欢吃什么有人端。只是瘦，都是皮，像风干了的稻草，再回不到原来的青翠。想一想人生其实是没多大意思的，最后只是一个衰老和抵抗疾病的过程，走了，就啥都没了。人是怕死的，活着，可以呼吸可以倾听可以阅读，留恋的不再是钱，那只是活命的工具，而知觉，是我们对这个世界最温柔的碰触，生命是老的，世界却是新的。

我见过唯一没有生命体征的人，是我的大伯，没走近，就迅速退出。觉得那不是真的，人一旦没有了呼吸，就是一坨肉，这样的残酷不想接受。看着一些没血缘的人哭得声嘶力竭，很迷茫，最深的眼泪，往往是留给自己的，所以我一直假装他还活着。

邻床的老人八十多岁，患的是脑血栓，除了上半身可以坐起，其余均是麻木的。眼睛直勾，说话打卷。他老伴和我母亲同岁，今年七十四，很母性，一天到晚捡他的剩饭吃。早起，那个婆婆打回一碗面，放于床头，一直等到九点多钟，老人输完液，慢吞吞吃罢，她才默默连筷子和碗一起接过来再吃。中午我们一起去食堂打饭，她端了两小碗素菜，一盒饭，共计十八元，付钱时一直抱怨没标价。整个一下午，她都在说太贵了，没吃饱，不够吃。说这么热的天回去做划不来，又没人换，孩子们上班不得闲。只今年半年间，就住了三次院，医药费除报销外，个人部分累计已快两万，一住就是二十多天一个月的，一天三餐这样吃下去，吃不起。不住的话，就只能看着他死。虽说俩人每月退休金合计五千多，但平时尚要吃药、住院的钱，均日常省下。两个子女都打工，指望不上，只能自保。儿子至今没房，和他们挤住在一起，当初房子一万五一套时就买不起，那时她们的工资一月才几十块钱，上有老人，下有孩子读书，现今就更别谈了。

婆婆絮叨，爱说，是重庆人。老人武汉的，他们所在的兵工厂是张之洞最早在汉阳创办的。武汉沦陷，该厂随蒋南下，老人那时还是个学徒，新中国成立又从重庆迁回武汉，后来支援三线，辗转松滋，落户山里。搬入沙市时，很穷，只有一口生锈的铁锅和半车柴火。那个厂做枪，老人是车工，一定是一响当当的劳模，她是装枪的，快捷麻利。婆婆说得仔细，像天上的白云一直轻轻地飘着。老人尽管话说不清，但喜欢管事，有时责备她话多，拦着不让讲；有时嘱咐她把碗和衣服用热水多烫两道，说这里的开水不要钱。婆婆温顺，从不回嘴，每次都照做。她说他死了她不哭，活着时把该做的做好就行了。

晚上婆婆一直没去端饭，说要等超市的女儿下班来，带她去一个经济实惠的地方炒菜，饭可以随便添。我走时是八点半，她的饭才打回，依旧要等老人输完液再吃。她不会拒绝我的食物，也舍不得我走，问我第二天还来不来。这让我更多的是想起自己的父母，不知他们背离我的视线，是不是也如此节俭。

已很多年不看电视了，偶尔瞟一眼，也很乏味，那些连续剧里华丽的场景，搞得都和富二代似的，连在京沪深打工的也是，一味地想当然，哪里还有生命真实的体验和朴素的思维？他们不知道任正非也要排队打饭，董明珠亦要挤公交，李嘉诚尚要补鞋子。生命是一点点过的，少小之习惯，价值之本性会影响一个人的一生，而节制才是最美的。

出门不联网，是我的坚持，不想成为手机控，带本小册子，也只为填补下空白的时间。更不关心一些高大上的事情，高考、金牌、爆屏的明星绯闻都与己无关。一天到晚喊着爱，纠缠着恩怨，爱是什么？爱又在哪里？有多少人知道爱是日积月累的感情，是长期建立起来的依赖和信任。婚姻的纯洁度靠的是自律，是自我的束缚，是长期拒绝诱惑的能力。作为两个独立的个体，若说背叛也是背叛自己曾经的内心和对婚姻的信仰。别总把自己想得那么重要和高尚，魅力之说原本可笑和自恋，漫长的生活过的是一个人的品质和心性，到了我母亲这把年龄不用秀，都必须恩爱。

微信里，朋友还在求雨，这是我看到的第二个求雨的人，不是每个踏入城市的人，都还能够对土地予以深切的回望。生命就像这云朵循环往返，从最初的蒸发上升，飘浮美丽，变成水滴冰晶慢慢积厚，再均匀落下，滋养万物，是一个过程。它是最轻的水，在地面是脚踏实地的河流，是谦卑的汇聚；在天空它是多姿的云朵，点缀从来不是使命，而是为更好地降下。

喜欢一些轻飘的东西，落叶、羽毛、气泡、微风、蒲公英，甚至是稚嫩的童语飞絮般的文字，因为他们可以传播爱和种子。轻与重是互补和谐的，轻是重的上升，重是轻的形成，这是个度，在不同的人手里，也在不同的意念中！是梦中的麦浪，亦是很多人手里的面包。

- 丝绸语言 -

芳来时，是暮春，护城河的花正一层层落着，而古城墙斑驳的青砖在幽深的香气里安然熟睡。我们穿着布鞋，踩着宿夜的雨滴，以每天两万多步的长度，丈量着这个江在人上流，人在江下走，滔滔江水穿城而过的古城。企图以最温暖的方式，触摸她几千年行走的姿态和独特的语言。

荆州博物馆不大，有点旧，与那些金顶碧穹、白阶扶摇的大型博物馆相比，略逊。但她的美是折叠的，呈递进甚至乘方的形式展开，用曲径通幽、别有洞天来形容再恰不过。正如马山一号墓，仅是几千座墓穴中极普通的一座，但它丰富的内涵，一层层剥及的美丽以及每一条经纬所延伸出来的故事都是独一无二的，成为全世界最早最全迄今为止保存最完好、无法超越的丝绸经典。

这就是楚，我生活居住的地方，她的腰身有水，衣袂飘飘处，自是风姿绰约。未入展厅，站在弯曲的回廊，你便是那高髻切云、衣皱曳地、临水而来的仕女。

不止一次进过丝绸馆，毋庸讳言，她是绝世的。昏黑的灯下，时光是流动的玻璃，一双双莹澈的眼睛穿过远古微弱的光亮在此聚焦。她的美是暗哑的、不动声色的。她所有的教养都来自两千三百年前，高贵、典雅、雍容、端庄，以细节的秀美和整体的大气，彰显着自身的魅力。即便在高倍放大镜下，每个丝质蛋白质都细腻流畅到无可挑剔。她是静止的，但你分明感受到旋转飞升的美丽；她是缄默的，但你清晰听到宽袍大袖缓缓舒展出来的语言。她以深褐为主，踩着细密的鼓点，波浪般一层层涌动。朱砂、茄紫、深赭、茶褐、绛红、金黄、棕黄、淡黄，在一个调色系里糅合掺杂，安然过渡。不是臃肿刺眼的金黄，也不是华丽炫目的大红，更不是饱满单一的宝蓝，一切靓丽的色泽只能躲在她的背后，成其内部结构的点缀，而不是主体。但所呈现的高贵娟逸，炫目到无法阻挡，足具深邃之美和王者之风。这使我们知道，我们祖先更懂得审美的含蓄和低调的奢华。

那些悬挂和平铺在她身边的复制品真的很失败。尽管来自苏州，选用了最好的桑蚕最好的工艺最好的绣匠，但还是少了原品的飘逸、通透、浪漫和灵气以及光阴深处的幽邃。这就是现实，满街的书籍，透着蹩脚的爆发，而那个竹牍的时代，却可以破空优雅。

这些丝绸是属于一个女人的，一个很不起眼的女人。她不是王后公主，也不是宠妃侍妾，只是一个最小官吏"士"的夫人。但她优美地安睡在这满箱的丝织品里，以最华丽的姿态，完成天上人间一次绝美的转身。她盖了三床被子，有单有棉，棉是丝绵，那时尚没棉花。她穿了七件大小不一的袍服，最外一件长波及地，层层如云，尽显高贵的性感和雍容。另单衣两件，夹衣一件，裙子两条，胫衣一件，亦叫绵袴，系裤子雏形，是目前我国最早的一条长裤实物。她的枕套、镜套、帽子，除鞋底外，无一不是丝绸。棺箱盖板上，还覆有一幅折叠的水墨帛画和一节竹枝，椁室打开时，依旧青碧如初。这一切都成为其穿越时空最诗意的解读。

那些衣衾很美！美至在显微镜下，肉眼几乎看不清的一根丝线，皆由三股不同颜色的蚕丝编织而成。精美的提花、漂亮的纹饰，梦幻规则的几何图案、吉祥的鸟兽、欢腾的舞人、高举的衣袖，节节拔高绽放着生命语言的花草，皆构成了她清晰脉络中美丽的意象。

衣衾上的刺绣更是美轮美奂。古老的锁秀、楚绣的巅峰，一针一结，永不抽丝，即使底布烂掉，图案依然完美。古典盘枝的花藤，柔美纤细的小草，高挑盛开的花冠，昂首嬉戏的龙凤。生命在此交织缠绕，同生共融，一一复位，这是一个完整的世界。

凤为神鸟，图之灵魂，每幅皆有。在人们诧异所有的凤皆细眉细眼，纤细窈窕，唯一件绣绢棉袍上的"三头凤"大腹浑圆时，很遗憾，没有一个人把它定义成"凰"，没有一个解说员和专家把她想象成一位母亲、一位待产的母亲、一位黑夜与黎明的母亲。她是多变的精灵，有着猫头鹰的眼睛和头颅，而她的孩子从她振翅欲飞的双翼诞生。她每一次的煽动，都是爱的温情传递：花开、树绿、鸟唱、河动，天地为之深情。在甲骨文里她是风，她是披着五彩羽毛的风，奔赴太阳，浴火重生。

龙是她高贵的情人，蜿蜒的身躯从她尖细的嘴唇喷出，九个太阳在其体内游走循环。他们两两对出，簇拥着一棵美丽的扶桑树，另有无数小龙相盘。最大的太阳立于树顶，成为两条大龙的龙头。这些繁缛交叉的图案隐喻着远古的十日传说，龙即太阳，而树是整个世界的心脏。

那时不用担心撞衫，这样大型的绣品，也许要耗费掉一个绣女几十年甚至一生的光阴，她们在与每一根柔滑丝线亲密地接触中安然老去。即便质地花色一样，手法及融入的情感也会不同。

她们手中的丝绸是流动的溪水，而她们是跪坐溪水一端的女神。

日月升，云朵落，山河铺，春风起，天地花草，龙虎百兽，在其指下一一复活。她们也许并不识字，但柔荑中的丝线拉开了一个文明的活结；她们也许只是被奴役的身份，但并不影响心灵的自由和奇妙的思维。

如脚边的江水，光阴无声地滑到了今天，她们的肌体早已消殒，可这些浸透灵魂艺术的生命还在。当我们站在这些人兽同欢，浪漫神秘的大自然图腾面前，不应只是赞叹，更应反思。人类自私，一天天地发明创造，使天空大地成了最大的垃圾容器。我们忘记了那些绿色琴弦上弹奏的每个生灵，都是我们远古的兄弟姐妹，都是世界的主宰，我们的血只有和它们流在一起，才能手拉着手迎向太阳。

- 章华怀古 -

一个朋友告诉我，八十年代，去往章华寺的途中，会捡到铜钱。这样的场景，极具诱惑。也幻想着能在某一路口，拾起这样一枚锈迹斑斑、浸满故事的铜钱，然后抛向空中，再滴溜溜转回古旧的书桌，猜下正反，最后平静还原到岁月的模具里，一切如初。

这个城市，我居住了三十多年。三十年不算短，足可以把一个青涩的少女变成一个世故的妇人。十六岁我去过大相国寺，和许多虔诚的信徒一样，匍匐团上，双手合十，默念有词。后随年龄渐长，有了自己思想的砂砾，明白实现愿望的途径很简单，唯双手唯诚实唯劳动，因果皆系自身，佛祖佑勤，保佑自己的唯自己。当初在莲台下许下的诸愿，实狭隘，系索取拥有之念，非舍弃放下之衷。通往莲台的道路很长很远，本是自省，放弃痴念贪婪，纷争干戈的过程。往来之人，匍匐于此，无非以求心安。说来道去，皆为己，亦自私，就像许多精英涌向北京龙泉寺样，亦属心灵卸载。

己系俗人，苟且尚在，盘桓居多，心灵出口不只于此，太高深不懂的东西，实难仰望，相信尊重比膜拜更近本体。况懂之寥寥，胡适当年写中国哲学史，皆因不懂方搁笔，深知荒蛮至文明，佛学本绕不过去。若有一天也能如陈晓旭样灰袍加身，青灯独卧，不仅是境界出位，更是手机已不在服务区。

这个古城很美，踏进它第一步，就知道有个太师渊，太师渊有个声名显赫金碧辉煌的章华寺。历史错节，这里曾是楚灵王离宫，成百上千宫女在此，细腰款款，轻歌曼舞，故遗楚王好细腰之典。那时有水，红墙素素，绿柳依依，往来船只直通汉水。后毁于战火，古德在此结茅静修，元建明复清昌，逐渐辉煌。也知寺内藏有古梅，并想象着它是怎样的褐杆粝枝，细若轻雪，两千年来在软风细雨里落英缤纷，但这只是想象而非事实。也无数次远望它的巍峨和途经它的寺门，但始终没有爬上那高高的夯台，深知佛渡有缘人，自己尚浅，只能隔水。

我最早的家离这步行也就十分钟，那时忙，自行车前面是菜篓子，后面是孩子，佛祖一直在路上。后幽居僻野，这里喧沸，报纸曾连篇报道。现今返回，依旧能看到幽暗处遗落的休闲屋和特殊用品小店，尴尬外难免不快，散步遂绕行。

这个世界很嘲讽，一墙之隔，内是佛门净地，外是灯红酒绿，凡夫俗子与木鱼僧人同需考验。传言没有坐实的东西，就不妄拟。

这次芳来，我带她去。卖门票的僧人像个火头僧，圆脸阔耳，杏黄大衫油迹斑斑。恰逢初一，池内高香林立，烟气弥漫。有妇人打卦，占卜六月金榜之事，抽得上签，遂丢下两百元开心而去。楚梅尚在，枝繁叶密，碧玉一树，状如蘑菇，嫩若新生。是黄梅，非意念之梅，并不高大，也不见一丝岁月，实奇！倒是一千多年前的唐杏华服美冠，裙带飘飘，风采宛然。沉香古井与之毗邻，碑刻上文字历历，此四物并称章华四绝。据说地下还有贝壳路和汉砖，从历史角度看，这个千年古刹，着实珍贵。

去年四月来过，门口横幅依在，上书欢迎各界人士莅临指导。

经济席卷，佛门圣地也如此谦卑。宗教归精神道德范畴，属此维度之金字塔，亦心灵活水，系信徒仰望之所，故圣。苦海茫茫，靠其指点，有人天导师之称，现今反要各界指导，不吝一笑。不知可有人告之，台阶上横卧伴装的乞丐、随放的垃圾，角落里散乱的水桶、拖布、鞋子，古老飞檐下晾晒的红男绿女的衣裤，是否该收拾整理一番，方不负远道之人。佛门净地，虽不说竹风烟绿，仙气逼人，但也要扫叶净地，有水滴空灵之美才是！

廊下墙体有画，绘二十四孝图，附字。我们停留处恰是埋儿奉母图，讲的是汉人郭巨家贫，其儿常分母食，巨与妻商量，把儿埋掉，省食养母。妻听后痛哭，巨开导说孩子可以再有，而母不复得。遂掘地挖坑，预埋之，忽见黄金一釜，上云：天赐孝子郭巨，官不得取，民不得夺。一个很简单大团圆的故事，但残忍，亦变态。何孝之有，陷母不义，己不仁，妻痛苦万状。若果有黄金，岂不神话，皆系瞎编。现今之孝虽不泥古，但稍嫌离谱，不做详论。不喜世人烫金，孝字常挂嘴边，没经年累月洗衾换褥，调食弄羹，榻前承奉；没接至自己家中，牺生活误工作，长久相磨，仅凭几两纸封，陪伴皆无，又何孝！本分而已。

也别说善，为国为家为邻为友又能做啥？能独善，能公德，能线上线下少扔点精神物质垃圾，能照顾点别人情绪，分出点你我，就不错，小善不为者何谈大善。

时人写文撰字亦喜说修行，弄高深。修行并不神秘，无非自己约束自己，管好自己。若能如此，便是有德之人，只是红尘潇潇，诱惑诸多，比佛门愈难。

寺内有真身菩萨一尊，以常杞法师肉身覆金塑之。女法师一再暗示我们点灯，求神灵庇护。点海灯自古有之，贾母倒是点了，不仅点灯，还抄经，贾府这艘航母一样沉沦。王夫人也抄经，尚吃斋，号称大善人，又有谁觉得她宽厚仁爱。曹雪芹一路毁僧谤道，备述其骗钱骗人害人伎俩，张金哥案之净虚，逢五鬼之马道婆如是，卖狗皮膏药的王一贴也不例外。智能偷情，脂批：尼庵常事。另佛门势利，与红尘无二，世法平等实难。宝玉倒是想出家，惜春亦是，都想舍亲弃爱，登精神天梯。但兜来转去，曹雪芹还是俗人一枚，并没跳出三界，只不过最后呕心沥血，以大慈悲、大抒发，哭成了红楼梦，为自己建了一座心灵庙宇。西天之路，谁是真佛，自思之。

　　不敢亵渎佛祖功德，但衣钵纯粹至关重要。若庙中空，心中无，僧人只盯着施主的荷包，香客舍银也只为免灾去祸，实违初衷。不仅世人一叹，释迦、古德尚要一叹。

－ 岑河，光阴覆盖的小镇 －

这个早晨很寂静，霜降，除了窗外沙沙的落叶声，只有电插壶的水咻咻地冒着热气。沏了杯茶，翻了翻朋友来自教堂赞美诗般静如深海的图片，便开始整理上周去岑河的资料。

岑河是个美丽的古镇，踏着千年的节拍一直流变至今。第一次去，是今年七月初，细雨柔波里，满池的睡莲正在安眠。此莲为九品莲，因恋碧水，从佛祖的宝座走下，又于清水的枝叶里，完成自己的脉络春秋。孤独的桐油木船静静地泊在密匝的翠叶间，钓者独坐，甩出的钓竿，划出优美的弧线，在雨中轻颤。灰瓦白墙，清砖四合，几笔素色的写意，便拓了徽州的底片。这就是岑参书院，亦是纪念馆，古朴中暗潜卓然淡雅之美。

再去，秋风的臂弯里，多了一尊铜像。果敢坚毅的面容，儒雅倜傥的气度，古美俊秀的袍服，展袖抬臂间诗花朵朵。他叫岑参，一位从这里走出的边塞诗人，既是胡马阴山的征战将士，又是梨月溶溶的思乡游子，而今天的秋收农场，莲花湖畔无疑成了他最柔情的归宿。

始终相信，定湘寺是渡水而来的，贴着几千年的体温，晋兴唐盛清衰日毁今建，一路哗哗。此间曾为孤丘，四周环水，八百里洞庭，烟波浩渺，山门一推，碧波荡漾，有小蓬莱之誉。

一日，一叶小舟划破苍茫水面漂然而至，靠船停楫，素服的书生轻轻叩响了寂静的山门，他是李白，一位江河滔滔的盛唐诗人。从此这座"檐牙高啄，飞阁流丹"的寺院，便多了一袭孤清的背影。山堂研字，缦廊回读，于银杏垂荫之下吟诗作赋，遗有"定有神仙在上头，湘江一庙几浅秋。古今多少沧桑变，寺外平湖水自流"这样的藏头诗。

而今湖水已褪，草木葳蕤，车代楫行，村落崛起，唤作定向村。寺名定湘为唐太宗所赐，亦叫定向寺，定向之意，暗隐尉迟恭，巡视江陵，迷失方向，银杏指航的故事。如今银杏依在，清凉依在，有荆州树王之称。树根粗大，阴满青苔，冠部华美，枝空叶灵，细雨一打，绿果潇潇。遂拾得三两颗，藏在包内，带至家中，置于几上，逢人便说系一千七百多年前树之圣果。此次再去，果已金黄，西风横扫，又是一番景象。阶下竹扫横卧，黄叶白果积于一堆，同行者持袋捡拾，回去煎茶烹水，清火解毒，自有妙趣。

如今的岑河呈多元发展，古老文明与现代文化经纬密织。桂花村已褪去原始村落模式，进入现代耕读时代。白日扶犁农事，田间劳作，夜晚读书写字，健舞欢歌。村里设有藏书楼、百姓大舞台，健身场所等。房屋整齐划一，均呈独立性别墅设计，高檐宽窗，视野阔朗，又间映花草树木，非城里人所能得。

岑河又是篮球之乡，一年一季的联赛已成品牌盛世，系地方性节日，属全民运动。一流的设备、一流的场馆、一级的裁判，更有超级铁杆篮粉呐喊助威，无不体现岑河人乐观向上积极的心态。初识镇政府的小说家李国新老师，亦言每日打球，多年腰间盘疾病不治而愈。到此方知每村都有篮球场，户户皆打，常年有赛事，本是常态，亦对榫。李国新的小小说亦是岑河一绝，一篇能上二十多种刊物，多次选入《小说选刊》，并绘成漫画，广为传播。《聚会》《陪选》成为许多人茶余饭后乐道之资，从而也反映岑河人诙谐幽默、秉持正气的心性。

土尭是名海上漂泊者，也是令我感动的文友，亦是我每篇文字的阅读者。他父亲黄祥鑫老先生是岑河著名的书法家、楹联家。对诗词、书法、剪纸、楹联、曲艺、篆刻、佛学均有研究。老爷子居于幽静的竹林深处，绿涛阵阵，古意淡泊，又通篾匠、装裱、瓦工、小厨之技，属神仙一流人品。书房朴拙，原色陈旧木橱码满累累古籍，是其一生的积蓄，亦是很多人神往之所。

岑河又是纺织重镇，从八十年代中期小作坊个体模式，到九十年代微型精干企业，一直发展到今天规模宏大的针织工业园，是个漫长艰辛的过程。从最初的一板车一板车地拖，到现在的直销海内外，发生了质的飞跃，也体现了他们吃苦耐劳的进取精神。岑河又有"中国婴童装名镇"的荣誉称号，并跻身"中国质造"，线上线下融合发展，是省内首个登陆中国质造的产业带，也是中国质造目前唯一一个婴童装产业带。全国市场份额占有率达10%，也就是全国每销售十件童装，就有一件来自岑河，这些无不成为岑河人的骄傲。

走在岑河，光阴温情地覆盖每个角落，从晋至明清又至当下逶迤穿行。华严寺遗留的古楠木、张居正读书之所、农耕博物馆、九龙盘珠银杏树、乾隆种植的合欢树、传统卯榫农家木椅、一咏三叹的民歌，每一处都可枝蔓出古老的传说和故事。

回程时，夕阳如杯中晃碎的红酒，摇落天幕，使这个千年古镇愈发显得宁静迷人。车子无声驶过，望着可爱的村庄、清香的稻荏，我们知道明天的岑河会更加美好。

- 又是丁香雨巷时 -

很是喜欢丁香。不需要问为什么，也许仅仅只是她的名字，也许因为她的那抹深邃的淡紫，抑或她背后凄美的故事。也许什么都不是，只为了一点点的纯粹、一点点的忧伤。

就像从年轻时，就喜欢赫本一样。喜欢她那黑白的经典，是无人超越的美。也会在播音室写字台的玻璃板下，压上她的玉照。那如水的双瞳总是可以捞起一汪纯白的月色，那是骨子里溢出的清凉，是女人的极致，是眸子里的干净。任多少后来的明星怎样的效仿、怎样的艳羡，即便是穿着同款的服饰，梳着一样的发式，还是溢不出一丝半点的清幽与静谧。

喜欢小提琴梁祝，一直。不是风月也不是爱情，只是因为一种空灵、一种感动，亦如一个悲凉的手势，那是深入骨髓的深潭中，开出的寂寞之花。是绝世的姿容，在灵动柔软中得以升华，让人潸然泪下。所以在没有光盘、没有碟机的年代，我就拿着老式的唱片反复地播放。看着指针缓缓地一圈一圈划过，悠扬的乐声随风而起，就可以让更多人听到这蚀骨的天籁，让烦躁疲惫的灵魂，得以安歇与舒缓，让干枯的心房变得水润与通透。

就像这开在雨巷的丁香，一到四月，就会一簇簇累累地打着结，不妖娆、不艳丽，只是静静地忧伤着，在安静中释放着自己孤独的美。退去铅华后，真的不再是红，也不再是绿；不再是灰，也不再是黑。就是这幽幽的淡紫，不张扬，也不暗淡，是透明的，也是浓郁的，滴得出水，藏得住痛。是绾起秋水盈盈，一湖烟柳；是侵入骨骼的落霞，烫出尘埃里的花。

想她的前世定然是一个极艳的美人，绾着如水的长发，行走于热闹和繁华，热烈而又妩媚，燃尽了最后的一抹鲜艳的金甲，今世才可以这样的清绝，不再向往繁华，不再羡慕惊鸿刹那，孤介在这深深的里弄中。伴着青砖古瓦，伴着这老去的月华，兀自在这斑驳的红漆朱门里，默默地惆怅，慢慢地滑下。

看过唐磊的故事，凄美的网恋奇葩。那个叫丁香的女孩，临死前的绝唱，让我们的王子以一首《丁香花》红遍了大江南北。没有拥抱，没有亲昵，只是一份默契、一份心灵的相加。唐磊成名了，女孩纯美的脸颊，咳出了满床桃花，微笑着走进了天堂，剩下的一病房的丁香花。

那个店老板的女儿，死后化身丁香，开满了后山。她在用这种方式告诉那个书生，她的下联是"丁香花"百头、千头、萬头。对他的上联"氷冷酒"一点、两点、三点。凄美的故事伴着敏捷的才情，久远天涯。

其实我是没见过丁香的，但这并不影响我喜欢它。美，其实就是一种姿态、一种意境、一种向往、一种宁静的情怀。有时仅仅只是因为心底的那一份喜欢，不必泾渭分明，也不必细讨究竟。

去台湾时，花了一千块钱买过一串碧玺，不是很好的成色。当时，只因喜欢它的清凉和淡雅，戴在手腕上，像密密麻麻缀在一起的丁香。过后，一个很好的朋友告诉我，她在秦皇岛的进价只十几元。听后很是愕然，但随后笑着说，我的是天然的，而你的是玻璃的。她也笑着说，我的也是石头的，同你的一模一样。真的只是因为喜欢，也就不觉得后悔了。

年轻时很爱美，总是喜欢打扮得漂漂亮亮才出门，也会化淡妆，也喜欢看到别人惊羡的目光。现在反而更喜欢素面朝天，简单的服饰，随意地走在街上，别人的目光已是无所谓了。重要的是什么东西住进了自己的记忆，是血液里流淌的爱，是骨子里迸发的真，还是走过繁华后，依旧静美如花。

记得，一次家人在江边请客，席上有一对陌生的朋友。女的很艳丽，漂亮得如同明星，打着蔻丹，描着凤眼，穿着大红的皮草。手指戴着钻戒，包包、手机镶着水晶，闪着耀眼的光芒。男的烫着卷发，五官很是清秀。初见，以为是一对二十多岁的恋人，谈话中得知他们最大的孩子已经十二了。随后，男的说起要自驾去西藏旅游，女的很快反对，话一出口，真是语惊四座："老子才不去呢！还要背个氧气袋，要去你去，带谁都可以，老子又不是不年轻，还怕弄不到男人了。"

人有时真的不能张口，一张口就不在漂亮了，美也就不复存在！

曾几何时也喜欢把手上戴满首饰。也喜欢亮丽的东西，喜欢蕾丝，喜欢镶满水晶的饰品，但现在真的很喜欢暗哑的、不露声色的高贵。不再关注衣服的款式，只是注重它的质地与做工，简洁就好，舒服就好。抑或躲在十几年前的旧衣服里，一切一切的累赘都可以不要。

一直喜欢唯美的东西，那摆在博物馆中的漆器，哪怕是赝品，看上一眼都能令人心动；那玻璃厨中，沉睡的两千多年的丝绸，依旧如流动的湖水，真的很美！是西汉的，却在这里死了般的安静，见证了无数的沧桑巨变和刀光剑影后，今日得以永恒。

在喧嚣的尘世中，我们只是漂泊的旅者、一个灵魂的过客，能活多少年，不知道。但艳过了终归要平淡，终归要安静地看着窗外的霓虹，终归要孤独地老去。

推开一帘旧日的时光，什么都没有。在这个春日的傍晚，丁香花盛开的季节，只能看见寂静的绣花鞋摇过的一袭背景，只能忆起戴望舒的雨巷和散尽芬芳的姑娘……

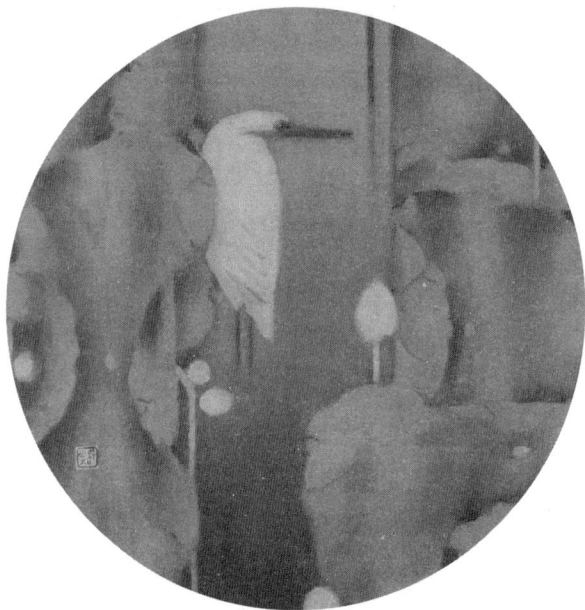

夏荷满池塘

－ 暗香 －

暗，是一种看不见的华贵，如一方锦，微凉。香是一种气味，飘忽。它可以是花香，书香，诗香，你不仅看不见往往还嗅不到，但却是藏不住的。

暗香有古色的味道，比如一架雕花的书橱；也有女人的味道，比如红袖添香的仕女；更兼有君子的味道，比如儒雅的风度，温润如玉的性格。

暗香是属于江南的。"花退残红青杏小，燕子飞时，绿水人家绕。"大有"墙外行人，墙里佳人笑"的意境。未见真颜，一缕幽幽的美好就隔着花墙透了过来。

暗香是属于北国的。"遥知不是雪，为有暗香来。"数枝青梅，一抹黄昏，一个过路的书生踏雪而至。小扣柴扉，轻声相问，梅雪情深，前方何村。女子开门，浅笑做询。答：过往红尘，今世前身。回眸转身间，噢！原来是一个故人。

生命就是一捧相逢的热泪外加一个孤单的旅魂！

时间的秒针，藏得住滴答的声音，藏不住渐爬的皱纹；藏得住风尘，藏不住纯真，一不小心，一盏茶的时间，一朵花开了一个春。

叹光阴，红香散尽，雪落无痕。

虽最不喜世人做无病呻吟，但生命确实珍贵如金。

喜欢暗香盈袖这个词，李清照的杜撰。孤灯轻悬的夜晚，金菊铺满，离愁相牵，山河家园一夜间被铁蹄踏遍。只有这样婉约的女子，才会花愁点点，菊香凌然。我们不仅爱她附有香魂的诗句，更爱她至今思项羽，不肯过江东的傲骨心田。

一个暗香盈袖的女子是美的，袖子里笼的可以是书香抑或是诗香，但绝对不会衣服上熏的香，就像宝玉闻到黛玉身上有一股清幽之气，便一把将她的袖子拉住，要瞧笼着何物。黛玉笑道："冬寒十月，谁带什么香呢！"宝玉说："既然如此，香从何处而来？"是呀！香从何处而来，可见香与非香只在一念之间。

暗香实是心灵浸润，悲喜同樽。记得一个女子写过，我用一袖飘逸的清香，漾起你心湖的光，从此你就忧伤着我的忧伤。我想答，我愿想做一枝最美的丁香，开在你的唇旁，从此你的微笑就有了我的阳光。

生活很美，皆因有暗香跟随。

暗香浮动的黄昏是美的，有一丝媚，"虑疑黄昏花欲睡，不知被花薰得醉。"酒饮微醉，花看半开，薄羽般的流年里又充满了鬼魅。这样的夜晚，很适合蒲松龄里的故事，画中走下来的花妖狐魅，多半比现实中人女子还要可爱。女人只有成了精，才会真正地返璞归真。在这个八面逢迎、世情如鬼的世界，让我们知道纯真它不是白宣，更多的是繁华中的考验。

暗香是淡的，若有若无，梨花似雪般一丝一丝地入心。是张爱玲的小说，凉到刻骨；是赤裸的足，在一方素锦上轻舞；是银丝雪骨，悄然划过心湖；是蓓蕾素颜，荷卷叶枯；是一朵柔软的流云，是一方心灵的净土，但绝不是真水无香。我喜欢活色生香、人情冷暖这样的字样，一个人真的到了水不流花不开的境界，不侵百毒，老僧何如。

最不喜世人说淡泊，曲高和寡，阳春白雪的能有几个？大都是在名利中碌碌，在酒色里逐逐。我们不是范蠡陶渊明，也不是高山仰止的李叔同，更不是轻视富贵的纳兰。如果我无法亲吻他们的灵魂，与其仰慕或匍匐，还不如保留自己的真骨。

淡泊，说白了就是一种价值取向，没经富贵，就不要说富贵不能淫；没历贫穷，就不要说贫贱不能移。想世间多少豪言壮语，多少信誓旦旦，都在欲望的黑洞里化作云烟。一个人能不时地拥抱自己的良知；能守着多大的碗，就吃多少的饭；能深山不远、闹市不烦，就是淡泊最大的体现。

"能脱俗便是奇，不合污便是清。"保留一份真性情，淡泊才会真心相倾。

想深山放船的，多半是为自己的思想寻找一份自由的蓝天；想闲云野鹤的，必是对现实的无奈和厌倦。但请相信淡泊的白帆，在哪里都不会迷失航线。"业净六根成慧眼，身后一物到茅庵。"淡泊永远不要挂在嘴边，修心永远胜过语言。

暗香是可以浓的，有时很热烈，像是一场盛大的告别，倾城如雪，落叶如蝶，如昙花般美到惊世骇俗。月下的美人，倾其一生，拼了命地开，连羞涩都可以不要，千年的修行，就只为这弹指一挥间。

莲台前，她轻声地对韦陀说，你能看我一眼吗？就一眼，我今天可以变化人身了。韦陀不言。她奋力地开了，旋转的刹那，足可以惊艳所有人的目光，但韦陀没有抬眼。她哭了，可就在她的生命消失的一瞬间，她看到了韦陀垂睑下的一滴泪。

一滴泪，就是沧海桑田，花精有情，佛祖有泪。一朵花开到了一滴泪的晶莹，这样的纯粹，任谁都怦然间心酸到无言。

有些东西真的是不用看的，用心比用眼更生动！因为千年的暗香是藏都藏不住的。

冬
至

第五辑

因文字而尊贵

－ 因文字而尊贵 －

长江论坛的元辰老师，曾给我留过这样一条评语，他说：在读书时间越来越少的当下，读着就是一种尊贵，读了还优雅地写着更是一种尊贵，读得深写得好就更加尊贵了。

看过很感动！那天我用一整天的时间写完《说元春》，从上午九点半到晚上九点半，一口气打了近九千个字。这让我知道我的劳动是尊贵的。

读书是尊贵的，尤其是在这个蒸腾的世界，因为尊贵的是你的灵魂，而不是别人的目光；写字也是尊贵的，尊贵的不是那点微薄的稿费，而是写作时内心的平静与安宁。在文字的天堂，你是睡在花蕊里的孩子，洁白安静，什么梦都可以做。流羽轻舟，孤月霜白。清晨，你给一颗露珠道歉；夜晚，你对一封萤火致安，你甚至可以是自己世界里的女王。

前几天，朋友让我写一篇讲课稿，我犹豫过，因为在文字的海岸，我只是一个浅涉者，还不足以触摸它的博大与精深。自己微弱的火花也不足以照亮别人的眼睛，那些用细枝嫩柳编织的花篮，只能安放自己灵魂的花瓣，更不足以承载一棵大树的庄严。

但作为一个文字爱好者，净手焚香，小字飘画前，几点素养还是要具备的。

首先是情感。很喜欢巴金的一句话，他说："我写作，不是因为我有才华，而是因为我有感情。"感情是生命的温度，是软化我们心灵的胶囊，更是我们血液鲜红纯净的保障。这也是为何那些学历不高，田间地头的朋友能写出那么多炙热、饱满、活生生的语言；而那些学富五车的人运起笔来，却是如此胶柱鼓瑟。

感情是做人也是作文的基础，曹雪芹为何说满纸荒唐言，一把辛酸泪。荒唐之言来自心酸之泪，没有被岩浆烤焙过的感情，没有一把血泪之剑，怎么会劈开人性的荒原，怎么会信手拈来绵绵不绝的文字。再好的谋局布篇，再好的草蛇灰线，都仅仅只是一腔血泪化作的小小符号。在粉淡脂莹、蝶飞翠绕的背后，是内心的浩瀚和汹涌。到了清末，落魄的八旗子弟何其多，哪个王府不是一部人生大戏，但为什么曹雪芹定格的高峰，却无人跨越，不是他们没有扎实的功力，而是感情世界的荒芜。

所以感情是文字的动力和源泉。

其次是想象力。实际我认为它最为重要，因为想象力不仅决定一个写作者飞翔的高度，更关乎你文字的存亡。就像一个优秀的设计师，一定长有第三只眼睛，才能挖掘出更深层次的美。他用他敏感的触角和神经末梢，引领我们走进一个未知的世界，像密林里的光，轻灵莫测，每一秒都能折射出一个童话。一个没有灵感的设计师肯定是平庸的，无非是机械地重复着别人的创意，别人嚼过的馍不仅不香，还没营养，这样的文字也只能是替别人存活着。

所以我不太在意技巧，不喜欢那些枯燥的理论，甚至抵触那样的深刻。什么选题、构思、开头、结尾；什么中心、段落、转折、过渡。这个形式，那个格局的，也正是这些扼杀了人们的灵感。所有的武功秘籍，都不抵清水流过纸张，白云长跪山峦，天地被你深情地俯仰着，这就足够了。讲你亲切的话语，讲你心中的故事，讲你奇妙的思维和感悟。如果说有技巧，也只能是熟能生巧，就像卖油翁，无他，但手熟尔！写多了自然就会了。亦像一个老裁缝，下剪之前，自然知道哪里该挖，哪里该收，只需几下，玲珑曼妙的曲线也就出来了。

读过很多有想象力的文字，并非出自大家，反而是普通朋友的手笔。他们用语言的智慧，为我们开启一道神秘的大门。站在门前，你错愕，惊讶，屏住呼吸，然后提着裙子小心翼翼步入那条奇妙的小溪。裙边细碎的野花，一直闪着灵幻之光，牵引着你的思维，这才是文字引领的高度。

余秀华的诗一经面世就褒贬不一，人们从各个角度剖析她，但所有人必须承认一点，那就是她的语言天赋和想象力，想象力是她存活下来的原因。

第三是韵致。"笔未落，境先出。"这是一种火候，是你用时间、见识、经历、审美煲的一锅汤。看过很漂亮的女人洗脸，"啪！"的一下，洗面奶关了；"噗噜！噗噜！"是搓脸的声音。不仅不优雅，反而很僵硬，和容貌不符。再者不能张口，一张口就暴露出自己的无知、小气、自私，甚至庸俗。实际文字也是有格调的，这种格调是思想漫过纸面的姿态，也就是你独特的叙述风格。

一个叫李海鹏的作家在他的文中说，这半年一直在读 E.B. 怀特的书信集，各种寻常的小事被他讲得温文尔雅，让他明白文雅和风度比故事本身更能吸引人。这就是韵致，在温柔的夜晚，让你一遍遍赤足走过。

有一次，我扎着围裙做清蒸鲈鱼，手中的菜刀不停地刮着鱼鳞。我的同学芳一直站在我身边愣愣地盯着我看，半晌，蹦出一句话："我发现你做事时真美。"我一听就笑了。因为我知道自己并不美，满目沧桑，早已过了青葱水秀的年纪。但我仍然感激，她没说我看书时美，也没说我打字时美，只是说我做粗活时很美，这是我把文字的美好延伸到了生活里的每一个细节，文字让我尊贵。

一个朋友购得一本张伯驹的《烟云过眼》，咖啡色的封皮、凹凸有致的暗纹，简洁不失厚重，很有质感。翻开后更是目光如步，有闲踱之美，便大为欣喜。"目光如步"四字足矣。闲听桂花，暮远春山，好的文字一定是包过浆的，那是经岁月打磨的温润沉静。像林清玄，就一直坐在时光的对岸，向我们娓娓地讲述着，那个买酱菜的老人、那个买花的老板娘。那些庸常的小事，在他手里涂满釉彩，变得温润而又生动，那是一种美好的人生况味。亦如太极老人，一袭白衫，化刚为柔，冰山火海，刀枪剑戟，无不是手掌下绵绵推过的清波。

岁月论坛的北老师没面世的新书叫《低语》，秋其发表的文集叫《轻呢》。文字是什么，就是在生生死死、天崩地裂之后，抛开所有的一切，在那静如止水地讲述着一座山的神秘与尊严、一个人的渺小与孤单，落入耳畔就是一声百转千回的叹息。

第四点是语言的干净。年轻时我化妆，现在不化，不仅是怕反差，更主要的是想让皮肤好好呼吸。我喜欢素颜的女人，干净舒服。好的文字也是这样，黑发白衫，缓缓送香，如初夏栀子，温软洁净。因为一篇太过华丽的文字一旦卸了妆，不知道里面到底还有多少精髓，又有多少要表达的东西。另外过分的粉饰，让人审美疲劳，文字与灵魂隔着一堵墙，摸着都艰难，更何况心灵的抵达。

干净并不是一味的清汤素面。和田惠美为《英雄》设计服装时用的是纯色系列，而到了《十面埋伏》却是杂色镶拼，纯有纯的飘逸，拼有拼的华丽，但都不失唯美干净。

尊贵的文字各有千秋，但有一点是相同的，那就是像植物一样活着，平静顽强地活着，有根，有呼吸。

- 文字的境界 -

窗外的阳光，甜而清淡，如指尖滴落的水珠，凉凉的。虽是浅秋，依旧浓绿，这样的时节，令人喜欢。

前几天，应人之约，写篇讲课稿，踌躇多日，未曾动笔。今天终于打下"文字的境界"这几个字，已属刻意。因为我在试图解读一种深刻，这是我不情愿，也是做不来的事情。

什么是境界？不知道，也不想知道。可能有人认为是精神的阶梯，一步一步登上去，站在峰顶就可以俯视来时的道路和那些正在忙碌攀登的人们。甚至挥斥方遒，指点江山，雄韬伟略一番，便有伟人之姿；抑或宽袍大袖，海纳百川，仙风道骨一场，就能禅意加身。我想，这只是你站在自己的精神高地上自定的高度，而不是境界。

境界也许比这更高，也许比这还矮，反正是那么不经说，又说不得的。有时候在面对未知，面对一湖惊涛时，一个农妇或一名孩童表现出来的境界，竟比那些自诩为精神高蹈者还要高。

所以我更情愿把境界想象得平凡渺小些，像路边的野花，每一天都尽情忘我地开着。哪怕今天的境界和明天的境界有所不同，但只要在自己的思想跑道里跑着，并敢晾晒自己的认知，就足够了！

文字是有境界的，这种境界不是你的文采比我棒，也不是你的布局比我巧，更不是你的选题比我好。这些只是比较，而不是境界。境界是无形的，一篇文字摊在掌心，生出密密的小芽，你说不出它有多好，却可以陪你走过漫漫的长夜。如窗外的一场细雨，来了又去了，无声地洗过这个世界。明早的花会更红、草会更绿，每个指缝都溢满清凉凉的美。

去新疆时，车子孤独地行驶在广袤的戈壁滩中，前后没有车辆，左右不见人烟，高远湛蓝的天空让你有升腾眩晕的感觉，你甚至想醉死在这玻璃般的明净里。但不能下雨，实际那里几乎也没雨。先是一滴两滴，浑浊地打在车窗上，继而一条条泥沟顺着玻璃蜿蜒而下。这让你知道在湛蓝的外表下，呼吸的空气有多脏。

回程时，俯视着那些绵延壮观寸土不生的红色石头山脉，你不再激动，而是悲哀。越过西安，视野里才涌现出一块块地毯般绿油油的田地，看着看着，你的眼睛湿了。至武汉下旋梯，沐浴在湿漉漉的空气里，每个毛孔都是张开的，亲切舒适安详。雨，哪怕是一场无声的细雨，即便无形，也是那么的滋润和美好。它告诉我们，大自然从不需要深刻，只要一场细雨，天地间立马缠绵起来。

所以好的文字，是被雨洗过的，清幽干净，澄明透亮，呈现出生命的纯粹和自然。

我曾在各色的文字里穿行，也写过一些华丽堆砌的辞藻，但当光阴的衣角渐渐安静下来，才发现好的文字像棉布般温软舒服、妥帖安详。抑或如包了浆的老器物，沉静细腻，厚重大气，透着岁月的质感和光泽。但现在我却试着推翻自己，好的文字连光泽也不曾有，也不会镀上一层膜，她只是大自然里的一颗水珠，在每个清晨悄然滚过，便可涤亮一切。不是一个上浆的过程、加的过程，而是一个减的过程、一个清洗的过程。

年轻时，去看望一个外地的同学。我在一个初冬的晚上十点多钟抵达，四周很黑很静，穿过零星的灯火和杂乱的家属区，我敲开了她的小屋。温暖的炉火旁，她五个月嫩藕般的孩子睡得很香，爱人打牌未归，而她正在细致地清洗一束鲜艳的塑料花。窄陋的光阴里，她扬起的笑脸极其明媚。我当时忽然有点难过，我知道她好，勤快，喜欢不停地洗涮，从不肯让自己的心灵和生活蒙尘。这个画面我记了很多年，这是一个女人的境界。

实际文字远没那么高深，只是像我们打扫房间样，还原事物的本真和纯净。如果说有重大的使命，也只是清洁。清洁伤痛，清洁蒙尘的心灵，清洁记忆里的垃圾，甚至清洁别人的眼睛，直至两袖清风空荡荡地离开。

认识一位先生，有没名气不知道。但先生的文确实是好，短小精悍，意蕴深长，反复咀嚼，百看不厌。文风朴拙，性灵率真，不见丝毫匠气，高挂的灵魂雨洗一般，透着亮。一篇篇如朝露中，荫满青苔的石阶，一级一级登上去，便可抵达心灵的天堂。

在《在家》里，先生这样写道："邦可在过去的俄租界，是一家俄式西餐厅，它在的时候，我们还穷，口袋不暖和，只能偶尔光顾，吃到好吃的，就回家模仿。"先生这里用了"暖和"二字，一个很深情的词语。暖和的不是口袋，而是和父母姊妹在一起的日子，是曾经拥有过的生活，是无声逝去的时光，不经意间闲闲一落，便无限温暖。所以先生接着写道："用朋友送来的番茄再加一只洋葱，仅仅两味熬成浓汤，就让十数年前的记忆迢递而来，我怔了半响。"先生用了"迢递"这个词，简练而又能表达遥远的意象，甚至是悠长深远的怀念。在先生的文中，这样点睛贴切的语言随处可见。

先生写亲情，并不煽情，冷静平淡，如画外音般。

"以前没有绞肉器，我曾经很烦剁馅儿，是件又累又枯燥的活儿。而如今，我最怀念的却正是那刀落砧板笃笃笃笃似乎永不间歇的剁肉声，那是无比温暖馨香的家的声音，已经离我很远很远。"

这是《父亲的饺子》里的两句话。失去方觉珍贵，我们大多感同身受，但都没先生写得这般轻松自如，真切盈面。不用落泪，昨日庸常的生活，今日依旧如腕上烫过的梅花，凄美鲜艳。

先生写梅，细致入微，从含苞到绽放每个焦距都凝固着淡淡的美。并不蜻蜓点水，言之无物。

"它张开第一片花瓣时，其他的花苞还小，紧紧包裹着自己，一点都没有绽放的意思。它像一粒和田玉，白色之中，晕散着浅浅绿意。随着花瓣渐次张开，绿意悄悄褪去，花朵慢慢变成纯白，有些羊脂意味。待到全开时，却又透明轻薄如蝶翼，本是天工，倒像由人工巧雕而成，是浓艳的清淡，妍倩的明媚，清丽不可方物。"

这是《一朵之香》里的一小段，先生用心用自己的眼睛诠释了大自然对他的修养，并不一味比喻夸张，猎取华丽的姿态和赚取读者的眼球。如果说身体是沉重的，那么，灵魂却可以饱满成轻盈的颗粒，附在枯黑的老枝上吐出新蕊。

先生推崇一句成语"格物致知"。一个人对自己不了解不熟悉的事物，凭想象或一知半解去写，肯定写不好。知其精髓，方能写透，才能经得起研究和折腾，才能耐读。红楼如是，曹是专家，方能把多方知识通融会贯通，应用自如，让一代代的读者无可挑剔。

"没有雪。

起风了，牖外落梅如雪。

就当是真的下雪吧：只不过一枝小梅，几片花瓣，取它素白而凄绝的飘零感，会意而已。"

这是《清霜明月小梅枝》的开头，简练自然，意境轻美，无雪亦可纷纷！我们仿佛看见一个手执茶杯的老者凭窗淡淡，思绪漶漫，如素梅轻然委地。

"闲坐。幽深而悠长的光阴，似乎就附着在哪里了。"这是《闲坐》里的一句话。这个"附"字用得贴切传神。这种不动，恰恰衬托思绪的流动，人闲，思绪并没闲。这是两种互换的意境：一，在流动的思绪里，曾经的光阴是凝固的，那些横卧在心头的旧事清晰如昨；二，思绪在光阴里穿行，停在某处，而光阴并没停止，正在悄悄流逝，只是你看不见罢了。

"阳光淡如清水，微微地有点温凉。

很有一些岁末的感觉了。

不知这感觉从何而来。

上午总是静静的，并没有想象中应该有的岁末的悸动，那通常是一种人心的悸动，亿万人心同时的悸动，起于无形，如无声的暮钟，看不见，听不到，却在天地间苍凉地回旋。"

这是《岁末的阳光》中的开头，一年将尽，难免伤感，淡淡的忧伤在清水的空气里铺开，远处的钟声透过纸背隐隐传来，寂静的画面里有远山般莫名的悸动，也有干净的留白，但时光就睡在窗外。

"坐在阳光下回想过去的一年，似乎过得特别快，只有几天的工夫，什么事都没做。使劲去想，浮出一些具体细节，买过瓷器，看了几本书，自己甚至也出了一本书。仅此而已。"

这是我们大多数人的感慨，时间飞逝，岁月散漫，起手落腕间，已近尾声。但先生的笔锋回旋得极其自然，苍凉的画板中抹满述说的淡然。

"出的是一本关于瓷器的书，自己很喜欢，放在床头反复读，为自己曾经能够写出那么多奇妙的句子而骄傲，很是自恋了一回。有些句子以后恐怕再也写不出来了。于是朝怀里作揖，认为这是人世间有书以来最好的一本书，可惜喜欢的人太少，真正能够读懂的亦可能只有自己。又于是觉得自言自语才是最佳作文方式，自己所有的话，都是说给自己的，自己所有的文字，都是写给自己的情书。"

这段是先生的真心话和大实话，一点都不矫情。一般人也许会惺惺作态，谦虚一番。但先生不，就这样轻松地说了出来，在自己的眼里，自己的书何尝不是人世间最好的书，何尝不是自己心灵的皈依，何况又真的那么好。以他自己的话说"平白如话，散淡自在"。先生最后一句何其要害，文字首先就是应该写给自己的，唯这样才会自然，才会轻松，才会脱下心灵的盔甲，才会不顾及别人的目光，才会没有哗众取宠，争荣夸耀之心。当然，如能遇到出色的读者和喜爱的人，哪怕被过路的偷听了去，也是一件极美极有趣的事。

"阳光仿佛澄到极致的清水，透明而有晶体的质感。风轻抚香樟，如水般流动。面对这样清澈莹洁的世界，心中便没了欲念，只有澄明安详。这很愉快。"

先生这里不仅是在写阳光，也是写自己的心情和境界。是把自然界的风、树、水当作自己灵魂的载体和宗教。在孤寂澄明里，精神的羽翼有了透明的质感，自己把自己坐化成了一个心灵艺术的朝圣者和安详者。

"花楼街不是街，是一段岁月。

一段这个城市最有味道的岁月。

前天去江边看水，顺便沿着江汉路走到花楼街，可是，花楼街已经没有了。

那些迷宫一样的巷子：缄默的黑漆门，雕花斑驳的窗子，长着蕨草的墙缝，染着绿藓的台阶，凉风穿堂入户曲折而来的深深门洞……都没有了。像古书上说的，化作南柯一梦。"

这是《花楼》的开篇，先生写的是怀念更是当下人诟病的拆迁，但丝毫不见批判，只有惋惜伤感之情跃然纸上。像黑夜里一扇悠然开合的大门，被先生默默地关上了，有几许不忍有诸多无奈。但一切都很平静，先生没有叫嚣，只用了"味道"两个字，就把话说尽了。"一段这个城市最有味道的岁月。"这个味道是什么？是文明是文化是慢慢悠悠的岁月，是老建筑老故事老人情老食物老日子，是曲折的历史，穿堂而过的风，但今天都被悄无声息地带走了。取而代之的是抽象的几何图形，四四方方千篇一律的灰白，能不惆怅、能不痛心吗？也许那个花楼街从没存在过，至少是在某些规划者，拆迁者心里从没有过，对以后的人更不会有。先生并没高呼，但看的人，却已入心。这样的文字比那些教条的有使命感高举着旗帜的文字要强很多，更能润物无声。

先生的文字很多，博客里近千篇，每一篇都有自己独特的味道和见解，思维的触角探过茫茫黑夜，如凉水漫地，浸过无痕。

先生写月写雨写阳写花写树，写大自然中那些看起来无关痛痒的一切。先生的眼睛是深邃洞明的，躲在一切时间空间的背后，这个世界亦是透明了。看先生的文，我会经常想起"境界"这两个字，把文字写到这般无形，所要表达的东西在无意中都说了，如指尖的音符，总在似有似无之间。

境界就是自然。最高的境界，就是大自然。对大自然的膜拜，成就了先生自己的山水。你看到的不再是文字，是一种灵魂的交付，是清水漫过纸张时那清澈的姿态。

过去我是一个崇尚灵气的人，以为有了灵气，就会写出开花的语言。如今我相信积累，相信务实，相信见解，相信自己，相信格物致知，方不花拳绣腿，相信无形是诸多有形的升华。

- 与书 -

　　朋友寄书来时，外面有风，雨雪正飘，那天最冷。快递说包裹破了，需亲自签收，我住在很远的另一个位置，裹着大衣出门，回来时，路已结冰。

　　于书，我还是爱的，尽管缺少敬畏，像空气，轻与重，都必须呼吸。深知仰视或俯视都无法真正靠近甚至聆听，平伸的双手，才是一段优美舞蹈旋转地开始。那种纸质的质感，草木叶浆的清甜，是安宁亦是雅致。在世间漂行，忙碌过疲惫过，相对于霜花书卷炉火的日子，我更喜欢睡觉。一直认为人生最大的幸福莫过于睡眠，因为只有休息和梦才是属于自己的，在崇山峻岭里漫游，在碧叶青草上匍匐，素手摘月、海底捞针都无人管。人，一旦连梦都被典当了，才是真正的一无所有。如果说阅读是在别人的思维框架里奔跑，久了就累了倦了，那我只选择在喜欢的枝叶上栖息。

　　喜欢一个朋友的名字：静日时长枕书眠。这样的安闲，实是难得。夏日的午后，在临水的房间里睡觉，有风吹过。窗前，爬山虎垂下的丝绦，漾起一帘绿浪。醒来时，水面的波光折过米色窗纱，筛满一墙的碎银，人躺在波湾里，手边摊开的书亦是凌乱的，光与影在上面跳动，金色的小鱼一尾尾游进纸里。

书与我是一种陪伴，需放在随手可及的地方，几上、床头甚至是地板上。我打着赤脚走过，时光是白色蚕丝睡衣上滚落的珠子，圆润柔和。那些合着的精灵在纸房子里睡觉，我不寂寞，它们也不孤单。空气里有细微的呼吸，是我的亦是书的，无须分清。

喜欢睡前看书，在每一天，很多年我靠它催眠。昏黄的台灯下，海在掌心上温柔流过，鱼吻静水，我在一朵白莲里闭关。白天的烦乱悄然褪去，花隐窗前，合着眼，睫毛上有露珠滚过，我能听见来自深海的胎音和每一朵微距绽放的舒缓，梦和月亮一起浮出水面，干净洁白。云朵上的村庄、摇篮、炊烟、牧羊的女孩、坚实的后背，我趴在上面睡得香甜。

书橱里的书不多，但够读，每一本都残留着我的温度。它们整齐地排列着，簇拥在一起，一本就够我摆弄很多年，它们是我的老朋友，甚至是亲人。里面的每个人物我都喜欢，是长在心底的合欢树，一天天清喜阴凉起来；每个字亦是熟悉的，被我深情的目光熨烫过，妥帖安稳。我一次次地放下、拿起、翻开，一直重复着这样的动作。

装修过一套房子，里面融入了许多喜爱的元素、整扇的格子屏风、镂花的拉门、干枝的莲蓬、碧青的龙舌兰。抱枕、桌旗、古典的台灯均绘有荷的图案。订壁画时，我告诉厂家要把里面的鱼和多余的水草隐掉，只留下简净的一枝一叶和润心的粉，是孤独的，也是安静的。躺在雕花的大床上，有五彩霓虹透过粉紫色的窗纱，忽觉得还是睡在沙漠里，荒芜而又干涸，一切是死的，静到可怕，除了我，不再有任何生命的迹象。我必须起身邀请另外的一个朋友入住，与之对话。书！一种发不出声音的语言、一种隐形的生命，默默地游弋在每一个角落，是一个房间真正的温度，如寒夜里捅开的炉火，不管主人在与不在。

　　喜欢纯粹的东西，炒碧绿的青菜，像活的一样；煲单一的汤，不搁太多的辅料。纯洁的情感，冰种的思维。于正襟危坐，我更愿隐于月下；于轻佻，我更愿庄严。文字亦是文字，请不要告诉我作者是谁，还有后面的布景。翻到哪页亦是哪页，久了，入心了，不管在哪里遇见，跳两行，就知道它是谁的。每个人都有自己的味道，白天鹅在湖中起舞，黑白琴键按下的音符，永不相同。

　　陶罐在炉火上煨着汤，里面加了各种佐料，阅历、见识、思维、甚至是苦难和泪水，也许还有砒霜、雪花和蜜糖。把自己的一切放了进去，过去的现在的，喜欢的不喜欢的，哪怕有毒。复杂也是纯粹，味蕾是一种感觉，是心灵鸡汤，也许只是给自己开出的一剂药方。

　　朋友的文字亦好，高档的食材，用了最朴素的烹饪手法。温情的花瓣为岁月做了神圣的祭奠，平白的语言里，灵光一现，让我想起了纪伯伦。

　　如果天堂有路，我们一定会接我们的亲人回家，这条路是用黑蝴蝶铺就的，有多少燃烧的思念就有多少精灵在飞舞，翅膀承载的爱太多，不免迷失。在钢筋水泥和田野村庄里来回穿梭，所有的不安、胆怯、退让、容忍、痛苦、疾病的背面只写满两个字"善良"。一个人一旦刀枪不入，心打了麻药，不再温软，也就无所谓了。

　　最好的文字还是曹雪芹和张爱玲的，洗白的蓝布大褂里面裹着一袭锦绣，不经意吹起一角，就足够惊艳。一层层不经意地拨开，一遍遍消遣，从不厌倦，值得一辈子去阅读。

　　对于诗，我一直绕着走，写不来，也看不懂，它是语言的王者，轻易不敢触摸。既然手中没有一把灵蛇之剑能划破夜色，也体验不到列车驶出隧道的瞬息灵光，不如放弃。点石成金，一定有浩瀚的大海作为依托，哲思的巨手一面是空灵一面是沉重。

　　不喜欢太多的理论，我怕扼杀我仅存的灵感，我怕我的呼吸变得僵硬，我怕有一天，我的文字带有文学的味道，而不再是心灵枝头的一瓶净水甘露。

　　画还是喜欢老树的。人间废话已多，何必再做纠葛，相视莞尔一笑，一起流连月色。对书亦是，贴心就好，陪着就好！

夏

- 膝头的孩子 -

写过《与书》，一年前。它对我全部的意义只是鱼吻静水，深海催眠。这样的微识，一直至今。

一个人的手臂太短，无法拥抱全世界，能源源不断向我们走来的只有书。也是昏黄深夜，大海流过掌心最好的方式。一个普通人，除了工作，这个社会能给予的太多，打牌、跳舞、扯白、聊天，甚至练练瑜伽、美美容，但若想在白昼与黑夜，劳作与休息，站与卧间找到一个平衡点，由清醒至梦境安然过渡，唯有书。所以我靠它催眠。这些安静的纹理、微黄的纸质，陪了我很多年，散落抑或拾起，都成为人生中不可缺少的章节。

不想说，俗与雅。大俗大雅不取决于你我，而是主流。曾几何时，线装古籍成吨成吨被毁，想找点东西都难，弄得一些专家站在高高的讲坛，也难免尴尬，解释不清，妙玉为何用五年前蟠香寺梅花上的雪和旧年蠲的雨水泡茶，不知天泉、天落水一说，亦不知古时苏州家家如是，本不稀奇。所以对于知识，我们永远都是门外汉。书籍带给我们的更多是消磨，是解除孤独，摒弃寂寞的方法和手书抛卷的意趣。

今早送母亲打针，看着她一阶阶缓慢艰难地爬楼，忽然很难过。

那个轻快自如无所不能的母亲哪儿去了？这就是人生，到最后全部的意义就是大把地吃药，与疾病无休止地抗争。对于老百姓，健康真的比什么都重要。暮霭陈年，走过了太多路，见过了太多人，一肚子的故事。对生离死别、人情冷暖，更有了蚀骨的体会。

那些能把自己的风霜和疼痛写出来的人是幸运的，也是幸福的。写的时候，一定不会想着去教化谁，或成为一部恢宏巨著，赚取眼球，制造噱头什么的。多半是深夜疗伤、块垒抒发、自身交付，最后孤独寂静死去。

而阅者，一定可以看到不同的世界、不同的人生、不同的思想。知道自己的真理不是所有人的真理，自己的见识不是所有人的见识，很多东西只是自家的炊烟，而不是别家的饭香。所以书籍教会我们的只有两个词语：理解和尊重，甚至是谦卑。

但书，只能为我们分享旁人的体验之美，哲思抑或悲喜，而不是自身的疼痛与感悟。要知道，这世界，分娩自己思想的芦苇，要在自己的阵痛中完成，方刻骨。你可以在别人广漠的意象里奔跑，但最终要找回自己的小屋，在自己的雪花里，安然过冬。所以它只是烛光而不是太阳，只是火柴而不是炉火。在寒冷的冬夜，架柴，取暖，哧的一声划燃，还得是自己。

也知道，智慧的密林里，有光，有很多参天大树，但那不是我的，再好的祭坛，我也不膜拜。珍惜的只是自己心头长出的地米花，在背影里，享受着自己的光亮。

这世界允许高度的参差，更允许平视的美好。有些谦虚得虚伪，直接暴露你攀附的野心；有些自信又很雷人，恰恰反映你偏执的无知。

刚上网时，空间码字，朋友过来招呼，再忙，出于礼貌都要回。有些人很愁人，总是一个劲地说，看了什么什么书，识得什么什么人，东方的西方的，古典的现代的，罗列一堆。很无言，也很头疼。实际你比我明白，这些高山仰止的沧海，没你一滴；哪一本都不是你的故事，哪一句也都不是你的语录。你只是不停地复述而不是走过。也深知许多时我们不在同一频道，故收听的东西不同，即便自由落体，不仅姿势有差，连溅起的水花也不一样。唯自知，而不是知人，才能如美人鱼无声地游入深海。

前几天，搬家，处理了一些书，写了《遗落的温度》。那些书，是我身上的细胞，带有体温，有诸多不舍和无奈。没提一本出处，留恋的是那些留在课本里青涩的字迹，那是成长的痕迹和疼痛。

一直认为自己是个赤脚的人，一无所有。孩子的欢笑、亲人的温暖，也只是生命的延伸，而不是构建自身精神框架的内涵，有一天，也会渐行渐远，包括书。所以在趟过书籍这条河流后，请原谅，我不能抱着前行。放下，归零，空空的行囊，只能背负自己的风。那些在留言里说着诗书传家，书中自有黄金屋的朋友，讲的都是古人的道理，而不是我的志趣。他们注重的是书本自身的含金，而不是我给予的温度。所以我特理解那些不喜欢名人名言、不引经据典的人，因为他们只钟情朴素的生活和真实的自我。

秋其是一个山里的女性，我们素未谋面，唯一的通联，是她曾快递给我一本她的集子《轻呢》。曾一度怀疑，她是另外一个世界遗落的自己。我们同是端坐薄纸、与松软云朵亲吻的人。她说：想哭。每一本书，都是静静围绕自己膝头的孩子，也都是我们转过身去的昨天……瞬间击倒，这是包括我空间众多留评中，最动人的一条。因为她总能以母性的眼光解读这个世界。在她的眼里，这些书，不是名篇巨著，这些人不是泰斗教父，只是静静围绕在膝头的孩子，干净明亮，不吵不闹。实际写作之人，多半孤独，往往把自己的伤口、自己的脆弱，甚至迷茫，剥给人看，他们更需要勇气和爱！那些外在的光辉和供奉都是别人的香气，而不是自身的呼吸。

同为女性，同是母亲，我们的裙摆可以拂过春樱、夏星、秋月、冬雪，也许有一天会枕着自己的枯草睡去。但我们母性的眼神扫过大地时，一定是温暖神秘庄严的，知道我在上帝心中，而不是上帝在我心中，给予比获得更珍贵更幸福。

书籍，对于一个国家、一个民族、一个地区，甚至一个家庭，尤其是贫穷发展中的地方，意味着文明、崛起、进步和希望，从而肩负重大使命，而对于个人应是常态，和桌子上的剪刀、茶杯、烟缸混在一起，成为必须，又如空气和水，无所不在。犹太民族最喜读书，但他们有句谚语是不要成为驮着书的驴子。智慧是无法饱和的，而温度却可以恒久。

很喜欢一些朋友，说做的最多的梦，就是搬书，怕赶不上车，一箱箱地搬；说走到天边都要带着，说两屋子的书，都不大看了，只是静静地陪着。可以想象，当风吹起窗纱一角，寂静中一本本轻轻走过，迎面而来的，全是潸然的往事，而不再是书里具体的内容或其他。所以书籍不光是知识，更是我们曾经膝头的孩子，这才是真正不舍的原因。

－ 遗失的母语 －

从北京回荆州，车窗外的天空一直是灰蒙蒙的。连日的暴雨把人浇得精疲力尽，车厢内异常安静，连走动的声音都不曾有。邻座是一个四十岁左右的男子，着装随意，T恤、马裤、旅游鞋，背着一个简易双肩包。面相开阔，眉宇俊朗，身边偎着一个四五岁的小女孩。小女孩极秀美，绒绒的头发，嫩嫩的皮肤，鹅蛋脸面，下巴略尖，线条柔和，着实令人喜欢，禁不住多看了一会。她一直举着自己的小手，手背上烙有铜钱般大小的疤痕。爱人向我示意，我明白，言下是说烫伤，有可惜之意，亦有对家长照顾不周的嗔怪。

几日劳顿，倦意袭来，靠着车窗沉沉睡去。思绪依旧还在北京的暴雨里穿行，不免大有悔意，但随即跌入深深的黑暗里。

不知过了多久，朦胧中听到爱人和旁边的男子一递一答地说话。先是说孩子的手，那个爸爸解释说是蚊虫叮咬，并无大碍。在梦里猜度，得多大的蚊子、多剧烈的毒，才能造成如此伤害，遂也释然。又听爱人问，小女孩会不会说汉语？不免一惊。男子回说不会，言他们刚从加拿大回国，孩子接受能力快，下飞机才两天，就能听懂一些简单的词语。比如吃饭、睡觉，刚才跑回来是对他说，马桶坏了，卫生间已停用。

听到这儿，睡意全无。女孩一直很安静，自己睡得也沉，女孩用英语与其父交谈，竟一句不曾入耳，估计也是声音细小之故。

男子说，在国外没有语言环境，孩子上幼儿园，同学老师都说外文，不可能会汉语。这时，女孩跑到过道对面去玩，方明白，那边坐着她的妈妈和姐姐。姐姐已十多岁了，中学生模样，眉眼古典，文静秀气，一把柔丝拖于衫前，也是鹅蛋脸面，恬雅温美，并很有教养，一直温柔地看着妹妹。妈妈倒是严正些，方脸、短发、素颜，扣个大眼镜，嘴唇略翘，也是清一色的 T 恤、马裤、旅游鞋。这时车厢里开始喧哗，上下的旅客也多了起来，发觉一觉竟至武汉，马上到家了，不得不感叹高铁真好，过去出行北京，在武汉中转不算，中途不停，朝发夕至尚要十二个小时。

两个女孩开始讲话，做着游戏，细声细气，极是好听，但我不懂。姐姐斜侧着身子半跪在椅子上，在母亲的身后一闪一躲的，逗着妹妹；妹妹在过道上露出天真顽皮的笑容，张着小手，身子一伸一藏的，一会扑到妈妈怀里，一会又转身伏在爸爸膝上。轻言细语地说着什么，姐姐也说，皆简短温柔，样子极尽甜美。

爱人和男子还在闲谈，问及大女儿会不会说汉语。男子说，也不会，自小都生在国外，不曾打算回国，就没学。留在那是为了孩子们可以更好地生活，又云自己是荆州人，早年留学等等。

也许是自己思维狭隘，觉得长得如此东方的两个女孩，不说汉语是种遗憾，心里不免有几分惋惜。便安慰说她们长大了，自己一定会学，毕竟是母语。男子却说，那也未必，要看能不能用上，如无用也就算了。

听后默然，深深失落。实际两个女孩从出生之日，国籍已定，可是望着她们山清水秀的小脸，总觉得还是中国人，心里多少有点别不过劲来。

小的时候学都德的《最后一课》，记得韩麦尔先生穿着在郑重场合才穿的漂亮绿色礼服，打着皱边的领结，戴着绣边的小黑丝帽，用法语教授最后一课。镇上的老人、邮递员早早就来了，安静地坐在最后一排，颇有几分庄严和肃穆。虽说这是两回事，但也心生难过。有时觉得这不仅是母语的遗失，更是对一种文化的放弃。那么多美妙的汉字，那么多雅致的唐诗宋词，将和这两个美丽的女孩错过，何尝不是人生一憾。我的朋友也说，希望这个星球上，没有国家、没有军队、没有警察，人们像候鸟样自由迁徙。但这样的美好，很不现实，人衍有源，万物有序，生生不息！毕竟种族观念存在影响了几千年。

望着窗外，惜爱漫过心海。实际出门一趟，大半的人和事都忘记了，但这一家四口却清晰着，故记之。

- 散文，贴近心灵的笔尖舞蹈 -

　　为了抵御自然界的寒冷，人们建造了房屋，就此也就有了几千年或高大或矮小的人类风景，甚至是争夺聚焦和热议的话题。当肉体妥帖安放后，精神上的孤寒又浮出了水面，纸房子开始应运而生。人们在里面寄居、流浪，透视黑夜里的光亮，然后有一天也尝试搭建自己的纸房子，除自身取暖外，并收容更多愿意住进来的栖息者。如此往返，辐射开来，形成的纸上丛林，就是文学，亦是它的全部意义。所以好的纸房子是抛弃偏见狭隘，兼具包容流动循环的纸上肢体语言和心灵艺术呈现形式。比任何房屋都更牢固，比任何肌体都更不朽，是我们心灵面孔的再造和精神存活不死的方式。

　　散文，作为一种文体，有其自由散漫灵动多变性，是一种接近口语式的表达。既弱于小说的创造性，也不同于诗歌游走钢丝般的惊险和弹射，故曰散文亦说话，一点都不为过。至于如何说，说到何种程度，因人而异。但迷人的语气，富有魅力的叙述是非常重要的，这关系到一篇散文的成败和存活，往往比里面的情节和事件更吸引人。好的散文是心中豢养的一条河流，沿着自身手臂舒缓地流淌，并凝于纸上，成为一种固体思想艺术行为，然后被更多的人融化分解。她没有固定的套路和格式，可以拉伸、跳跃、回旋，也可以娓娓道来、环环相扣，舒服度和自由度是别的文体无法比拟的，也是门槛最低的。

我触摸文字纯属偶然，2012年的时候，儿子参加工作，公司的刊物需要一篇卷首语，他无暇顾及，让我帮忙撰写。因需邮箱，别人便送了我一个废弃的qq。我拿过来后，把它改头换面，开始练习打字记日志。那时，文字于我已陌生了很多年，属恢复知觉期。但很快乐，很忘我，很纯粹，无拘无束，想写什么就写什么，诗歌、散文、评论，随心所欲。这样的日子持续有两年，是一段桃花源式的码字时期，不知有魏晋南北朝，只是躲在一隅，专心摆弄自己的花草。网站、论坛、新诗、《白鹿原》，一些当代的知名作家作者作品等，凡是和文学挂靠的东西，几乎一概不知，很孤陋。

2014年的时候，我的空间开始爆棚，转载量和阅读量进入高峰期，最高一天单篇点击量破两万，一夜转载几千，有的高达上万，留评几百楼。文字也开始逐渐流入纸媒，很多空间好友把在杂志报纸上，看到的我的文章拍成照片发给我，这其中包括《现代青年》《党员文摘》《意林》，新疆《库尔勒晚报》和一些大学校园内刊等，也有一些热心的朋友把手里的刊物寄给我，这些均不是我投出去的稿件，除了《意林》，我打电话要了样刊稿费外，别的都随风化去。这也让我知道我的文字可以走得很远，不只囿于自己的空间。与此同时，一些朋友开始拉我进入网站和论坛，一些纸媒主编和大型微刊编辑也找了过来，伸出了友爱之手。《荆州日报》副刊主编叶俊就是其中的一位。他当时是无意中在网上看到了我的一篇文字《只是一个拥抱》，联系上后，几乎一字没改，便做了头条。那一年我碰到很多这样的事，这样的人，包括《哲思》一连几期在散文网提走了文章，再过来要的卡号，汇的稿费，这样的高潮持续到2015年。

也就在 2015 年我开始向外正式投稿，投稿的过程是喜忧参半的，既没有我想象的容易，也没有别人说得那般艰难。靠着邮箱我敲开过一些刊物的大门，这其中包括《散文百家》《湖南散文》《中国文学》等。也接到过退稿信，《作家》的退稿信是这样写的：问候作者朋友：来稿收悉，已阅，文字细腻温润，富有诗意般的简洁明快，读来很舒服。但我刊暂时没有相关栏目刊发这类稿件，找时机转呈主编一阅再定。这是一封很温情的退稿信，让我知道在堆积如山的稿件里，它得到了阅读，也看到了一个编辑尽职尽责的做事态度。这世界不是没有伯乐，而是看你是不是一匹千里马，也说明自己不够好，如果你好到让别人难以割舍，那才是最棒的。一直感谢那些对我语境信任的刊物，《岁月》属其一，也是我最早上刊的杂志，远在冰天雪地的北国，并一直信任至今。

也就在同年，有人管我要书稿，问我有没有出书的愿望。散文稿要走的多，终审毙掉的也多。最后能顺利正式签约的只有一部《菡苕说红楼》，也就在那时候我参加了廖国强老师的新书发布会，和黄主席有了一面之缘，黄主席阅了我的书稿后，欣然作了序。并参加了 2015 荆州作协笔会，得到了很多朋友的喜爱，除了网上那些素未谋面的朋友，我的家乡给了我另外的一个春天，这是我要深深致谢的！

我一直把阅读叫作催眠，喜欢昏黄灯光下，大海流过掌心的状态和每一次退潮后的安宁。这是一种嘈杂生活的过滤，也是长见识的开始，当你触摸别人的生活图景时，也是在提高拉伸自己的眼光。非常感谢《红楼梦》这本书，它让我跨过了很多书，有了一个很高的起点，并濡染了我的文字风格、语言表述、审美和人物洞察力。提前为我解决了一系列的问题，铺了一条通往文字的捷径。当然，还有张爱玲、老舍、纪伯伦等，我喜欢这些不动声色、符合人性、冷静真实的表述。其他的一鳞半爪，不走心的浏览，我认为不能叫阅读，或有效的阅读。拿着别人的树枝挥舞自己的思想，总是不妥，新的叶片需靠自己的肌体长成才是。

再好的阅读都只是我们精神上的一种旅行，属于在别人的房屋里架柴取火，总归要回到自己的风景里。当我们自己扎篱筑墙时，必须得有自己的精神气质，语言特征和黏合度。所以当有人说我的文风像谁谁时，哪怕是极著名的，我都不希望听到这样的话，同时也会反省自己。很欣赏黄老师说过的一句话，他说"刊无大小，气质不同"。一语道破天机，文无好坏，贵在有自己的东西。

散文很直接，是最贴近心灵的笔尖舞蹈，甚至是灵魂的直接拷贝，既浪漫又纪实，既宽泛又严谨。小说可以虚构，作者往往置身事外，等着画外音响起，从容行事。但散文不行，你躲都躲不开，你的呼吸就在字里行间里，左右着你的节拍韵律，掺不了假。读者很容易窥见你的心性为人、修养品质和处事风格、价值观等等，还有你自己忽略看不到的东西。你写的是文字，实是你自己。所以尽管有人笔力深厚，语言逻辑各方面都没问题，但读者就是不爱看，因为他不贴心，既不能贴自己的心，也贴不了读者的心。穿得很厚，把一切不该带进来的东西带了进来，学历、阅读量、工作环境，家庭背景等等，这样的文字再深厚，读者都能一眼看出你的浅薄，所以不要低估读者的阅读能力，每个读者都是你面前伫立的一面镜子。一个作者绝不是指挥者，文字不可以从上往下倒，越居高临下越驾驭不了它；也不是一个普度众生者，慈悲怜悯一番就完了，没这事，没有一个人喜欢接受施舍。好的文字都是无痕的，需化成清水，和读者的心脉长到一起。

　　散文说白了，就是一种内心脱光了的写作方式，你得真诚，把自己身上的铠甲全部褪除。要知道，地面上所有具有生命特征美好清香的东西，均来自地下，优良的土质决定它的成长。手里的文字可以枝繁叶茂，但心必须是个谦卑紧缩，深埋泥土的果核，从下往上一点点向外冒，沿着自己的根须，也贴着读者的体温，你得具备一种朴素的价值观和平凡心性。你在说话，为自己说，也是替读者说，说他们一直想说而没说出来的话。一个偏激、势利、狭隘、愚昧、膨胀或故作谦虚的人是写不好义字的，不是你的语言辞藻过不了关，而是你无法刮净自己心灵的鳞片。端着，就毁了，你得呈现出一种自然平静的心理状态。

　　把文字写在年轮的格子里，是我一直认为的。这个年轮并不仅是真实的生命年纪，而是心理树根的成熟度和纹路优美度。一个不能趟过自身河流的人，是无法给别人送去春天的。不能说文字不需要读者，只写给自己，那不是它的完整性。它不是账本，也不能永远深锁柜中，就像一顿精致的晚餐，总要有人共享，否则连做饭的兴趣都没有了。这世界需要回音，每个人有意无意都在寻找自己精神上的知音，如果不能清高到老僧入定，那得为自己保留那么一点点虚荣心。散文也不能用美文二字来拘定，因美而忽略思想骨骼的建立，是种得不偿失无根的运作。就像衣服，好的品味都是从质地开始，而不是颜色的花哨和款式的流行。也不能一味深刻排斥美的存在，剑走偏锋把它推到对立面。应像一潭湖水，既要有迷人的波光，也要有它的静守纤尘的肃穆和丰盈的内涵。

　　我自己是一个起步很晚的人，没资格谈论定义一些问题，人的思想是河流，不是石头，总有一天会转弯流淌，但这并不妨碍我们今天的思考和体会。也许以后，我会去写小说，那是我最喜欢阅读的一种文体，但必须得有一个储备过程，是种内耗极大和要耐得住寂寞的写作。目前我还会随心所欲的写些散文和评论，评论也是散文的一种，只是更有针对性些，主要还是有关红楼的一些小想法、小认知。我不是红迷，亦不属各种流派，但会钟情于自己内心独特的感受。

一个人的路总是慢慢走的，我不会给自己太大的压力，我喜欢走在路上的状态，不仅能欣赏路边的风景，也能提高和检验自己。成名成家，进入主流媒体并不是文字真正的归宿，我痴迷的是文字本身的纯粹和噼啪打字时所激发的灵性思维，以及每次自己亲手描摹后的成长和精神电波输于纸上，并得以拥抱更多人的快乐。

秋
声

－ 从一只鹦鹉眼中透视人性之尊重 －

　　小说是种马拉松式的写作，漫长而持久，是颇具耐力和毅力的笔下艺术行为。与其说是用沙子建造房屋，不如说是大海捞针，捞起那些看似无用实有用的东西。一个好的小说家不仅是语言高手，更是位人性大师，复杂生活的洞察者和缝合者。有效的裁剪、细枝末节的连缀，于幽微处穿针引线，又善控全局，文字的袍袖也就慢慢立体起来。

　　周万年老师的文章我看得不多，他低调，从不在朋友圈晾晒文章，是位和蔼的长者。除忙于俗务，用劳动换取《荆州文学》正常运转外，就是孜孜不倦地从事自己的写作。他和黄大荣老师是对黄金搭档，亦被很多人称之为荆州文坛的大咖，而我更钦佩感动于他们自身学养、思想折射出来的人格魅力，以及对每个写作者的爱护。

　　周主席的小说，黄主席共发来三篇，作为 2016 荆州作协笔会重点研讨作品。三篇中最精彩的当属《父亲的创业小史》，通篇系统纯正，脉络清晰，语言诙谐，标题也暗合父亲一毛三分四的人生观。一毛三分四是当时的米价，以此做观，足见作者的机智幽默。父亲的一生很纯粹，就是想过好日子，这是父亲的愿望，也是无数普通老百姓的梦想。文字颇有意味，诸多场景让人过目不忘，表达自然俏皮，形容麻脸主任，"一笑犹如石榴皮翻过来了"，毕肖。又如写和自己同年的聚丰楼小老板关财宝，"整天穿着缎子长衫，戴着红顶瓜皮帽荡进荡出"，一句"荡进荡出"就把一个游手好闲、不务正业的少年勾勒殆尽。说父亲和贱麻子卖完东西一路回家，夕阳下，江汉平原弥漫着油菜花的芬芳，"贱麻子提着空篮子围着父亲的挑子前前后后跑着，影子也在前前后后晃动。父亲右肩的包面挑子换到左肩，然后，舌一挪把烟从嘴中间移到嘴的左角。"情景活现，很有镜头感。父亲属入赘石桥镇的女婿，在家族中没啥话语权，但他称母亲为"你听到没"，这是种细微的找补和暗示，从中我们既能看出母亲的贤惠，亦能看出作者对生活的深谙，属一箭三雕。另本文双脉齐下，明写父亲的一生，暗书历史背景的更移，暗线左右明线，互为交织，推动文字前行，是部光滑如缎，舒服不起毛的小说。

周老师行文，善从根须出发，贴着人物体温发散蔓延，三篇各有特色，《高干病房》采用对比手法，铺陈鲜明。但构思最巧，视觉最新，能引人深思，令人感动的，还是《憨头和他的鹦鹉》。篇幅虽短，留下的空间和回味却是广阔的。

憨头是生活中最不起眼的一粒砂砾，一个在工地上靠搬砖吃饭的体力劳动者。严格点说是小工，干的是同类群体中，拿钱最少、技术含量最低的工种。他不聪明，憨头憨脑，又嘴笨腮拙，也就成了同工棚大家无聊时取笑嘲弄的对象。当生活的幽默变成伤害，当交流变得干涩不快时，他选择了逃开，躲在马路牙子看车河，数车辆，猜单双号。这成了他工作之余唯一的乐趣，这是种无奈，亦是他情感视野的一次转移。他把自己的兴致放逐于马路，并寄托于冰冷坚硬的钢铁之流，这本身就很嘲讽。他是孤独的，但恰恰是世界的冰冷，情感的无处安放造就了这个底层小人物心酸式的孤独。

　　偶然一天，他运气颇佳，猜得很准，辆辆都对，加之晚霞迷人，心情也就格外好些。觉得应该犒劳下自己，对自己好点，暂别一下清水大白菜，便下意识地走进了一家"回家吃饭"的餐馆。从而结识了一只会讲人话的鹦鹉，也就有了他情感视角的第二次转移。

　　"老板，欢迎光临！"这样的话，对餐馆而言是例行公事，就顾客是司空见惯，而对憨头的意义却非同一般。有"人"叫他老板，有"人"欢迎他，这是件令他高兴的事，并由此获得了内心极大的满足。那天他要了碗炸酱面，是这个馆子里最便宜的食品，尽管价钱是外面的两倍，但心疼之余，不乏开心，回去又黑甜一觉。这些美妙幸福的感觉，以前从未有过，均源自一只鹦鹉。因此他经常去看望那只鹦鹉，听它说"老板，欢迎光临！""你好，下次再来！"之类的话，这成了他排解思家之苦和获得尊重的唯一方式。面是吃不起了，只能瞧瞧笼中之物，也就遭到了本来对他还不错的红衣女服务员的驱赶。以憨头朴素的思维，不就是一只鸟嘛！有啥不让看的，自家猪配种，一村人来看都不烦！他忘记了这是城里，是餐馆，是靠金钱和利益滚动的位置。但他一点都不傻，他知道这些瞧不起他的人，和他一样，均来自农村，只不过随着空间的置换，心灵背景的颜色也发生了置换。

　　饭店去不成了，拥有一只鹦鹉便成了他最大的梦想，他开始往花鸟市场跑。怎奈囊中羞涩，屡遭白眼，昂贵的价格不是他所能负担的。小说写到这颇有意思，亦见作者心智机巧，他把一种贵族化的休闲娱乐方式和一个最底层的打工者巧妙地结合在一起。看似不沾边，却颇有创味。别人玩鸟，属吃饱喝足后，兴之所至，可憨头造孽，只是想在一只鸟的身上找点尊严，听些人话，而这种人话恰恰是许多人不会讲给他的。通篇反讽，但作者毫不用力，就那么云淡风轻，一路轻飘飘写来。

憨人有憨福，阴差阳错，憨头真就得到了一只鹦鹉。有位孤独的老者要去新加坡带孙子，因爱鸟年迈，无法眷顾，卖又不受待见，面对只有一百元钱的憨头，索性分文未取，外带鸟笼相送，只是一再嘱咐他要善待此鸟。憨头自是如获至宝，提回工棚炫耀一番，起名"捡宝"，捡了宝贝之意。起初大家也新鲜，无事逗弄撩拨几下，怎奈此鸟已老，和憨头一样笨，只会说"你是谁呀！"别的一概不知，加之它好吃，随之也就遭到厌弃，被下了驱逐令。憨头无法，只有提着鸟笼另行择屋，好不容易租下一间四处漏风的废弃柴屋，只够他和捡宝容身。租金120元，对他来说不是个小数目，需要搬很多砖，亦够家里婆娘买许多盐，娃买很多本子，但为了捡宝，他顾不得这些。

我们都知道，一个打工者的身后，皆有个失血的后方。爹娘的药费、儿子的学费、婆娘的油盐钱，无不是肩头的重任，能留给自己的极其有限，也就是这只能取暖的鹦鹉。他找窝，给捡宝找，也是给他自己找一个精神上的窝棚，作者想表达的是一个打工者对精神生活的需求和向往。

漆黑的夜晚，他对捡宝讲他的婆娘，讲他和他一样不会读书的儿子，讲那些细如流水清苦的日子。这时，他的泪水会绵绵而下，没人嘲笑他，看不起他，鹦鹉比人更懂得平等，更懂得尊重，这也成了他排遣寂寞最好的方式。他真心实意地讲，捡宝默默地听，没人打断他，他是流畅的。他不笨，笨的是这个社会，笨的是那些取笑他、吝啬给予他温情的人。他教捡宝说话，说"你回来了！"这是他婆娘经常对他说的一句话。他的婆娘好，待他实诚，和他一样也是那种勤扒苦做的人，一辈子对他说的最多的一句话就是你回来了，这成为憨头在漂泊生涯里时时回响在耳边最温暖的话语。

这篇小说涉及的人物并不多，婆娘是其中一个，隐形，并未正式出场，属家的代名词，全部采用暗写。但分量很重，只几笔，读者便知其心性为人，这是作者的本事。婆娘不仅对他好，还对他娘好，两次电话，均为婆婆的胃病，说医生说了再不及时医治，就有可能恶变，从未言及自己的艰辛和照料之苦，是一个具有高尚品质的农村传统女性，也是一位令人敬爱的好妻子。

憨头在与捡宝相依为命的日子中，变得快乐，变得自信，捡宝依恋他，他待捡宝好，为了安全他给捡宝装了块旧铁门，把捡宝放出笼外自由飞翔。他托着捡宝去广场，捡宝在他的肩头飞上飞下，他饶有兴味地看捡宝和鸽子嬉戏，很多孩子天真地围着他问这问那，这让他知道自己也可以成为中心，也可以把话讲得匀称。他的日子开始变得繁花似锦，轻快、纯粹而有意义，这一切都是捡宝给的，他沉浸在这种精神的春天里。他满足，做梦都想省点钱，给捡宝买个苹果，他知道捡宝爱吃，希望有一天捡宝能开口说"你回来了！"。但好景不长，房地产下滑，楼盘滞销，工资拖欠，春儿开始催逼房租，他只能左躲右闪。不料一天还是被春儿堵住，春儿是个有名的无赖，他惹不起，也没能保护住捡宝。鸟笼被春儿恶狠狠地摔出很远，他扑过去时，捡宝已奄奄一息。他摸着口袋里仅有的硬币，冲出去给捡宝买苹果，回来时，捡宝已永远地闭上了眼睛。

读到这儿，相信许多人都会潸然泪下了，故事很感人，而这个城市却很钢筋。憨头非常绝望，唯一能给他温暖的东西没了，他怀着悲痛的心情厚葬了捡宝，背着行李，义无反顾地踏上了回家的路程。故事到此也就结束了，至于娘的药费、娃的学费是我们不愿想象和无法想象的。

这是篇耐人寻味的小说，角度之新颖、构思之巧妙非常难得，且叙述不着痕迹，相当自然。我们只是在静静倾听一个人与鸟的故事，作者没有声嘶力竭的呼吁关爱农民工，也没有随便泛滥自己的爱心，显示自己悲天悯人的博大情怀。却于无声中，把人性中恃强凌弱动物性的一面揭示了出来。告诉我们人活在世，除吃饭外，还有尊重二字，尊重他人和得到尊重，才是快乐的源泉。当一个劳动者的劳动得不到尊重，当一个人的人格得不到尊重，这个世界无疑是荒芜的。所以看似轻松的故事，却像一条鞭子抽打在读者的心上。

　　憨头木讷，是个老实的人，对这个社会要求很低，只是希望能得到那么一点点尊重，但这点尊重，就是没人给。何为尊重？尊重很简单，就是重视顾忌别人的感受，有时只是真诚平等的对话和倾听，而这看似举手之劳的尊重背后，却隐藏着巨大的价值观。人们往往尊重的是金钱、是权力，而不是人之本身。所以有些人是人，却不肯讲人话；是人，才更会伤害人。鹦鹉是动物，但会讲人话，会倾听，懂尊重，尽管这是主人公虚拟幻化的结果，但足以说明有些人还没有进化到真正意义上的人。这个世界，并不非要你奉献多少博爱，也无须高擎什么大旗，有时只是管住自己的嘴巴，就行了。

　　在这篇小说里，人和动物间，鹦鹉是个平衡点。作者没有选择狗、猫或其他鸟类，而是把目光锁定在一只鹦鹉身上。就是想告诉我们，它会讲人话。讲人话，才是尊重！

- 章国梅和她的生死写作 -

很早就想为章国梅写篇小文，因为除了文字，她本人的故事足以感人，一直没写的原因是觉得过于沉重，幸好有这么个机会，可以说两句。

她的《履冰者》一直就放在我的床头，没事翻下，觉得非常舒服，波澜不惊的叙述很适合一个个宁静的夜晚。当黄主席把她的《鱼的记忆》和《齐大海事件》发过来后，我是边哭边看的，非常感动！所以说所有的评语都是苍白的，都没一篇好的作品来得实在，它打动了我，让我对一些事物有了新的认识和理解，她用她的视角矫正了我的视角，软化了一个读者的心脉，这就足够了。

先说下章国梅其人。章国梅，我是十月份在一次笔会上认识的，一个很干净很安静的人，一直和风细雨地坐在那。她曾用手机把她丈夫和女儿的照片拉给我看，女儿可爱、丈夫英俊，很令人羡慕的一家。我也询问过她的生活经济状况，她也直言相告，但并没说变故。实际那时，她已独自前行，一肩挑起很多，只是我们不知。与她的交谈是零碎的，她说她的丈夫是名外科医生，对她体贴疼爱，是世俗和她之间的挡板，因此她不用操心，可以静心沉浸在自己的世界里。她说她白天工作，夜晚写作，十二点之前没睡过，腰间盘不好，为开这次笔会加了不少的班。我能看出她的不易和淡淡的哀愁。笔会最后一天她发言时，情绪波动，数次中断，那时我只浅薄地认为她是对文字的挚爱或劳累所致，没理解她说的人生有太多不可预见性。

后来我曾花两个小时浏览她的微信，看到她在那怀旧，晒婴儿肥和空气流海。说第一支玫瑰是18年前谈恋爱时爱人送的，那时刚上班，只够买一枝的钱，后来年年忽略，想着以后再也没有，但今年情人节却意外收到一大捧，是爱人托弟媳送来的。其实，那时她的先生已不在了。她说爱人在哪，哪就是她的家，她拖着很大的行李箱，像男人样赶火车，往返于荆州、武汉、公安三地。她说她因过敏，爱人包揽了家里拆洗被褥铺床全部的活。她说她一下班，就有人喊老婆吃饭了；她说春节时，爱人端着茶杯坐在阳台教她干活，从擦皮鞋、拖地到摘菜、做饭，一样样细细教来。那时，她想再也不写作了，只想静静地做个好妻子，永远与其相守。只可惜任她百般挽留，爱人还是弃她而去，剩她一人独自蹒跚；她说爱人办公室的电脑还开着，每次走过，都恍若他坐在那里病例；她说作为公安的媳妇十七年第一次踏进了菜场，现在每天天不亮，别人还没起床就去买菜，怕熟人看到自己的眼泪。我们从中可以看到一个妻子对丈夫深深的怀念，也知道他们是一对恩在前、爱在后的夫妻。丈夫为了妻子的写作，肩负起了一切，又从容安排了一切；妻子在他走后，亦独担了一切，同时也知道一个业余写作者的不易，简直是在抢时间。

我们再回到她的小说。实际文字是一个独立的个体，我们谁也创作不了它，只能创作自己，在什么人手里就呈现什么色泽。文字通过我们的手，有了生命的质感，具体的灵魂，这是思维的一种呈现形式。我们写文就是写人，写自己的脉率。所以喜欢章国梅这种原汁原味的提纯，喜欢她干净从容的叙事风格。语气缓舒，笔调细腻，淡而有味，轻中蕴厚。摒弃奢华后，像黑白镜头，更能聚焦精髓，拉近阅读的距离。记得她在《齐大海事件》里写三女婿时，用了"不太顺溜"四个字，就把外遇一言概之，简洁俏皮接地气，非常到位。

《齐大海事件》这篇文章是值得我们深思的，也是视角非常独特的一篇文字。语言是可以杀人的，虽无形却是利箭，只是放者不知，也无关法律。齐大海死了，无人买单。这个平时勤勤恳恳、谨小慎微的老者想用死证明自己的清白。清白了吗？没有！说不清也道不明。如果警察未闯入，他提裤走人，足见高尚。若就范，如再来呢？不可深想，人性毕竟是复杂的，但不至罪该万死，这是确定的。只是人们的思维出现了故障，历史上的文人墨客，政要巨贾可以屡有染指，但到一个老百姓身上却没了包容性，可见道德只对一部分人开放，势利也终是人性的一部分。生活需要真实的还原，而不是通过世俗自我的目光定位，这是我们要思考的。这篇文字贵在唤起人们心中的悲悯，视网膜的软化和独立思考的能力，从而闪烁人性的光辉，这是最主要的。章国梅做到了，那她就没枉为文为人。

《鱼的记忆》同样是一个很沉重的话题，是作者特意为自家先生量身打造的一篇。题目轻飘，叙述却是冷静的，如画外音缓进旁出。面对这样的解读，我们不得不退后一步，保持静立的姿态，这是一种敬畏，但触手皆是温暖。这也是一个真实的故事，像报告文学，但艺术的含金量颇高。作者用逝者的口吻、男性的角度诉说生死的交汇、阴阳的纠葛。视角是糅合掺杂的，既有生者的感悟，又有死者的知觉，移步换景，针脚细密。它告诉我们，真情是割不断的。爱，绝不盲从，是有理由的，因品质而美好，因无私而高贵。主人公是个好人，家中体贴，单位踏实，是一个能一千块钱治病，绝不开一万块钱药方的优秀医生，是一个有着道德底线和良知的知识分子，值得我们每个人去敬爱。妻子是个好妻子，发疯样的筹钱，战士样的辗转，甚至为微波炉、卫生间这样的小事泼妇样的争吵。那还是自己吗？那个被丈夫养在温箱里的孩子呢？作者给自己面前竖了面镜子，镜子里诸多元素在撕扯，而冷静后，唯有默默地打扫战场。

细节生动温情，黑暗中伸过来的手，无声地擦去母亲眼角的泪，是那么熟门熟路，就像长在妈妈的心中。退休后的公公为孙女的学费，又续签了一年合同；爱子心切，起初怨骂，后又融洽的婆婆。不辞劳苦一直陪床的朋友，从周边赶来，平素不曾往来的同学们。好多好多单位的关怀，每位职工绵薄的爱心，是这些汇成了爱的滔滔洪流。这篇小说，是发散形的，从卿卿小爱辐射出周边大爱，从死的无奈映照出生的光辉，让我们知道这个世界是温暖的，这也是我们爱它的理由。

两篇文字都关乎生死，第一篇凄凉，第二篇温情，但千斤若羽，写来从容。第一篇写出了人性的冷漠、思维的僵化；第二篇描绘了人情的温达、亲情的赤诚。如果说美中不足的就是《齐大海事件》末尾力度稍显不够，说服力偏弱，但这种转弯着实不易。对于文字，我们每个人都有个自愈进步的过程，文字的深度广度是慢慢开发的。相信只要她一直写着，一定比今天更好。

－ 静静地等待，春暖花开 －

季节的门楣，半掩半开，亦如冰冷的青花多了几分柔媚的色彩。一丝轻粉悄悄染过眉黛，在如绸般的月色中缓缓润开，甜甜飘散，却又超然物外。

袅袅的炊烟还是淡淡的、白白的。遥遥的草色，若有若无，紧闭的柴门，几声犬吠，花还没开，色还未艳，但已是轻然可掬，笑意盈腮。

喜欢这样的时节，淡绿浅白，细软中的寂寞华彩，清寒里的细致关怀。是一段缤纷前的珍贵留白，是一份喧嚣外的烟雨楼台。这是一段静止的羞涩，风还没暖，梅还未败，花的胚胎，矜持中孕育着澎湃；柳的眉眼，含翠中滴着未来。指尖弹过心海，雁儿飞过天外，初春的脚步亦如素净的女孩，秋水含眉，恬静覆盖。走过了沧桑厚重后，风中的枯枝、陌上的纸鸢，依旧静静地等待，等待梦中的琴弦奏出春暖花开。

陈年的旧壶，装上了二月的新白，馨馨的、润润的，带着古旧的味道、典雅的情怀。碧绿的叶脉，在澄明与清寂中，沉浮翻滚，舒展着最美的姿态。

一切刚刚开始，心灵中所有的欢喜与悲哀，都在相遇的刹那，茂密开来。疲惫的日子在疼惜的目光下，涂满釉彩；倦怠的脚步在期待中，变得轻快。你背负的日子注入了我的血脉；我孤独的吟唱，开满了你的天籁。我用所有的柔情把冬季的坚冰催开，你用睿智的风把季节彩排。我绾起的长发，拂过你的眉黛，暖暖的、新新的，春的节拍，一下子情深似海。

风烟俱静，时光倦怠。听着《烟花易冷》的歌曲，读着幽幽的解说剖白，那失陷的孤城、古旧的城门、石板上如烟的女子，就这么缓缓走来。受伤的将军、伽蓝寺的木鱼、纷繁的战火、千山的阻碍，日复一日的等待，日复一日的痴心不改，待到烽烟褪尽，身披袈裟撑伞归来，已是阴阳两隔，难还情债。

琴音犹在，日月未改。痴情的女子在岁月的记忆里依旧是粉衣如花，风华绝代。独守的空城，依旧是千秋万载。石板犹在，虽没等到梨花胜雪，但心底的那份真爱，已千遍万遍怒放着洁白。蓝伽的木鱼，依旧是滴泪成血，独抚琴台。

二月的尘埃，冰香满怀。这是一段无声的时光，独舞的绸带，就像千年的沉香，一次次割开，一次次的痛苦无奈，一次次的滴泪成海，一次次的漫长等待！只是默默孕育着一场新的生命的到来，只是珍贵到黄金都无法买卖，优雅地凝结，无声地裂开。

静静地等待，待到半城柳丝半城雾，粉衣桃腮满皇都；待到红笺托月飞云户，梅黄早熟繁花宿；待到风帘翠幕紫烟路，涛声听橹钱塘渡；待到吴宫玉树天仿佛，软土香尘车马妒。待到春暖花开，鲜花成海，一场盛典的到来。

－ 江南冬季，煮字为序 －

　　繁星如棋，月华一地。北国已是白衣一袭，冰清瑶池；南方依
旧是清雨细密、暗香几许！疏朗中，少了粉妆玉砌、柳喃燕呢，多
了枝枯叶稀、安静清寂；天地间，少了一唇蜜语，多了一身清奇；
没了桃红的亲昵，少了飞絮的相依，多了一份沉淀的默契，添了一
番清骨的寒气。

　　江南的冬季，葬了残红，锁了花期，褪了胭脂，减了青绿。亦
如干干净净的少女，不带任何的妆饰，抬腕落笔端庄了自己，顾盼
神离素雅了景致。青黛眉底，眼中有了含蓄；梅心梨雨，心中盛满
了矜持。

　　江南的冬季，蝉声已息，梅雨静止。封了一坛春泥，剪了一袖
珠玑，琴音中多了凉意，小曲中添了清凄。粉荷碧水涂了宣纸，吴
宫桃李附了影壁，小桥流水染了墨迹，紫烟细柳绾了青丝。青苔生诗，
苍白染誓，瘦了清词，肥了距离，哭了青衣，拂了尘缁。朱门绣女，
冰丝绕指，小楼独倚倩容低，铜镜深锁露齿迟。

　　冬的眼底，有了对艳丽的挑剔，对媚俗的排挤，对繁华的剥离，
对厚重的缝制。水墨了筝器，沉寂了湖西。

　　雨还是淅淅沥沥，少了缠绵多了清丽，少了幽怨多了弦意，经

过几番春秋的漂洗，变得灵动飘逸。小巷还是那个小巷，紫衣还是那件紫衣，朱门深漆，铜锁新绿，玉盏竹篱，黛瓦红菊。镂空的伞骨滴碧，粉色的墙迹陆离，摇曳的裙裾，半掩着脸际，前世的相遇，五百年的期许。回眸的相视，有了心灵的直抵，不见了花事，却把莲心拾起。

想那日，你一身长安古意，我一袭江南青瓷；你红尘一骑，我小楼独倚；你剑眉朗宇，我素手芙蕖；你携侠骨柔肠，带一腔情意，我煮一壶相依，斟半盏翠绿；你涉水而来，打马湿地；我清词瘦笔，在雨巷尽头抚笛；你一声相惜，我一曲等你。

平凡的日子，柴门竹篱，落英一堤。你铺纸，我墨植；你耕犁，我浣衣；你风骨一池，我菊香满衣；你天涯辙距，我一豆相思；你异乡凭寄，我一朵泪滴；你穷达不弃，我荣枯不离。恩爱彼此，同枝相憩，写就了一镜传奇。

弄巷里，不知谁家的女子，寻了一朵红纸，剪了两瓣双喜。做了嫁衣，绣了霞帔，描了蝶飞翼，画了枝连理，点了朱砂痣，修了兰花指，合了八字，择了佳期，花轿抬过府邸。新娘子袖里染词，几上煮字，对河晾衣，当户机织。红烛烧透了窗纸，眉尖描满了甜蜜。日落潮汐，好日子刚刚开始。

风慢慢吹起，细雨敲击。冬天的江南脱掉了华丽的外衣，斑驳了一袭古意。水面上，摇摇的几声昆曲；细微里，隐隐的一段京剧。红粉旦曲，霸王别姬，妩媚了冬的眉宇，淹没了远古的马蹄。

空寂中，浅舞的酒旗，细斟慢酌的酒肆，朱红的桌椅，玲珑的酒具。天涯羁旅，江南小憩，一杯交集，两杯愁绪，香如谜，醉不知。误了归期，当了记忆，杯凉了再续，酒干了涉水而去。

明月稀，梦有聚，潇潇尘雨中冷月相披。

　　江南的冬是秋的延续，流水依依，青山碧碧。可以是艳阳铺地，也可是凄风苦雨。暖如昔，泪几句，交替中，多了一份清幽的气质，有了一份羞涩的细腻。

　　江南的冬是锁住的日志。悠闲是它的封皮，神秘是它的外衣，半幅古卷做了底，寒冷睿智做了序，真情是它的钥匙，打开了就会抽枝吐绿，燕喃莺呢。

花丛中

- 宋词，线装的美酒 -

如果有人说宋词是线装的美酒，我就会说至今仍香醇满喉；如果有人说宋词点亮了满天的星斗，我就会说是她妩媚了文字的宇宙；如果有人说宋词是千年的花后，我就会说她始终栖息在玫瑰的枝头，至今余香满手；如果有人说宋词是千年的凝眸，我就会说它始终伫立在灯火阑珊后，依然温暖心头。

宋词，她与唐诗争奇，她与元曲斗艳，承前启后。她比元曲含蓄，欲说还休；她比唐诗自由，挥洒风流。她错落有致，雪清玉瘦；她韵律优美，朗朗上口。她是几千年文字长廊里的美人，清丽婉柔，回眸处暗香盈袖；她是文学圣坛的巨钻，才高八斗，始终镶嵌在岁月的路口。

她是撒不完的清幽，斟不完的美酒，弹不完的箜篌，剪不断的离愁。她可以是纤纤手，云鬓柔，泪沾佳人衣袖；她可以是和羞走，金钗溜，却把青梅嗅；她可以是人约黄昏后，月上柳梢头。花间一壶酒，远山挂帘钩。她可以是一种相思，两处闲愁，才下眉头，却上心头。她可以是粉面含羞，花自飘零水自流；她可以是倚门回首，千年的梅香不朽；她可以是琼花吹落一江的清愁，也可以是红粉抚过百花的肩头。

　　她在莲心里漫游，在红尘中停留，在水之湄等候，在幽篁间行走。无论经过多少朝代的更迭，都新眉画就，山明水秀；无论经过多少时间的沙漏，都冰心雪柳，风采依旧。

　　她可以是李煜的无言独上西楼，月如钩，寂寞梧桐深院锁清秋的离愁；是剪不断，理还乱，别是一番滋味在心头的烦绪苦酒；是问君能有几多愁？恰似一江春水向东流的故国不堪回首；是一棹春风一叶舟，一纶茧缕一轻钩。花满渚，酒满瓯，万顷碧波里向往的自由。覆水难收，阶下囚，事事休，多少苦，多少忧，卡在喉；多少屈辱，多少磨难，泪满异乡的月头。失败的皇帝，词坛的巨斗，多少泪断脸，多少恨说不出口。可怜小周后，终落赵光义之手，屈辱堵满心头，就是骂遍九州，怨都难休！可怜李煜还是遭毒手，小周后也随夫天堂收，免得再在尘世遭污垢。

　　她可以是李清照的蹴罢秋千，起来慵整纤纤手。露浓花瘦，薄汗轻衣透；是昨夜雨疏风骤，浓睡不消残酒。金炉次第添香兽，红锦地衣随步皱。薄雾浓云愁永昼，瑞脑消金兽；是莫道不消魂，帘卷西风，人比黄花瘦。多少清丽在手，多少空灵满眸，多少锦心绣口，多少雪地轻柔。她与赵明诚，情深意厚，志趣相投，赌书泼茶，相思煮豆。大相国寺同游，好梦几回，却难白头。她的一生，非干病酒，不是悲秋，是千古第一才女的亡国之忧。

　　宋词不光是有着婉约的温柔，更有着豪放的风流。是陆游的胡未灭，鬓先秋，泪空流，身老沧州的志未酬；是红酥手，黄藤酒，满城春色宫墙柳的爱恨悠悠。是苏轼的大江东去，千堆雪，上下几千年的指点春秋；是竹杖芒鞋轻胜马，一蓑烟雨任平生的淡然悟透；是锦帽貂裘，千骑卷平冈的豪情演奏。是辛弃疾的千古兴亡多少事，不尽长江滚滚流，坐断东南战未休的恨不退敌寇。是岳飞的三十功名尘与土，八千里路云和月的故土难收！

走在宋词的渡口，雪滩沙鸥，乌篷小舟，深黄一点入烟流，露华凄冷蓼花愁。你可以遥遥地望见阮小七驾一叶扁舟，鬓角插一朵火红的石榴；你可以看见燕青倜傥风流，白锦上铺满软翠般的花绣。

千年的美酒，醉了多少人的心头；万年的邂逅，有了心灵的悸动颤抖。如果你说那时的卞京是红肥绿瘦，我就会说那时的水城真是花团锦绣；如果你说那日的龙亭将相王侯，我就会说夕日的虹桥尽显风流；如果你说那时的清明繁华尽收，我就会说没有宋词的双眸，美丽就是海市蜃楼，没有宋词的巧手，隔着悠悠的岁月，荒凉就会爬满额头。

后
记

- 有光 -

旧约开篇，神说要有光，也就有了光，光为昼，暗为夜。后来又造了空气、陆地、青草、果蔬以及大鱼、飞鸟，陆地上的昆虫和动物。最后神按照自己的形象造了人，也就是创世。先有万物，再有人类。万物泽人，人惠万物，相安循环，这本是生命宇宙的要义。

文字于人亦是创心。于思维的混沌，先是给光，再延至星空河流的铺设，精神框架的建立。这个世界并不深奥，每个人的人生大戏无非两部分，蒙福与感恩，无一例外，我们都走在这样的路上。从几斤重的婴孩，到奔跑欢笑，行走于世，以至垂垂暮年，无不受父母之照料、姊妹之眷顾、万物滋养以及陌生人的友爱和跨越种族的智慧抚慰，我们享受着别人的精神艺术、发明创造，以致所有的一切，无时不在蒙福。而我们微弱的双手又能传递奉献什么，来连贯自身线路的完整，这是要思考的。故许多人即便坐在轮椅上都力求生命的这种完整性。

文字是现实生活的纸上行走，淬火加工和艺术呈现。我们让其运行漂泊，抵达另外的渡口，并为他人流淌。尽管是个体生命的单薄体验，而呈现出的场景，却可构建一座新的心理城市。所以我们感谢前人留下的那些有价值的书籍，辐射出的哲学、艺术、生命美学以及历史空隙和人性细节之光。但作为一个普通写者，因自身的局限，停于某个层面，在所难免。我们不能把自身打上特殊的属性和标签，蓄意深刻，所以自然便好。

整理己文，时有忐忑，亦倦怠，生怕是堆废纸，不堪入目，或徒增他人疲劳烦恼，占据有限时间空间，故常有放弃之念。但来时路径，不可轻抹，思之再三，还是收录早期部分小文。所幸神之光芒，一直照耀着我的脚印，并不嫌弃哂笑。走过亦不后悔，遂打捆整理，收拾行囊，再往前行。

感谢我空间最初的阅读者们，是他们的优秀一直引领着我。感谢荆州作协，黄大荣主席曾为拙作《菡萏说红楼》作序，周万年主席又为此书慷慨赐评。在我眼里，他们同样是神的孩子，只是做得更好些，于每个朴素的生命环节，更懂得给养、思考、审美、包容、谦卑和自律，更懂得给光，而我无疑成了受惠者。打开一扇珍贵的窗户，看到了敬重的风景，这便是好的。还有一些给予我忠告、叮嘱、建议、鼓励、帮助的朋友，我不能一一托于纸上，却会永远安放心中，这是必须的。

这个世界很长，你、我都将慢慢走下去。走在自己的身影里，也走在别人的光亮里——对上帝，对你们深致谢忱！

- 致谢庚口先生 -

十月的古城是静谧的，由一层层桂香铺就。那些轻质柔软细小的花朵，簌簌而落，风一吹，便聚拢在一起，旋成金色的涟漪。十五一过，月亮又大又白，整个小城陷入一派明净中。

见到先生便是这样的季节。

先生古意，深潭一般，有绝尘之美，比我想象的要瘦。穿了件米白色粗布对襟立领盘扣褙褂，两只袖口挽起，露出雪白的压边，很文艺，也很随意。先生笑，水里的波纹就全开了，那么平静。我把说红楼梦的小书递给他，他嗔怪道：就这么给了我，也不写上几个字。我说先生您翻开看，先生果真翻开，又笑了起来。这是我和先生的第一次对话。窗外云影滑翔，桂香摇落。

先生是许多人的先生。有朋友少年时代，便听闻先生，知道这个小城有位姓唐，名明松，字庚口的画家，是湖北美院毕业的高材生，且仰慕至今。几十年后方得见，合影以表达对其执着一生的敬意。也有朋友，年轻时的作品，曾得先生点评，言犹在耳，受益终生，成为珍贵的回忆。我孤陋，捉笔晚，只是写些零碎小文，但很荣幸，成为最快最直接的受益者。

我的书，也只是早期练笔，生命里的一道燕痕而已，风一吹，就散了。那样的思想袍袖自是粗陋不堪的，但温暖过我，是键盘下曾经流走的时间。虽羞于示人，还是一次次上网下单，买来送与朋友，权作一种友谊的表达。先生的书柜，也因此多了一份负担。

也曾无数次设想过见到先生，我在等，等我的另一本散文集付梓后，带上书，亲至先生的画室致谢。书中用了先生二十幅画，作为插图，感恩先生慷慨，为我的小字平添色彩，并与之流浪远方。

记得先生在微信里这样说，喜欢就拿去，到时送我一本书就好了。随后先生给我发来若干图片，当我提出像素不够，要传原图时，先生又和他的学生松林老师联系，用相机重新拍摄，传至我的邮箱。所以先生的情义，像我生命里路过的每个秋天那样，明净而高远。

先生的画是我喜爱的，也是我见过最干净的画作。我并不懂画，但不影响我对美的捕捉，以及站在画前的时空隔离感，和对幕后舀墨者的敬意。先生的作品多脱胎某一诗词典故，风雅俊致，有自己的新解。那些虔诚的线条和颜料都是水洗过的，简素美好。时光是不动声色的，隐在画纸的背后，那是一条用松针铺就的小径，寂静的很，布鞋的生命方可抵达。越过这样的心灵湖泊，对岸是古代的圣火，婀娜的文明，以及先生的心窍和火影后幽邃平静的双眼。

先生是个理想主义者，与现实保持着距离。他笔下的荷是清洁的，仕女多高古，线条软，饱满润泽又不失纤细袅娜。先生的画设色清淡，笔简意远，留墨处，是内心白云的深湔，一片静气。所以看先生的画往往风停雨住，雪尽春来，仅需一个手势或精神背影。

先生的画作里，我最喜欢的一帧是《梅苑卷十终》。这是幅构思巧妙之作，女子呈45度角斜插画中，是坐姿，却没有椅子，只是一个优美的侧影。背景为深咖，铺有一张泛黄的书页，竖版线条隐约盖住女子的半边脸和部分衣饰，略显朦胧，又分外清晰。

女子温良，半身入纸，恬淡安详，呈闭目状，有光影晕过。一手托腮，一手抚书，腕部骨骼细美，手指白皙，书很自然地放在裙上。裙子蓬松，条纹顺势而下，褶皱依稀可见。衣领贴着修长白腻的颈项含蓄上沿，发丝紧密温香，箍有银饰。也许是个午后，梅香淡淡，女子的意识如云雾漫开，已进入梦境。虽没看书，却在书中。

书页右上端题有"梅苑卷十终"的字样，下注栋亭藏本丙戌九月重刻于扬州。是篆书。即曹栋亭，曹寅，曹雪芹祖父的藏本。此作巧妙，女子手中线装，并未言明系何书，而阅者已从背景获悉。女子没看书，却已与书融为一体。这是一种双重表达，一歌两喉，若你只见美人，便被先生瞒过。书是慧眼，女子乃书之延伸，书为女子内质。书是本体，女子为喻，不可分割。

《梅苑卷十终》是唐宋时，专门咏梅的诗词小辑，共十卷，由南宋黄大舆编。初为斋居之玩，后流传开去。梅生寒，却向暖，故先生除用笔清丽外，依旧选用橙红加以点缀。

有天，先生在微信里给我留言，说要送我一幅画，题目是：卷终梦里留余香。随后打来图片，竟是《梅苑卷十终》。那一刻，山谷里的花全开了，满是喜悦。方知此图不叫《梅苑卷十终》，而是《卷终梦里留余香》，余香乃书香。美人无书，便是空壳；书香不入梦，岂不是人生一大憾！

先生说他爱才如命，我像他的画，梅苑可以相对，后续事情则由松林老师完成。这里实录，不敢篡夺。自己惭愧，粗浅之人，写点单薄小文，窖藏生命，不值得先生如此厚爱。

过了两天，松林老师发来录像，说画已装好。手工拓裱，宽边，实木圆角画框，纯羊毛垫底，古重大气，是我想要的。

取画那天，下着蒙蒙细雨，松林老师说原来的一幅早已售出，这幅是先生特给我画的，稍有不同。我是这五年间，先生赠画的第二个人……站在琳琅满目的画廊中间，外面飘着零星细雨，听着很感动，山高水长，先生的情义是无价的。

一帘幽梦